HAYMON taschenbuch 78

Auflage:
4 3 2 1
2015 2014 2013 2012

HAYMON tb **78**

Originalausgabe

www.haymonverlag.at

ISBN 978-3-85218-878-2

Umschlag- und Buchgestaltung, Satz:
hœretzeder grafische gestaltung, Scheffau/Tirol
Coverabbildung: Wien II, Prater: Riesenrad (Bildpostkarte: Verlag für graphische Kunst Novitas)
Autorenfoto: Fotowerk Aichner, www.fotowerk-aichner.at

Gedruckt auf umweltfreundlichem,
chlor- und säurefrei gebleichtem Papier.

Edith Kneifl

Der Tod fährt Riesenrad

Ein historischer Wien-Krimi

Der Tod, das muss ein Wiener sein.
Nur er trifft den richtigen Ton:
Geh Schatzerl, geh Katzerl, was sperrst dich denn ein?
Der Tod muss ein Wiener sein.

Georg Kreisler:
Der Tod, das muss ein Wiener sein

Edith Kneifl

Der Tod fährt Riesenrad

für Hilde und Heinz

Prolog

Ich war allein. Gefangen in völliger Dunkelheit. Er war nicht hier. Trotz der Finsternis hätte ich seine Anwesenheit bemerkt. Hätte ihn gerochen oder seinen Atem gespürt. Hatte ich geschlafen oder war ich nur kurz ohnmächtig gewesen?

Ich blinzelte in die Schwärze. Bemerkte, dass meine Augen nicht mehr zugebunden und meine Knöchel nicht mehr gefesselt waren. Fast wäre ich vor Freude aufgesprungen. Doch meine Freude währte nicht lange. Meine Beine waren steif. Vorsichtig stand ich auf. Fiel fast hin. Ungeduldig wartete ich, bis das Blut in meinen Adern zu fließen begann und ich meine Beine wieder spüren konnte.

Über mir erklang ein dumpfes monotones Geräusch. Oder kam es von nebenan? Ich lauschte. Zählte die Sekunden. Zählte von eins bis sechzig. Die Minuten schienen so schneller zu vergehen. Das merkwürdige Geräusch hielt an.

Ich bekam kaum Luft. Atmete durch die Nase und versuchte mit der Zunge den Knebel zu lockern. Der ekelige Fetzen gab keinen Millimeter nach. Vorhin war der Fetzen feucht gewesen. Nun war er staubtrocken. Ich hatte keinen Speichel mehr. Entweder würde ich verdursten oder ersticken.

Verzweifelt versuchte ich meine Hände, die am Rücken gefesselt waren, freizukriegen. All mein Ziehen und Zerren war fruchtlos. Die Schnur schnitt nur schärfer in die weiche Haut über meinen Gelenken. Als ich warmen klebrigen Saft auf meinen Händen spürte, wollte ich schreien.

Kein Ton kam mir über die Lippen. Ich geriet in Panik. Bekam überhaupt keine Luft mehr. Bemühte mich, langsam und regelmäßig durch die Nase zu atmen. Tränen liefen über meine Wangen. Ich hoffte, die salzigen Tropfen würden meine aufgesprungenen Lippen erreichen. Vergeblich.

Ich versuchte wieder zu gehen. Stolperte, und taumelte gegen eine Wand. Schlug mit der Stirn gegen kalten feuchten Stein. Blut tropfte auf meine Nase. Mir ekelte vor meinem eigenen Blut. Ich hatte das Gefühl, mich übergeben zu müssen. Auf einmal kam mir eine Idee. Ich tastete mit meinen nackten Zehen den Boden ab. Die dünne eiserne Stange, über die ich gestolpert war, schien in der Erde befestigt zu sein. Ich stieß sie mehrmals mit der Fußspitze an. Sie ließ sich nicht verschieben. Etwa einen halben Meter daneben befand sich eine zweite Stange. Ich machte ein paar vorsichtige Schritte. Plötzlich streifte etwas Weiches, Haariges meine Beine. Ich erstarrte. Mein Herzschlag setzte aus. Eine Ratte, oder gar ein Gespenst? Seit ich denken kann, hatte ich vor nichts mehr Angst als vor Gespenstern.

Das fremde Wesen rührte sich nicht. Ich trat einen Schritt zurück. Es schien mir nicht zu folgen. All meinen Mut zusammennehmend, näherte ich mich ihm wieder. Meine Brust berührte etwas Hartes. Geister und Gespenster sind körperlos, fiel mir gerade rechtzeitig ein, sonst wäre ich bestimmt erneut in Panik verfallen. Ich stupste das Ding mit meinem Knie an. Ein lautes Krachen. Was immer es gewesen war, jetzt lag es auf dem Boden und war offenbar außer Gefecht gesetzt.

Vorsichtig schritt ich, einen Fuß vor den anderen setzend, weiter mein Gefängnis ab, bis ich auf das nächste Hindernis stieß. Es fühlte sich glitschig und schwabbelig an. Mir ekelte. Doch ich riss mich zusammen und versuchte, auch diese Hürde mit einem Tritt aus dem Weg zu räumen. Es gab zwar nach, versperrte mir aber weiterhin den Weg. Klatschte zurück, wenn ich dagegentrat. Ich musste eine Pause machen und Atem holen.

Als ich meine Umgebung schließlich erkundet hatte, war ich nicht viel schlauer als vorher. Ich war in einem sehr schmalen, langen Raum eingesperrt, in einer Art Schlauch unter der Erde. Ich hatte eine hölzerne Leiter entdeckt und versucht, hinaufzusteigen, hatte mich mit meinem Kinn von Sprosse zu Sprosse weitergehantelt, bis ich mit dem Kopf an ein eisernes Gitter gestoßen war, das sich keinen Zentimeter bewegen ließ.

Ich überlegte. In diesem unterirdischen Raum befanden sich neben mir einige merkwürdige, leblose Dinge. Wurde ich in einem Käfig gefangen gehalten? Aber wofür waren die beiden langen Eisendinger am Boden gedacht?

Ich bildete mir ein, dass durch das Gitter ein schwacher Lichtschimmer in mein Gefängnis drang. Plötzlich spürte ich einen Luftzug. Erschrocken zuckte ich zusammen und stolperte zurück an das andere Ende des Raumes.

Sein höhnisches Lachen fuhr mir durch Mark und Bein. Er packte mich an meiner linken Schulter und schüttelte mich. Die Kerze hielt er so, dass ich sein Gesicht nicht sehen konnte. Ich wusste ohnehin, wer es war.

Während er mir den Knebel abnahm, drohte er, mir die Kehle aufzuschlitzen, wenn ich nur den leisesten Ton von mir geben würde. Die Spitze seines Messers kitzelte meinen Hals. Trotz seiner Drohung hätte ich fast geschrien, als die Kerzenflamme plötzlich eine unheimliche Fratze beleuchtete.

Zu meinen Füßen lag der gehörnte Luzifer mit roter, herausgestreckter Zunge. Ein riesiger, behaarter

Schwanz ragte aus seiner feurigen Hose. Allerdings schien Luzifer aus Pappe zu sein, während mein Peiniger real war.

Er gab mir Wasser und ein Stück Brot. Gierig verschlang ich das Brot. Den Becher trank ich in einem Zug leer. Leise flehte ich ihn dann an, mich nicht mehr zu knebeln. Ich schwor, nicht um Hilfe zu rufen. Er lachte nur und stopfte mir den Mund zu. Sogleich geriet ich wieder in Atemnot. Mein Unterkiefer zitterte. Lautlos begann ich zu weinen.

Ich spürte eine Hitzewelle in mir hochsteigen, von den Füßen bis zum Kopf. Mein Atem setzte für ein paar Sekunden aus. Mein Zwerchfell schien blockiert.

Aber ich gab nicht auf. Langsam sog ich die Luft durch die Nasenflügel ein und blies sie wieder raus. Mein Puls klopfte heftig in meinem Hals. Im Kopf drehte sich alles. Als das Blut in meinen Ohren zu dröhnen begann und kleine Blitze vor meinen Augen explodierten, befürchtete ich, in Ohnmacht zu fallen.

Er packte mich an den Armen und setzte mich auf einen Kübel.

Mir war nichts mehr peinlich, nicht einmal das laute Plätschern, als ich mich erleichterte. Ich spürte, dass er es genoss, mich zu demütigen.

Als ich fertig war, half er mir aufzustehen. Ich machte einen raschen Schritt nach links und gab dem Kübel einen Stoß. Sein Schrei, als sich der Inhalt des Kübels über seine Füße ergoss, bereitete mir eine große Genugtuung. Aber mein Triumphgefühl hielt nicht lange an. Seine Ohrfeige raubte mir das Bewusstsein. Die Dunkelheit hüllte mich wieder ein.

Donnerstag, 2. Juli 1897

1

Gustav von Karoly war ein großer Freund der Frauen. Er sah dem schwachen Geschlecht so manchen Fehler nach. Doch er hasste Unpünktlichkeit. Obwohl er momentan nichts Besseres zu tun hatte, als sich dem Müßiggang hinzugeben, konnte er es nicht leiden, wenn jemand seine Zeit verschwendete. Ungeduldig rutschte er auf der mit braunem Leder überzogenen Sitzbank im Café Schwarzenberg hin und her und zupfte so lange an der weißen Blume in seinem Knopfloch, bis nur mehr zwei Blütenblätter übrig waren. Die restlichen Blätter der Gardenie lagen verstreut unter dem wackeligen Marmortischchen auf dem schmutzigen Boden. Seine Augen wanderten immer wieder zwischen der Eingangstür und dem großen Porträt von Kaiser Franz Joseph I., das über der Theke hing, hin und her. Zu Hause hatte er das Konterfei Seiner Majestät aus seinem Zimmer entfernt. Da seine Tante es ebenfalls nicht aufhängen wollte, hatte sein ehemaliges Kindermädchen Josefa das Bild in ihrem Kabinett hängen. In den öffentlichen Gebäuden, den Cafés und Geschäften der Residenzstadt aber konnte man dem väterlichen Blick des Herrschers nicht entkommen.

Der erste Tisch im Café Schwarzenberg, gleich links neben dem Eingang, diente Gustav als provisorisches Büro. Lieber wäre ihm der Tisch in der Fensternische, rechts von der Eingangstür, gewesen, denn dort war es wesentlich ruhiger als hier, gegenüber der Theke. Doch das war der Stammtisch von Josef Hoffmann, einem Architekten und Künstler, der gerade, gemeinsam mit Joseph Maria Olbrich, Gustav Klimt und anderen Künstlern, die Wiener Secession gegründet hatte.

Der Anblick all der hübschen Damen der Halbwelt und der besseren Gesellschaft, die vor seinem Fenster vorbeiflanierten, ließ ihn die Benachteiligung gegenüber dem bekannten Architekten leichter in Kauf nehmen. Der Ringstraßenkorso begann an der Sirkecke, beim feinen Lederwarengeschäft des Herrn August Sirk, gegenüber des k.k. Hofoperntheaters, und endete am Schwarzenbergplatz, quasi vor seinem Fenster. So mancher Blick aus himmelblauen oder rehbraunen Augen streifte wohlwollend seine ebenmäßigen Züge und seinen sorgfältig gekämmten, dichten, schwarzen Schnurrbart.

Dennoch fand er es höchst ärgerlich, dass sich seine Tante weigerte, ihm das Kabinett, das früher sein Kinderzimmer gewesen war, als Büro zu überlassen. Sie hatte nach dem Tod seiner Mutter Zimmer und Kabinett, die vom Vorraum aus separat begehbar waren, untervermietet. Bis vor kurzem hatten Hermann Baier und seine Frau dort gewohnt. Als dem alten Grantscherben die Frau davongelaufen war, hatte er das Kabinett aufgegeben. Gustav hatte sogleich darauf gespitzt. Vor einem Monat hatte seine Tante Vera es jedoch an Eduard vermietet, einen Bierkutscher aus Brünn, der für einen Fiakerbesitzer arbeitete.

Von allen Wiener Kaffeehäusern war Gustav das Café Schwarzenberg am liebsten. Die mit dunkelbraunem Holz getäfelten Wände, die marmornen Tische, die mit tabakbraunem Leder überzogenen Clubsessel und die schönen Luster, die an der mit kleinen weißen Kacheln gefliesten Decke hingen, erinnerten ihn an die Einrichtung britischer Männerclubs. Nach seinem Abschied vom Militär hatte er ein Jahr in London verbracht. Anstatt an der neu gegründeten London School of Economics ernsthaft zu studieren, hatte er seine Tage in den Londoner Clubs verbracht. Allerdings hatte er im Herbst 1895 doch einige Vorlesungen in der John Street besucht und notgedrungen etwas von den Diskussionen um Klassenunterschiede und die neuen Wege des sozialen Fortschritts mitbekommen. Der Besuch dieses Colleges war die Idee seiner Tante gewesen. Eine englische Freundin hatte ihr diese fortschrittliche Institution empfohlen.

Als Gustav seinen Kleinen Schwarzen ausgetrunken hatte und bereits beim zweiten Glas Wasser angelangt war, hatte er die Hoffnung aufgegeben, dass die Dame noch kommen würde. Vielleicht war es keine so gute Idee gewesen, sich hier mit ihr zu verabreden. Damen der besseren Gesellschaft gingen höchstens nach einer Soiree oder einem Ball in ein Kaffeehaus, und dann nur in Herrenbegleitung.

Plötzlich erschien eine verschleierte Frau in der Tür. Er wusste sofort, dass es sich um seine neue Klientin handelte. Sie blickte sich hastig um, bevor sie unsicheren Schrittes das Lokal betrat. Offensichtlich fühlte sie sich unwohl.

Trotz der Hitze war sie ganz in Schwarz gekleidet. Ein hauchdünner schwarzer Schleier hing von ihrer ausladenden Kopfbedeckung herab. Ihre Figur war tadellos. An den richtigen Stellen gut gepolstert. Ein kritischer Blick auf ihr Gesicht, das trotz des raffinierten Netzwerks zu sehen war, und er konstatierte, dass sie einige Jahre jünger sein musste als er.

Als sie zögernd auf seinen Tisch zutrat, sprang er auf und verbeugte sich tief.

„Gustav von Karoly. Sehr erfreut!“

Sie reichte ihm die Hand.

Er ergriff sie sanft und hauchte einen Kuss auf ihre behandschuhten Finger.

„Bitte nehmen Sie Platz. Was kann ich für Sie tun?“ Er war sich bewusst, dass er ein bisschen zu schnell vorging. Es mangelte ihm eben noch an Erfahrung in seinem neuen Beruf. Die Dame in Schwarz würde erst sein dritter Fall sein, wenn es ihm überhaupt gelänge, sie davon zu überzeugen, dass er der richtige Mann für die Lösung ihres Problems war.

Er vermutete ein Liebesdrama. Waren doch seine ersten beiden Klienten engstirnige, eifersüchtige Ehemänner gewesen. Dass dieses Mal ein weibliches Wesen seine Dienste beanspruchen könnte, erregte ihn ungemein.

Vor zwei Tagen war ihr Brief in einem zart parfümierten champagnerfarbenen Kuvert bei ihm eingelangt. Er hatte ihr durch einen Boten umgehend eine Antwort geschickt. Und nun war sie tatsächlich zu dem Treffpunkt, den er vorgeschlagen hatte, erschienen. So viel Glück musste man erst einmal haben, dachte er und bemühte sich, seinen Fehler von vorhin wieder gutzumachen.

„Was darf ich Ihnen bestellen? Eine Melange und einen Apfelstrudel vielleicht? Der Apfelstrudel hier ist sehr empfehlenswert.“

„Nein, danke. Ich möchte lieber ein Glas Tokajer.“

Ihre heisere rauchige Stimme jagte köstliche kleine Schauer über seinen Rücken.

Energisch winkte er den Kellner herbei und bestellte zwei Achterl, obwohl es erst zwölf Uhr mittags war und er normalerweise tagsüber keinen Alkohol trank. Aber er wollte keinesfalls als Weichling dastehen.

„Margarete von Leiden“, stellte sie sich überflüssigerweise vor.

Er hatte nach ihrem Brief bereits recherchiert, wusste, dass sie die Witwe des Barons von Leiden war. Viel interessanter als ihren verstorbenen Ehemann fand er allerdings ihren Vater. Herr von Schwabenau war ein stadtbekannter Wiener Fabrikbesitzer, der beim Bau der neuen Eisenbahnlinien viel Geld verdient hatte. Sein Stahl- und Eisenwerk hatte einen Großteil des österreichischen Schienennetzes hergestellt. Neben Eisenbahnschienen und Waffen wurden in seiner Fabrik auch komplizierte technische Apparaturen für den Wiener Vergnügungspark erzeugt. Viele der wundersamen neumodischen Attraktionen im Volksprater, wie der Wurstelprater seit 1873 offiziell hieß, waren von Schwabenaus Ingenieuren entwickelt worden. Nur zuletzt, beim Bau des größten Wunderwerks der Technik, dem Riesenrad, war er laut Zeitungsberichten von Gabor Steiner ausgebootet worden. Seither hatten sich die Schwabenau-Werke draußen in Hernals wieder mehr auf die Waffenproduktion verlegt.

Auf einmal bildete sich Gustav ein, dass Margarete von Leiden weniger nach Veilchen als nach tödlichem Pulver roch. Dennoch schwebte er im siebten Himmel und wusste nicht, bei welchem Heiligen er sich für diese Klientin bedanken sollte.

Ihre Vornehmheit schien nicht gespielt zu sein. Gustav meinte, ein gutes Gespür für Menschen zu haben. Auch wenn ihr Vater, ursprünglich ein einfacher Wagner, wahrscheinlich wegen seiner Verdienste um die Waffenproduktion im letzten Krieg geadelt worden war, hatte sie Klasse. Bestimmt hatte der Alte bei der Erziehung seiner einzigen Tochter keine Kosten gescheut. Gustav tippte auf ein Schweizer Internat.

Da das Schweigen zwischen ihnen bereits unangenehm wurde, fragte er noch einmal, was er für sie tun könne.

„Entschuldigen Sie, ich bin ein bisschen verwirrt. Hier ist es so laut. Ich war noch nie in einem Kaffeehaus." Sie warf einen neugierigen Blick in den benachbarten Salon, der mit seinen hellen marmornen Wänden und riesigen Spiegeln viel luftiger wirkte.

Gustav dachte nicht im Traum daran, seinen Stammtisch gegen eines der filigranen Messingtischchen dort drüben einzutauschen. Dies war schließlich kein privates Stelldichein, sondern ein rein geschäftlicher Termin.

„Meine Tochter ist spurlos verschwunden", seufzte sie endlich. „Mein Vater hat all seine Beziehungen spielen lassen, aber leider nichts in Erfahrung bringen können." Sie nahm ein mit Spitzen besetztes Taschentuch aus ihrem Beutel, hob ihren Schleier und trocknete ihre feuchten Wangen.

Schneeweißer Teint, eine süße kleine Stupsnase, geheimnisvolle hellviolette Augen, sinnliche Lippen. Gustav malte sich aus, wie er diese Lippen mit seinen Küssen zum Glühen bringen würde. Sein Blick wanderte zu ihren hohen festen Brüsten. Ihm wurde ganz heiß und seine Schenkel begannen zu vibrieren.

„Sollten Sie mich nicht fragen, seit wann ich meine Tochter vermisse?"

Ihr leicht ironischer Ton riss ihn aus seinen süßen Träumen.

„Ja, natürlich, ja ..., wann und wo haben Sie Ihr Kind zum letzten Mal gesehen?"

„Vorigen Sonntag. Wir waren im Lusthaus zu einem Galadiner eingeladen. Kurz bevor wir aufbrechen wollten, fiel mir auf, dass Leonie, die schon vor einer Weile die Tafel verlassen hatte, nicht mehr zurückgekehrt war. Ich befürchtete, dass ihr das üppige Mahl nicht bekommen war. Jedenfalls machte ich mich sogleich auf die Suche nach ihr. Draußen dunkelte es bereits. Ich musste die Suche bald aufgeben, informierte aber meinen Vater, und er schickte unseren Kutscher und ein paar Kellner mit Fackeln los. Als sie unverrichteter Dinge zurückkamen, fuhren wir nach Hause, in der Hoffnung, sie vielleicht dort anzutreffen. Doch zu Hause war sie auch nicht. Mein Herr Papa suchte mit seinen Leuten die halbe Nacht lang die ganze Umgebung des Lusthauses ab. Ohne Erfolg." Margarete von Leiden verbarg ihr Gesicht in ihren Händen.

„Bitte beruhigen Sie sich!" Weinende Frauen riefen bei Gustav ein Gefühl völliger Hilflosigkeit hervor.

Sie beruhigte sich tatsächlich relativ rasch.

„Am nächsten Morgen ließen mein Vater und ich uns in die Freudenau bringen und anschließend zur Trabrennbahn in der Krieau. Es mag für Sie etwas eigenartig klingen, aber meine Tochter ist eine große Pferdeliebhaberin ..."

Bevor sie wieder zu weinen anfing, fragte Gustav schnell: „Und dann sind Sie auf das Kommissariat gegangen?"

„Nein! Wo denken Sie hin?"

„Warum nicht?"

Sie nippte an ihrem Weinglas, schien über eine Antwort erst nachdenken zu müssen.

„Ich möchte mir erst sicher sein, dass ich Ihnen vertrauen kann, bevor ich mit Ihnen offen über familiäre Angelegenheiten spreche." Sie taxierte ihn herablassend.

Wenn Gustav eines nicht leiden konnte, dann waren es arrogante Adelige. Er war ein überzeugter Liberaler und großer Anhänger der Französischen Revolution und der gescheiterten Märzrevolution in den späten vierziger Jahren. Das Biedermeier und die politische Restauration hatten in seinen Augen alle grandiosen Ideen zunichte gemacht.

Er musterte sie mindestens ebenso arrogant wie sie ihn.

„Sie haben sich an mich gewandt. Darf ich fragen, warum?"

„Ein Bekannter, der Arzt von Graf Batheny, der auch meinen Vater wegen seiner Herzprobleme behandelt, hat Sie mir wärmstens empfohlen."

Bei der Erwähnung des Grafen zuckte Gustav unwillkürlich zusammen. Um Fassung bemüht, zündete er sich eine Zigarette an. Seine Hände zitterten.

Nach dem ersten Zug besann er sich jedoch auf seine gute Erziehung und fragte, ob es sie störe, wenn er rauche.

Sie schüttelte den Kopf.

„Kann ich auch eine haben?"

Er glaubte seinen Ohren nicht zu trauen, reichte ihr aber sogleich das silberne Zigarettenetui, das er von seinem Großvater geerbt hatte.

Sie bediente sich. Er gab ihr Feuer und stellte mit Genugtuung fest, dass seine Hände zu zittern aufgehört hatten.

„Sind Sie mit Doktor Lipschitz oder gar mit dem Grafen Batheny befreundet?", fragte sie.

Jetzt ließ er sich lange Zeit mit seiner Antwort. Er starrte auf ihre Lippen, die sich fast vulgär wölbten, als sie einen Zug von ihrer Zigarette nahm. Die Baronin kam ihm plötzlich richtig verrucht vor.

„Befreundet ist nicht der richtige Ausdruck.“ Sein abweisender Blick ließ keine weitere Frage zu.

„Wenn ich diesen Fall übernehmen soll, benötige ich mehr Informationen. Wir Detektive sind wie Ärzte, oder besser gesagt, wie diese neumodischen Nervenärzte. Wir haben Schweigepflicht. Alles, was Sie mir erzählen, bleibt bei mir.“ Theatralisch griff er sich ans Herz.

Endlich schien er den richtigen Ton getroffen zu haben. Sie dämpfte ihre bis zur Hälfte gerauchte Zigarette aus.

„Meine Tochter ist ein sehr eigenwilliges und außergewöhnliches Kind. Sie ist nicht zum ersten Mal verschwunden. Vor zwei Jahren ist sie schon mal für drei Tage von zu Hause ausgerissen. Aber das tut nichts zur Sache.“

„Oh doch! Wo war sie damals?“

„Im Prater auf der Vermählungswiese ... bei den Zigeunern ... Mein Herr Papa und ich haben die Zigeuner auch gleich als Erstes aufgesucht. Keiner von ihnen hat Leonie in letzter Zeit gesehen.“

„Und Sie haben diesen Leuten so ohne Weiteres geglaubt?“

„Warum sollten sie uns nicht die Wahrheit sagen? Sie würden es nicht wagen, meinen Vater zu belügen. Sie haben viel zu viel Angst vor ihm. Er ist ein mächtiger Mann. Sein Einfluss reicht weit über die Pratergrenzen hinaus.“

Gustav war gespannt, was seine Tante von diesem ungewöhnlichen neuen Fall halten würde. Obwohl er oft Streit mit ihr hatte, hielt er große Stücke auf sie. Tante Vera hatte ihm Vater und Mutter ersetzt. Denn seine Mama war zwar sehr schön gewesen, hatte aber in ihrer eigenen Welt gelebt und niemanden geliebt außer sich selbst. Das hatte er schon als Zehnjähriger begriffen.

„Ich übernehme den Fall." Er hoffte, selbstbewusst genug zu klingen. „Geben Sie mir die Namen und Adressen von allen Leuten, mit denen ihre Tochter verkehrte."

Margarete von Leiden blickte ihn verblüfft an, tat aber wie ihr geheißen. Anscheinend war sie daran gewöhnt, Befehle von Männern entgegenzunehmen. Brav schrieb sie mit dem Stift, den er ihr reichte, einige wenige Namen in sein Notizbuch.

„Die Adressen dieser Personen kenne ich nicht", sagte sie entschuldigend.

Gustav war überrascht, als er die Namen las. Sie waren ihm fast alle bekannt. Er hätte niemals gedacht, dass eine Baronesse mit solch dubiosen Leuten Kontakt haben könnte.

Während er überlegte, wie viel Honorar und Spesengeld er verlangen solle, fragte sie: „Genügen fünfzig Kronen als Anzahlung und zwanzig Kronen Spesen für jeden folgenden Tag Ihrer Nachforschungen?"

Er hatte für sich gerade die Hälfte des vorgeschlagenen Betrages veranschlagt, war aber so geistesgegenwärtig zu nicken.

„Und wenn Sie meine Leonie finden, zahle ich gern noch einmal hundert Kronen Erfolgshonorar."

„Haben Sie zufällig ein Foto von Ihrer Tochter dabei?"

Sie holte aus ihrem schwarzen Beutel, der mit weißen funkelnden Perlen bestickt war, eine Fotografie hervor und reichte sie ihm über den Tisch.

Gustav bemühte sich, sein Erstaunen zu verbergen. Hatte er doch damit gerechnet, ein Kind suchen zu müssen. Auf dem Bild lächelte ihm ein hübsches junges Mädchen kokett entgegen.

„Wie alt ist die Baronesse?"

„Fünfzehn."

Er hatte die Baronin auf höchstens dreißig geschätzt.

„Bitte erzählen Sie mir ein bisschen mehr von Ihrer Tochter."

„Was wollen Sie wissen?"

„Geht sie zur Schule? Was hat sie für Interessen?"

„Sie ist, wie gesagt, verrückt nach Pferden. Das hat sie von ihrem Va... Großvater", stammelte Margarete von Leiden.

Gustav hatte ihren Versprecher sehr wohl bemerkt, ließ sie aber weiterreden.

„Leonie besucht das Mädchengymnasium. Sie ist eine gute Schülerin, aber ein bisschen wild, wenn Sie verstehen, was ich meine. Keiner konnte sie bisher bändigen. Sie hat sämtliche Kindermädchen und Gouvernanten in die Flucht geschlagen. Mein Mann hat sie sehr verwöhnt und ich war zu schwach, mich in Erziehungsfragen durchzusetzen." Sie wischte sich mit ihrem nicht mehr ganz so blütenweißen Taschentuch über die Augen.

„Ich weiß nicht, was ich Ihnen sonst noch erzählen könnte."

„Wer sind ihre Freundinnen? Oft wissen die besten Freunde mehr über unsereins als die Familie."

„Leonie hat keine Freundinnen. Bis jetzt habe ich geglaubt, ich wäre ihre beste Freundin ..." Margarete von Leiden schnäuzte sich ungehörig lautstark.

„Gibt es außer Ihnen noch jemanden, der mir etwas über Ihre Tochter erzählen könnte?"

„Vielleicht mein Vater? Allerdings ist er momentan nicht gut auf Leonie zu sprechen. Er befürchtet, dass ..., dass sie durchge... gebrannt sein könnte", stammelte sie.

„Mit wem? Hat er einen bestimmten Verdacht?“ Gustav konnte sein Erstaunen schwer verbergen.

„Nein, nein, nicht dass ich wüsste. Er ist nur schrecklich wütend und sehr enttäuscht, dass sie zum zweiten Mal, ohne eine Nachricht zu hinterlassen, verschwunden ist. Vor zwei Jahren war die Situation aber eine ganz andere. Leonie ...“ Sie brach seufzend ab.

„Was wollten Sie gerade sagen?“

„Ich ..., ich fühle, dass sie diesmal nicht einfach aus Lust und Laune davongelaufen ist, sondern dass viel Schlimmeres dahintersteckt. Eine Mutter spürt so etwas. Außerdem hat sie nichts bei sich, keine Kleider und Schuhe zum Wechseln. Selbst ihr Retikül habe ich in ihrem Nachtkästchen gefunden. Sie ist ohne Heller.“

„Sie befürchten, dass Ihre Tochter entführt worden ist?“

„Nicht auszudenken ...“

„Aber Sie haben bisher keine Nachricht erhalten? Keinen Erpresserbrief, keine Lösegeldforderung?“

Sie schüttelte den Kopf. Ihre violetten Augen schimmerten feucht. Gustav wechselte rasch das Thema.

„Sie wohnen bei Ihrem Vater?“

„Ja, nach dem Tod meines Mannes sind Leonie und ich wieder in das Palais Schwabenau gezogen.“

Gustav kannte den neoklassizistischen Neubau am Parkring nur von außen. Er nahm sich vor, Herrn von Schwabenau sobald wie möglich in seinem Prunkbau aufzusuchen.

„Ich muss mit ihm reden. Wäre es Ihnen möglich, einen Termin für mich zu arrangieren?“

„Wie spät haben wir?“

„Viertel nach drei.“

„Am besten, Sie kommen gleich mit mir. Wenn wir Glück haben, treffen wir ihn zu Hause an. Um diese Zeit beendet er normalerweise sein Mittagsschläfchen.“

2

„Eine Kutsche?“ Gustav deutete auf den Fiakerstand gegenüber vor dem Hotel Imperial.

„Nein. Lassen Sie uns zu Fuß gehen, es ist nicht sehr weit.“

„Was für ein wunderschöner Tag“, sagte Gustav im Plauderton und bot ihr galant seinen Arm an.

Als sie sich ganz ungezwungen bei ihm einhängte, streifte ihr Busen seinen Ellbogen. Er spürte wieder Bewegung in seiner Hose.

Arm in Arm schlenderten sie die Ringstraße entlang. Der Lärm und Dreck auf den Baustellen am Straßenrand tat seinen romantischen Gefühlen keinerlei Abbruch. Ihr Parfüm raubte ihm beinahe den Atem. Oder war es all der Staub und Dreck? Wenn es nicht bald regnete, würde die Reichshauptstadt in einer dicken Staubwolke ersticken.

„Wien wird jetzt zur Großstadt demoliert“, hatte Karl Kraus in der Künstlerzeitschrift Wiener Rundschau geschrieben. Dieser kritische Geist hatte wieder einmal Recht gehabt, dachte Gustav. Die Fertigstellung der Ringstraße, der Bau der Gasleitung und die Regulierung des Wienflusses – Baustellen, nichts als Baustellen seit über zwanzig Jahren. Obwohl Gustav ein glühender Anhänger des Fortschritts und der Moderne war, litt auch er unter dieser permanenten Lärm- und Geruchsbelästigung.

Der vier Kilometer lange, kreisförmige Prachtboulevard rund um die Wiener Innenstadt war drei Jahre nach seiner Geburt eröffnet worden. Die wichtigste städtebauliche Veränderung in Wien seit dem Mittelalter, hatte sein Großvater einst stolz behauptet. Vorher sei Wien eine enge, dunkle und überfüllte Stadt gewesen, eingezwängt in mittelalterliche Mauern. Die Vorstädte ringsum waren durch das Glacis von der Stadt getrennt gewesen. Dieser unbebaute, vierhundertfünfzig Meter breite Wiesengürtel war früher als Exerzier- und Paradeplatz und als Erholungsgebiet genutzt worden. 1857 hatte Kaiser Franz Joseph das Billet zum Abbruch der Stadtmauern unterzeichnet. Die jahrzehntelangen Bauarbeiten waren bis heute nicht abgeschlossen. Aber zumindest waren seit 1890 die Vorstädte mit der Innenstadt vereint.

Als sie bei der Himmelpfortgasse angelangt waren, ertönte ein ohrenbetäubendes Poltern und Krachen. Lautes Wiehern, brüllende Stimmen, verzweifelte Schreie, zwischendrin leises Wimmern. Die Pferde einer Droschke waren durchgegangen. Das filigrane offene Gefährt war mit dem Waggon einer Pferdetramway zusammengeprallt und umgekippt. Die Geschirre der Pferde hatten sich ineinander verheddert. Zwei Pferde waren gestürzt. Die Insassen der Droschke lagen auf der Straße. Ein kleiner Junge war unter die Hufe eines Gauls geraten. Er blutete am Kopf. Die Frau, die sich kreischend über den Jungen beugte, war ebenfalls blutüberströmt. Das andere Kind, ein Mädchen von etwa vier Jahren, lag regungslos unter dem linken Hinterrad der Droschke.

Gustav wollte den Kindern zu Hilfe eilen. Margarete von Leiden presste sich jedoch eng an ihn, verbarg ihr Gesicht an seiner Brust und flüsterte unter Tränen: „Bitte bleiben Sie bei mir."

Er streichelte ihren Rücken, um sie zu beruhigen. „Es wird alles gut. Die Sicherheitswache ist schon da." Er fand sowohl sein Verhalten als auch seine Worte idiotisch. Obwohl sein bester Freund Rudi Kasper Oberkommissär bei der Polizei war, hielt er nicht viel von den k.k. Ordnungshütern. Gustav hatte prinzipiell ein Problem mit Autoritäten.

Ein Schuss und gleich darauf ein zweiter ließen Margarete vor Leiden heftig zusammenzucken. Gustav befürchtete, sie würde jeden Moment in Ohnmacht fallen. Der Uniformierte hatte die beiden Pferde von ihren Qualen erlöst. Als Gustav genauer hinsah, bemerkte er, dass sich eines der Pferde noch bewegte. Auch Margarete sah es.

„Tierquälerei! Erschießen Sie den armen Gaul endlich!", schrie sie.

Als der dritte Schuss ertönte, drängte sie darauf, weiterzugehen. Gustav zögerte. Sie zog ihn mit sich.

Nach ein paar Metern waren sie vor dem Eingangstor des Palais Schwabenau angelangt. Das Palais wirkte höher als die anderen fünfstöckigen Bauten rundum. Es protzte durch einen Dachaufbau, obwohl für die moderne Wiener Architektur ein gerader Gesimsabschluss ohne Dach, Kuppel oder andere Aufbauten typisch war.

Margarete schloss das schwere Eichentor auf und ging voran. In dem prächtigen Stiegenhaus aus weißem Marmor standen riesige Kandelaber und lebensgroße neoklassizistische Statuen.

„Mein Vater ist herzkrank und hat einen hohen Blutdruck. Er darf sich nicht aufregen“, sagte Margarete von Leiden leise, als sie die breite Treppe in die Beletage hinaufgingen. „Lassen Sie mich bitte zuerst allein mit ihm sprechen.“ Sie wirkte sehr nervös.

Gustav blieb ein paar Schritte hinter ihr zurück. Obwohl es seinen guten Manieren widersprach, hinter einer Frau die Stufen hinaufzusteigen, genoss er es, mit seinem Blick den aufreizenden Bewegungen ihrer Hüften folgen zu dürfen. Da er nur Augen für ihren durch eine große Schleife betonten Hintern hatte, lief er fast in einen der beiden mannshohen Kerzenständer am Ende der Treppe.

Die Wände der weitläufigen Galerie im ersten Stock waren holzgetäfelt. Eine mit Gold verzierte Kassettendecke ließ den Raum niedriger erscheinen, als er war. Der Geruch von Holzpolitur stieg Gustav in die Nase. Er musste niesen.

„Gesundheit“, wisperte Margarete von Leiden.

Als sie den Salon betrat, bedeutete sie ihm, in der Galerie zu warten. Allerdings schloss sie die Tür nicht ganz hinter sich.

„Ich habe einen Gast mitgebracht, Papa. Herr Gustav von Karoly ist Privatdetektiv und wurde mir vom Doktor Lipschitz wärmstens empfohlen. Er wird Leonie finden, glaub mir ...“, hörte Gustav sie sagen.

Sie wurde von einer lauten, polternden Männerstimme unterbrochen. Herr von Schwabenau schimpfte, dass sie ihm einen Fremden ins Haus brachte. Obwohl er wahrscheinlich wusste, dass Gustav vor der Tür wartete, senkte er seine Stimme nicht, sondern maßregelte sie lautstark: „Dumme Gans ..., nichts als Flausen im Kopf, genau wie deine Tochter ... Ich habe eure Faxen gründlich satt!“

Für Gustav hatte er ebenfalls nur beleidigende Worte übrig: „Glaubst du im Ernst, dass so ein dahergelaufener Haderlump sie eher finden wird als meine Leute? Privatdetektiv nennt er sich? Das ist kein anständiger Beruf ...“

Gustav spürte, wie ihm das Blut in den Kopf schoss, und er überlegte, auf der Stelle kehrtzumachen und diesen Fall schnellstens zu vergessen. Parvenüs wie dieser Schwabenau trieben ihn zur Weißglut. Am liebsten hätte er diesen präpotenten Emporkömmling links und rechts geohrfeigt. Stattdessen griff er nach einer Alabastervase mit einem Makartbouquet, die auf einer Rokoko-Kommode thronte. Hob sie hoch und wollte das geschmacklose Ding gerade auf dem Boden zerschmettern, als Margarete von Leiden aus dem Salon trat.

„Bitte nicht!“, flehte sie ihn an.

Sie hatte Hut und Schleier abgelegt. Ihre dunkelbraune Haarpracht war in Auflösung begriffen, einige Strähnen hingen ihr ins Gesicht. Sie schaute ihn so verzweifelt an, dass seine Wut sogleich wieder verrauchte.

Herr von Schwabenau erschien hinter ihr und erwiderte Gustavs knappen Gruß mit einem kaum merklichen Nicken.

„Gehen wir in den Salon.“ Er deutete Gustav, ihm zu folgen. „Lass uns allein“, herrschte er seine Tochter an.

Sie zuckte zusammen, gehorchte jedoch und eilte von dannen, ohne auf Wiedersehen zu sagen.

Herr von Schwabenau war eine imposante Erscheinung. Er war genauso groß wie Gustav, der mit einem Meter fünfundachtzig Gardemaße hatte, aber um mindestens dreißig Kilo schwerer. Sein eleganter heller Sommeranzug hatte bestimmt ein kleines Vermögen gekostet. Gustav erkannte sofort die Handschrift des

k. k. Hofschneiders Ranitzky am Graben. Der alte Freiherr hatte noch volles graues Haar. Sein dichter, gepflegter Backenbart erinnerte an die Barttracht des Kaisers. Seine blauen, fast violetten Augen ließen Gustav jedoch sogleich an Margaretes Augen denken. Auch den großen Mund mit den vollen, sinnlichen Lippen hatte seine Tochter offensichtlich von ihm geerbt.

Der alte Herr platzierte sich vor dem Kamin, auf dessen Sims eine Marmorbüste von ihm stand. Die Ähnlichkeit war verblüffend. Der Bildhauer ein Naturalist.

Gustav blickte sich in dem großen Salon um, während sich von Schwabenau gemächlich eine Zigarre anzündete. Seinem Gast bot er keine an.

Ein prächtiger Kronleuchter hing von der mit allegorischen Figuren bemalten Decke herab. Die goldbestickten Gardinen an den Fenstern waren zugezogen. An den Wänden hingen wertvolle Gobelins. Gustav erkannte einige Szenen aus der germanischen Mythologie. Bordeauxrote Tapeten, dicke Perserteppiche. Glasvitrinen bestückt mit Meißner Porzellan. Verschnörkelte Biedermeier-Kommoden, ein Louis-XVI-Schreibtisch, der so gar nicht zu den schweren altdeutschen Schränken passte. Zwei Sofas, die unter dicken Seidenkissen verschwanden. Mehrere bequem aussehende Fauteuils um ein filigranes Couchtischchen gruppiert – ein Sammelsurium aus teuren, wild zusammengewürfelten Möbeln und golden leuchtenden Accessoires. Vergoldete Kerzenständer, goldene Uhren, goldene Putten und goldfarbene Bilderrahmen ... Gold, Gold und wieder Gold. Im Hause Schwabenau zeigte man, was man hatte.

„Sagen Sie mir in wenigen Worten, was Sie zu tun gedenken. Ich lasse mir nicht gern meine Zeit stehlen."

Herr von Schwabenau blies Gustav den Rauch seiner Zigarre ins Gesicht.

„Ich bin mir nicht sicher, ob ich den Auftrag Ihrer Tochter überhaupt annehmen werde." Mit hochgezogenen Brauen betrachtete Gustav die beiden riesigen Bilder an der Stirnwand des Salons. Diese Hans-Makart-Epigonen waren ihm ein Dorn im Auge. Er fand ihre Arbeiten schwülstig und pathetisch. Es fehlte ihnen die Grandezza ihres Herrn und Meisters. Sein Blick wanderte zu den versperrbaren Bücherschränken. Die Bücher hinter den sauber geputzten Glasscheiben sahen alle neu aus. Hauptsächlich Enzyklopädien, Atlanten, die Edda und die gesammelten Werke von Friedrich Schiller und Johann Wolfgang von Goethe. Lauter prächtige Ledereinbände mit Goldprägungen. Einige Buchrücken sahen verdächtig nach Attrappen aus. Was man als Neureicher halt so im Schrank haben muss, dachte Gustav amüsiert. Er war endgültig davon überzeugt, dass Herrn von Schwabenaus Nobilitierung erst vor kurzem stattgefunden hatte. Wahrscheinlich war er wegen seiner Verdienste um die Verschmutzung der Stadt in den Adelsstand erhoben worden, dachte er boshaft.

„Was finden Sie so witzig?", schnauzte ihn der Alte an.

„Ich bewundere Ihren erlesenen Geschmack." Gustav verbeugte sich lächelnd. Sein Zynismus prallte an dem alten Schwabenau ab. Sinn für Humor und feine Zwischentöne schienen ihm völlig fremd zu sein.

„Sie trauen sich also zu, meine Enkelin aufzuspüren? Wie werden Sie vorgehen? Damit eines von Anfang an klargestellt ist: Ich will keine Polizei. Verstehen wir uns richtig, Herr Karolli."

„Von Karoly!"

„Ungar, eh?“

„Mein Großvater, Albert von Karoly, war Stallübergeher beim Kaiser.“

Tatsächlich wurde der Alte daraufhin eine Spur freundlicher.

„Karoly ..., Karoly ...? Der Name kommt mir irgendwie bekannt vor.“ Er griff nach einem Monokel, das an einer goldenen Kette von seiner Weste herab bis auf seinen dicken Bauch hing, und musterte Gustav durch das Glas.

„Sind Sie etwa der Bankert von dieser Soubrette?“, fragte er mit einem breiten Grinsen.

Am liebsten hätte Gustav ihm mit seiner gefährlichen Rechten eine aufs Maul gegeben. Mühsam beherrscht sagte er: „Ja, die bekannte Operettensängerin war meine Mutter. Ich würde es übrigens vorziehen, über Ihre Enkelin zu sprechen. Ihre Tochter erwähnte, dass die Baronesse schon einmal für ein paar Tage von zu Hause weggelaufen ist.“

„Das geht Sie nichts an.“

„Wenn ich diesen Fall übernehmen soll, muss ich möglichst alles über sie wissen.“

Bevor von Schwabenau ablehnend reagieren konnte, fuhr Gustav fort: „Angeblich interessiert sie sich sehr für Pferde.“

„Ja, am liebsten treibt sie sich auf der Rennbahn herum.“

„Ich werde also mit meinen Nachforschungen in der Freudenau beginnen.“

„Tun Sie, was Sie nicht lassen können. Ich gebe Ihnen drei Tage. Wenn Sie bis dahin meine Enkelin nicht gefunden haben, Gnade Ihnen Gott!“

Obwohl Gustav diese Drohung nicht ernst nahm, erboste sie ihn sehr.

„Wenn Sie mit Ihren Informationen nicht so geizen würden, stünden die Chancen, dass ich sie finde, wesentlich besser."

Überrascht blickte ihn der Alte an.

„Nicht unverschämt werden, Bürschchen!"

„Ich nehme an, Sie haben ausgezeichnete Beziehungen zu den Geschäftsleuten im Prater. Haben Sie sich bei diesen Herrschaften bereits umgehört?"

„Ich bin froh, seit der Beendigung des Baus von ‚Venedig in Wien' mit diesem Gesindel nichts mehr zu tun zu haben. Habe mich lange genug mit der Prater-Bagage abgeben müssen."

„Haben Sie die Presse informiert?"

„Ich bin doch nicht verrückt. Was glauben Sie, was das für einen Skandal gäbe? Wehe, Sie hängen das Verschwinden meiner Enkelin an die große Glocke!"

„Eine Notiz in der Zeitung wirkt manchmal Wunder. So manche Ausreißerin wurde dadurch aufgespürt."

„Ich warne Sie zum letzten Mal: Keine Presse, keine Polizei!"

„Wie Sie wollen. Ich werde mein Bestes tun. In drei Tagen bekommen Sie meinen ersten Bericht."

„Sie werden mir täglich über die Ergebnisse Ihrer Nachforschungen Bescheid geben!"

„Wie Sie wünschen. – Danke, ich finde allein hinaus."

Herr von Schwabenau traf ohnehin keine Anstalten, ihn zur Tür zu begleiten.

Wütend lief Gustav die flachen Marmorstufen hinunter. Als er fast bei der Haustür angelangt war, hörte er Margaretes Stimme: „Bitte warten Sie, Herr von Karoly!"

Er blieb stehen, drehte sich um.

Sie hatte ihn fast eingeholt. War völlig außer Atem und sah noch bezaubernder aus als vorhin. Ihre Wangen waren gerötet und ihr Busen hob und senkte sich bei jedem ihrer Schritte.

„Was hat er gesagt?"

„Leider nichts von Bedeutung. Ich fürchte, er wird uns keine große Hilfe sein. Am liebsten wäre es ihm, glaube ich, wenn ich keinen Finger rühren würde."

„Ich habe Sie engagiert, nicht er. Sie müssen Leonie finden, bevor es zu spät ist!", beschwor sie ihn.

„Ehrlich gesagt, habe ich noch bei keinem meiner Fälle so wenige Informationen bekommen wie dieses Mal. Ich werde mein Bestes tun, aber es wird sehr schwierig werden."

„Vielleicht sollten Sie wissen, dass ich mit Leonies Vater nicht verheiratet war. Ich glaube, das könnte wichtig sein."

Gustav bemühte sich, nicht allzu schockiert dreinzuschauen.

„Ich habe natürlich als Erstes mit Leonies leiblichem Vater Kontakt aufgenommen. Er hat sie seit Wochen nicht gesehen."

„Wer ist der Vater?"

„Das darf ich Ihnen leider nicht sagen."

Ehe er sie festnageln konnte, eilte sie mit gerafften Röcken wieder die Treppe hinauf. Fasziniert starrte Gustav auf die hohen Absätze ihrer schwarzen Wildlederstiefeletten.

3

Gustav beschloss, zu Fuß nach Hause zu gehen. Beim Gehen kamen ihm immer die besten Ideen. Dieser unsympathische millionenschwere Großindustrielle hatte sich im Laufe der Jahre bestimmt nicht nur jede

Menge Feinde gemacht, sondern war auch ein sehr attraktives Opfer für Erpresser, dachte er, während er quer durch die engen Gassen der Innenstadt schlenderte. An diesem herrlichen Sommertag waren viele Leute unterwegs. Alle paar Minuten lüftete er seinen Halbzylinder und verbeugte sich in Richtung einer elegant gekleideten Dame.

Er habe Glück bei den Frauen, hatte seine Mutter oft behauptet. Der bewundernde Blick, der ihren Worten gefolgt war, hatte ihm ein gewisses Unbehagen bereitet. Gustav hatte in seiner Jugend große Sorge gehabt, dass ihn seine Freunde für ein Muttersöhnchen halten könnten. Deshalb hatte er immense Anstrengungen unternommen, seinen Schul- und Studienkollegen durch sportliche Höchstleistungen zu imponieren, und sich auf alle möglichen wagemutigen Abenteuer eingelassen. Er war Mitglied in einem Boxclub, ein schneller Läufer, ein schneidiger Reiter, ein kühner Fechter und in späteren Jahren ein stadtbekannter Herzensbrecher gewesen. Bei dem Gedanken an seine Jugend kam ihm unwillkürlich sein bester Freund Rudi Kasper in den Sinn.

Anstatt schnurstracks nach Hause zu gehen, suchte er den k.k. Hofzuckerbäcker Demel am Kohlmarkt auf und kaufte ein paar Naschereien für seine Tante. Dann spazierte er zurück über den Blumenmarkt am Hof zur Freyung und weiter zur k.k. Polizeidirektion am Schottenring.

Obwohl Rudi sein Studium der Rechte summa cum laude abgeschlossen hatte, war die von ihm erhoffte große Karriere bei der Polizei ausgeblieben. Immerhin hatte er es aber zum k.k. Polizei-Oberkommissär gebracht und besaß ein eigenes Büro im Kommissariat für die Innere Stadt.

Gustav ärgerte sich mehr über die Benachteiligung seines Freundes als Rudi selbst. Als Kind einfacher Leute hatte Rudi Kasper in der Kaiserstadt keine Chance auf einen Posten in den oberen Etagen. Sein Vater führte eine Wirtschaft in Margareten, in der Nähe des Wienflusses, das Gasthaus „Zum silbernen Kegel". Er hatte sich das Schulgeld und später das Studiengeld für seinen einzigen Sohn buchstäblich vom Mund absparen müssen. Seine Mutter war bei seiner Geburt gestorben.

Um in Wien Karriere machen zu können, brauchte man den passenden Stammbaum und Freunde an den richtigen Stellen. Schicksale wurden in diesem Land unter der Hand entschieden. Einige wenige schafften es auch durch Bücklinge, Schmieren und Arschkriechen, in der Hierarchie weiter nach oben zu kommen, doch das war nicht Rudis Art.

Obwohl er zwei Jahre älter war als sein Freund, waren sie ab dem achten Schuljahr zusammen aufs Schottengymnasium gegangen. Nach der Matura hatten sie gemeinsam zu studieren begonnen. Während Rudi sein Studium der Rechte in der Mindestzeit absolvierte, schloss sich Gustav einer Gruppe wohlhabender Tachinierer an und verbrachte mehr Zeit in den Kaffeehäusern als in den Hörsälen der Alma Mater Rudolphina.

Das Büro des Polizei-Oberkommissärs war nicht gerade repräsentativ. Hellbraun gestrichene Wände, dunkler, abgetretener Parkettboden und ein kleines Fenster, das auf einen schmalen Lichthof hinausging. Obwohl die Sonne schien, war es ziemlich dunkel in dem Büro. Hinter Rudis Schreibtisch hing das unvermeidliche Porträt Seiner Majestät des Kaisers in seiner hellblauen Uniform. Sein wuchernder Backenbart befand sich genau in Gustavs Augenhöhe. Daneben hing der Doppeladler, auch dieser ein Symbol der unendlichen Macht der Habsburger.

„Hier riecht's so komisch." Gustav rümpfte die Nase.

„Ich weiß. Wir werden der Ratten nicht Herr."

„Ratten? Ich würd eher sagen, hier riecht's nach Tod."

„Sehr witzig! Was willst du?"

„Dich besuchen."

„Nett von dir, aber ich habe zu tun."

Rudi setzte seine Nickelbrille auf, zwirbelte seinen dünnen, rotblonden Schnurrbart und schaltete die Gaslampe auf seinem mit Akten überladenen Schreibtisch ein.

Dass Rudi bereits eine Brille brauchte, war kein Wunder.

Der Polizei-Oberkommissär war einen halben Kopf kleiner als sein Freund, wirkte aber muskulös und durchtrainiert, verglichen mit dem schlaksigen Gustav. Sein rötlicher Haarschopf begann sich bereits zu lichten, die Geheimratsecken würden sich demnächst nicht mehr durch den akkuraten Seitenscheitel kaschieren lassen. Gustav hatte von jeher die besseren Chancen bei Frauen gehabt. Rudi war neidisch auf seine amourösen Erfolge. Während Gustav seinen Freund um seine Position bei der Polizei beneidete. Er wäre gern ein beamteter Polizeikommissär gewesen. Doch aufgrund seiner Vorstrafe würde er niemals die Chance bekommen, im Staatsdienst zu landen. Trotz aller Rivalität und Eifersüchteleien hielt ihre typische Männerbeziehung, wie seine Tante diese Freundschaft zu nennen pflegte, schon seit über zwanzig Jahren allen Stürmen des Lebens stand.

Gustav wusste, dass er seinem Freund blind vertrauen konnte. Dennoch erzählte er ihm nicht gleich von seinem neuen Fall, sondern fragte ihn über Herrn von Schwabenau aus, ohne die verschwundene Enkelin zu erwähnen.

„Der Schwabenau ist einer der ganz großen Kapitalisten der Stadt. Er ist mehrfacher Millionär und ein schrecklicher Ausbeuter und Halsabschneider. Sein immenses Vermögen hat er vor dreißig Jahren gemacht, bei den großen Eisenbahnbauten. Er war berüchtigt dafür, dass er seinen Arbeitern extrem niedrige Löhne gezahlt hat. Kein Wunder, dass er so einen riesigen Profit gemacht hat. Menschenleben haben für ihn nie viel gezählt. Ich möchte nicht wissen, wie viele seiner Arbeiter jämmerlich zugrunde gegangen sind. Ja, der Schwabenau ist einer der Schlimmsten. Er hat überall seine schmutzigen Finger drin. Erinnerst du dich an den Bauskandal bei der Errichtung von ‚Venedig in Wien' vor drei Jahren?"

„Dunkel. Ich war damals in Paris oder bereits in London."

„Wie immer ging es um Geld. Der Schwabenau hatte die Politiker bestochen und ist dem Steiner, das war der Bauherr, den kennst du doch, oder ...?"

„Wer kennt den nicht."

„Also, der Schwabenau ist dem Steiner in den Arsch gekrochen und hat tatsächlich den Auftrag bekommen, den künstlichen Canal Grande bis zur Rotunde auszubauen. Als er auch die Errichtung des Campanile an sich reißen wollte, haben die anderen Unternehmer ihre Krallen gezeigt. Es ist zu ernsthaften Auseinandersetzungen gekommen, die natürlich auf dem Rücken der Arbeiter ausgetragen wurden. Die täglichen Schlägereien zwischen den Arbeitstrupps sind eskaliert. Als schließlich einer der Poliere der Gegenseite bei lebendigem Leibe im Campanile eingemauert wurde, haben wir endlich eingreifen können. Einen der Galgenvögel hat das schlechte Gewissen geplagt. Er hat aus der Schule geplaudert. Sonst hätten wir dieses Verbrechen niemals aufgedeckt. Wir haben mehrere Verdächtige verhaftet, unter anderem Max Polanski, der in jener Zeit Schwabenaus Mann fürs Grobe war. Leider haben wir ihn wieder gehen lassen müssen, haben ihm nicht nachweisen können, dass er selbst mit Hand angelegt hatte. Es war eindeutig Mord. Aber der Schwabenau hat seinem Handlanger einen berüchtigten Rechtsverdreher als Anwalt verschafft, den Weiniger. Erinnerst dich an ihn? Er hat mit uns studiert, war uns ein paar Jährchen voraus."

Gustav nickte verlegen.

„Ach ja, du warst ja sogar gut Freund mit ihm. Hatte der nicht die Betrügerei mit den Überschwemmungsopfern organisiert, für die du dann teuer bezahlt hast?"

Gustav erinnerte sich ungern an diese üble Geschichte. Er war als Student in schlechte Gesellschaft geraten und hatte sich eines Abends in stockbetrunkenem Zustand von seinen trinkfesten Kommilitonen dazu überreden lassen, bei einem hundsgemeinen Coup mitzumachen. Sie hatten sich Briefpapier drucken lassen und Bettelbriefe an reiche Leute geschrieben, in denen sie um Spenden für die armen Opfer des Hochwassers baten. Der Wienfluss und die Donau hatten die Stadt überschwemmt, tausende Menschen waren obdachlos geworden. Das Großbürgertum zeigte sich mildtätig und spendete großzügig. Die Überschwemmungsopfer sahen keinen Heller. Der Betrug kam schließlich ans Licht. Gustav und einer seiner Mittäter, der dümmer als erlaubt war, wurden verhaftet. Ihnen wurde „Wohlstandsbetrug" vorgeworfen. Obwohl diese Schurkengeschichte nicht ihre, sondern Weinigers Idee gewesen war – aber der hatte sich geschickt aus der Affäre gezogen –, landeten sie in Untersuchungshaft. Als Mann von Ehre hatte Gustav seinen Kommilitonen Weiniger nicht angeschwärzt, sondern die Strafe auf sich genommen. Allerdings hatte er nur drei Nächte in Untersuchungshaft verbracht, dann war er, ohne Erklärung, wieder freigelassen worden. Dem Dummkopf wurde der Prozess gemacht, obwohl auch er nur ein kleiner Mitläufer gewesen war. Gustav war nach diesem Skandal von der Universität verwiesen worden. Es war ihm nichts anderes übrig geblieben, als sich freiwillig zum Militär zu melden. Er wäre sowieso eingezogen worden, da er zu Beginn seines Studiums nur einen Aufschub bewilligt bekommen hatte.

Peinlich berührt versuchte Gustav zurück zu ihrem eigentlichen Thema zu kommen: „Und wie ging es mit dem Schwabenau weiter?“

„Tja, der hat sich halt mit seinen Konkurrenten geeinigt. Pack schlägt sich, Pack verträgt sich, wie man so schön sagt. Der Max Polanski hat sich danach selbstständig gemacht. Hat auf einmal mit dem Geld um sich geschmissen. Er besitzt mittlerweile einige Hutschen und Ringelspiele und kassiert von den meisten Budenbesitzern Schutzgeld. Jaja, der Herr Polanski hat es geschafft! Er gehört inzwischen fast zur feinen Gesellschaft. Nur mit dem Schwabenau scheint er nicht mehr auf gutem Fuß zu stehen. Die beiden sieht man jedenfalls nie miteinander. Warum interessierst du dich für den alten Geldsack?“

„Ich habe seine schöne Tochter kennengelernt“, sagte Gustav mit einem anzüglichen Augenzwinkern.

„Gute Partie!“

Rudi war ein intelligenter Mann, ein treuer und aufrichtiger Freund, aber er hatte ein großes Problem, und das waren die Frauen. Er war verrückt nach den Weibern, ja, richtiggehend süchtig nach ihnen. Erotik war das Wichtigste in seinem Leben. Sobald Gustav angedeutet hatte, dass es sich um eine neue Liebschaft handeln könnte, vergaß Rudi auf seinen kriminalistischen Spürsinn und wollte unbedingt mehr über diese Bekanntschaft erfahren.

Irgendwann wird ihm seine Obsession zum Verhängnis werden, dachte Gustav. Leidenschaften sind etwas sehr Gefährliches, sie können einen schnell in den Untergang führen. Dennoch schwärmte er seinem Freund nun von den violetten Augen und den süßen Lippen der schönen Margarete von Leiden vor und versuchte gleichzeitig, ihn weiter über die Familie Schwabenau auszuhorchen. Doch Rudi war fixiert auf sein Thema Nummer eins.

„Und, hast du sie schon gepudert?“, fragte er aufgeregt.

„Nein, wo denkst du hin. Ich habe sie heute zum ersten Mal gesehen. Weißt du was über sie?“

„Leider nein. Ich kenne, wie gesagt, nur ihren Vater. Beim Bau des Riesenrads, das morgen eröffnet wird, hätte der Schwabenau übrigens auch gern wieder mitpartizipiert. Aber der Steiner wollte mit ihm keine Geschäfte mehr machen, hat den Auftrag lieber britischen Ingenieuren gegeben. Seither darf angeblich keiner mehr den Wurstelprater in Schwabenaus Anwesenheit erwähnen. Angeblich hat aber der Polanski dem Steiner billige Arbeitskräfte aus seiner früheren Heimat Polen vermittelt. Bestimmt hat er den ganzen Lohn kassiert und den armen Schweinen nur ein paar Heller abgegeben. Mit dem Polanski ist übrigens nicht gut

Kirschen essen. Er ist ein harter Brocken. Ich weiß nicht, wer von den beiden ärger ist, der Polanski oder der Schwabenau. – Vergessen wir diese alten Säcke! Sag, hat die Kleine einen tollen Busen?“

Gustav nickte grinsend.

„Und ihr Arsch? Rund und fest?“

„Hör auf, Rudi. Ich habe sie nur in voller Montur gesehen, geschnürt und zugeknöpft bis zum Hals, aber ich glaube, ihr Arsch ist formidabel.“

Rudis Gelächter war bestimmt bis auf den Gang hinaus zu hören.

„Wenn du ihrer überdrüssig wirst, schick sie zu mir, gut?“

„Wird gemacht, du alter Bock.“

Gustav verabschiedete sich von seinem Freund, da er die Hoffnung aufgegeben hatte, noch mehr über die Schwabenaus zu erfahren.

Er ging zu Fuß nach Hause, spazierte die Ringstraße entlang, vorbei an der Alma Mater Rudolphina, der zweitältesten Universität im Heiligen Römischen Reich, vorbei an dem von Gottfried Semper erbauten Burgtheater, das ebenso wie die Börse, die Universität und die Oper im Stil der Neo-Renaissance errichtet worden war. Das neugotische Rathaus erinnerte Gustav an die bedrohlich wirkenden Schlösser in den illustrierten Märchenbüchern seiner Kindheit. Am ehesten sagte ihm das von Theophil von Hansen in neohellenistischem Stil errichtete Parlamentsgebäude zu. Egal, was wir Wiener an den neuen Bauten zu motschkern haben, wir meckern sowieso immer, dachte er belustigt und machte einen Abstecher in den Volksgarten. Er wusste es zu schätzen, dass sich zwischen den gloriosen Ringstraßengebäuden ausgedehnte Parkanlagen erstreckten. Seit seiner Zeit beim Militär mochte er all den Prunk und Protz in seiner Heimatstadt. In den acht Jahren, die er in trostlosen Garnisonen an der Grenze zum russischen Zarenreich verbracht hatte, war er nur vier Mal auf Heimaturlaub gewesen. Jedes Mal hatte er den Eindruck gehabt, dass sich Wien komplett verändert hatte. Heute war die Kaiserstadt eine großzügige, moderne Metropole, und die Ringstraße repräsentierte einerseits die kaiserliche Macht, andererseits den Einfluss des neuen Großbürgertums. Zwischen den architektonischen Glanzpunkten reihten sich die vornehmsten Hotels der Stadt und die Palais des neuen Geld- und Industrieadels, der sogenannten „Ringstraßenbarone", sowie einige teure Mietpaläste. Außer Ludwig Viktor, dem jüngsten Bruder des Kaisers, haben sich nur wenige Angehörige des Hochadels dazu herabgelassen, am Ring ein Palais zu bauen. Das vor allem jüdische Großbürgertum hatte den Ring fest im Griff, was wiederum den Neid und die Missgunst der deutschnational gesinnten Wiener erregte.

Eine neue Zeit war angebrochen. Die Tage schienen in der Residenzstadt einfach so dahinzuschwimmen, Tage voller Sinnlichkeit, voller Lebensfreude. Alles schien sich um Genuss und Vergnügen zu drehen. Die ausgelassene Stimmung, das ausschweifende Leben der Adeligen und schwerreichen Großbürger und der beinah südländische Müßiggang, der damit in die Wiener Gesellschaft einzog, behagten Gustav durchaus.

Seine kluge Tante und ihre intellektuellen Freunde standen diesem Lebensgefühl kritischer gegenüber, sprachen von Dekadenz und stellten gern Vergleiche mit dem Untergang des alten Roms an.

Als er bei den monströsen neuen Museen angelangt war, überquerte er den Platz, in dessen Mitte das riesige Denkmal der Kaiserin Maria Theresia stand. Er grinste das Konterfei von Zumbusch an, dem Schöpfer des Denkmals, der sich selbst im Sockel verewigt hatte.

Die Abendsonne war durch die Wolkendecke gedrungen, verschwand bald darauf hinter den in Schönbrunnergelb gestrichenen Hofstallungen. Das Abendrot tauchte die Dächer in einen sanften orangeroten Glanz. Diese Stunde war Gustav die liebste. Er verweilte ein paar Minuten hinter dem Denkmal der voluminösen Kaiserin und betrachtete das farbige Wolkenspiel am Himmel. Als es zu dämmern begann, ging er hinüber zu seiner Wohnung.

Gustavs Großvater, ein gebürtiger Ungar, hatte alles über Pferde gewusst und als Stallübergeher einen durchaus ordentlichen Lohn bekommen. Als er wegen seiner Verdienste um die Wohlerhaltung der k.k. Hofstallungen vom Kaiser geadelt worden war, hatte man ihm eine großzügige Dienstwohnung über den Ställen um einen niedrigen Mietzins gegeben. Nach Gustavs Geburt waren bei den Karolys drei Dienstboten angestellt. Albert von Karoly war ein angesehener Mann gewesen und hatte in höhere Kreise eingeheiratet. Gustavs Großmutter stammte von älterem Adel ab als ihr Mann. Nachdem Albert gestorben war, ging es allerdings rapide bergab. So richtig schlimm wurde es, als Jahre danach auch seine Mutter dahinschied. Seine Tante hatte sich zwar verzweifelt bemüht, ihren gewohnten Lebensstil aufrechtzuerhalten, doch ihre Bemühungen waren vergeblich gewesen. Sie hatte nicht nur das Familiensilber, sondern bald auch den Schmuck, den sie von ihrer Mutter geerbt hatte, versetzt. So manch wertvolles Gemälde und so mancher Orientteppich waren ins Dorotheum gewandert. Das Dienstmädchen und die Köchin hatte seine Tante nach dem Tod des Großvaters entlassen. Nur die Wäsche gab man nach wie vor aus dem Haus und zweimal im Monat putzte eine junge Kroatin die Wohnung. Mit den dürftigen Honoraren für ihre Artikel in der Österreichischen Illustrierten konnte Vera von Karoly gerade die Putzfrau und die alte Josefa bezahlen, Gustavs ehemaliges Kindermädchen, die mittlerweile Dienstmädchen, Köchin und Haushälterin in einem spielte. Er wusste, dass Josefa um ihren Lohn oft billige Lebensmittel auf den Märkten in den Vorstädten einkaufte. Sie war eine treue Seele und interessierte sich nicht für Geld, war froh, ein Dach über dem Kopf zu haben, und liebte Gustav abgöttisch, verwöhnte ihn, genauso wie seine Großeltern ihn verwöhnt hatten. Seine Tante hatte sich bemüht, ihm den Vater zu ersetzen, war sehr streng gewesen, hatte sich in Erziehungsfragen aber kaum gegen seine Mutter und seine Großeltern durchsetzen können.

Von seiner Großmama hatte er ein ganz bestimmtes Bild in Erinnerung behalten. Fast den ganzen Tag lang war sie im Salon in einem gepolsterten Stuhl auf dem kleinen Podest unter dem Fenster gesessen. Und zwar mit dem Rücken zum Fenster. Mit einem großen Spiegel in der Hand hatte sie die Ereignisse vor den Reitstallungen beobachtet. Gustav, der oft zu ihren Füßen gehockt war, hatte ihr aufmerksam zugehört, wenn sie ihm erzählte, was sich dort unten abspielte, welche Kutsche gerade die Stallungen verließ, welche Adeligen gerade vorbeispazierten, wer mit wem Arm in Arm ging. Wenn Kaiserin Elisabeth vorgefahren kam, um im Oktogon in den Hofstallungen an der Longe ihre Reitstunden zu nehmen, war der kleine Gustav auf den Schoß der Großmama geklettert und hatte versucht, einen Blick auf die schöne Sisi zu ergattern. Einmal hatte ihn sein Großvater sogar ins Oktogon mitgenommen. Damals hatte sich Gustav unsterblich in die Kaiserin verliebt.

4

Seine Tante hatte mit dem Abendessen auf ihn gewartet. Josefa war schon zu Bett gegangen. Die beiden Untermieter ließen sich nicht blicken.

Da Gustav beinahe alle weiblichen Wesen, die im Laufe der Jahre bei ihnen untergekommen waren, verführt hatte, nahm Vera seit kurzem nur mehr männliche Untermieter.

Josefa hatte den Küchentisch vor dem Fenster gedeckt. Seit sie weniger Platz zur Verfügung hatten, war die Küche zu ihrem beliebtesten Treffpunkt avanciert.

In dem geräumigen Vorzimmer standen zwei riesige Kästen, in denen die Wäsche und andere Haushaltssachen aufbewahrt wurden. Von diesem Vorraum aus gingen drei Türen weg. Die erste führte in die vermieteten Räume. Die zweite in Gustavs Zimmer. Seine Tante hatte ihm den ehemaligen Salon überlassen, da sie nicht Tür an Tür mit den Untermietern wohnen wollte. Durch die dritte Tür kam man in die große Küche, an deren anderem Ende es wieder zwei Türen gab. Die eine führte in die Dienstbotenkammer, die Josefa heute allein bewohnte, die andere in Tante Veras Gemächer. Sie hatte ein eigenes kleines Ankleidezimmer, in dem eine gusseiserne Wanne stand, und ein fast ebenso großes Zimmer wie Gustav. Seines wirkte nur viel größer, da es weniger vollgeräumt war.

Tante Vera hatte in Gustavs Augen jede Menge Qualitäten, Sinn für Ordnung gehörte nicht dazu. In ihrem Ankleideraum stapelten sich sich auf dem Boden Bücher und Zeitungsberge. Auf der kleinen Chaiselongue lagen Kleider und am Spiegel hingen Tücher und Schals aus Musselin, Gaze oder Tüll. Die Türen ihrer Schränke ließen sich kaum mehr schließen und wenn man nachts, ohne Licht, in ihr Zimmer wollte, stolperte man garantiert über ihre Schuhe oder anderes Zeug, das in ihrem Ankleideraum herumkugelte. Ihr wuchtiger Schreibtisch, der auf einer kleinen Empore vor dem Fenster stand, quoll über von Papieren, Broschüren und Schreibwerkzeug. In den Bücherregalen herrschte eine ähnliche Unordnung und in den Schubladen ihrer beiden Kommoden fand sie selbst nichts mehr. Nur das kleine runde Marmortischchen und die beiden Thonetsessel, die in der Mitte des Raumes standen, wurden von ihr jeden Morgen leergeräumt. Denn sie bekam häufig Besuch von einer ihrer zahlreichen Freundinnen und Mitkämpferinnen. Gustav wusste, dass sie dann eine Tagesdecke über ihr Bett breitete und ihre Kleider und Schuhe in den Schrank stopfte.

Tante Vera war seit ihrer Jugend eine glühende Verfechterin der Frauenrechte. Gustavs Mutter hatte sich oft über die scheinbar aussichtlosen Kämpfe ihrer jüngeren Schwester lustig gemacht und sie auch Fremden gegenüber manchmal als Fräulein Blaustrumpf bezeichnet. Trotzdem hatte sie großen Respekt vor ihrer Klugheit gehabt.

Als Gustavs Großmutter erkrankte, kümmerte sich seine Tante mit Hilfe der Dienstboten um sie. Ein paar Jahre später erlitt sein Großvater einen Schlaganfall.

Zum Glück blieb ihm ein langes Leiden erspart. Als Gisela sieben Jahre lang dahinsiechte, war es wieder Vera, die sich fast rund um die Uhr um ihre ältere Schwester kümmerte. Heute, mit fünfzig, konnte sie endlich ihr Leben so führen, wie sie es sich immer gewünscht hatte, konnte sich ihre Zeit selbst einteilen, sich Tag für Tag ihren Büchern und ihrem Schreiben widmen und mit ihrem geliebten Neffen bis spät in die Nacht hinein diskutieren.

Vera von Karoly war eine große schlanke Frau mit graublauen, wachen Augen und vielen Lachfältchen um den Mund. In ihrem dunkelblonden Haar hatten sich erst vor kurzem einzelne graue Strähnen breitgemacht. Wenn sie sich ein bisschen schminken würde und nicht dauernd dieselben langweiligen schwarzen, dunkelblauen oder grauen Kleider anhätte, würde so manch älterer Herr sie bestimmt auch heute noch hübsch finden, dachte Gustav. Doch seine Tante machte sich nicht viel aus ihrem Äußeren und schon gar nichts aus Männern.

Nachdem Gustav sich umgezogen hatte, setzte er sich an den Küchentisch und griff nach der Neuen Freien Presse.

„Ich weiß, diese Zeitung ist das Nonplusultra für die junge geistige Elite des Landes, würdest du dich trotzdem dazu herablassen, mit deiner weniger kosmopolitischen alten Tante zu reden?"

Er tat so, als sei er in einen spannenden Artikel vertieft und hätte ihre ironischen Worte nicht gehört.

Geduld zählte nicht zu ihren Stärken. Da sie wusste, dass er sich mit einem neuen potentiellen Klienten getroffen hatte, bestürmte sie ihn mit Fragen: „Erzähl! Hat es geklappt? Hast du einen neuen Fall? Wer ist es? Worum geht's?"

„Lass mich zuerst essen. Wir reden nachher in Ruhe darüber. Ich gehe heute nicht mehr weg."

Ausnahmsweise gab sie nach. Sie schickte ihn nicht einmal vor dem Essen Händewaschen, sondern reichte ihm einen Teller mit Krautrouladen.

„Die Rouladen sind kalt", meckerte er.

„Du kannst sie dir ja aufwärmen." Vera steckte sich ein Zigarillo an. „Ich mach uns nachher einen Kaffee", fügte sie versöhnlich hinzu. „Josefa hab ich ins Bett geschickt. Sie fühlt sich nicht wohl. Hoffentlich wird sie nicht krank, sie hustet seit Tagen."

„All dieser Staub und Dreck in Wien ist tödlich für sie. Mit Asthma ist nicht zu spaßen", sagte Gustav mit ernster Miene, während er den Kohleofen einheizte.

„Vielleicht sollte ich mit ihr auf Sommerfrische ins Panhans am Semmering fahren? Aber ich habe so viel Arbeit. Ich kann unmöglich weg."

„Kannst du nie. Du hast immer viel zu viel zu tun."

„Sei nicht so frech!" Sie gab ihm einen Klaps auf die Finger. „Erzähl mir lieber von deinem neuen Fall."

Grinsend überreichte ihr Gustav die Leckereien vom Demel.

„Hab heute gut verdient."

Seine Tante war eine Naschkatze, konnte Süßigkeiten nicht widerstehen. Während sie ein winziges Marzipantörtchen nach dem anderen verschlang, schilderte er ihr kurz und bündig das Treffen mit Margarete von Leiden.

„Die Tochter des Herrn von Schwabenau hat mich beauftragt, ihr verschwundenes Kind zu suchen. Ich fürchte, es handelt sich um eine Entführung."

„Leider kenne ich die Schwabenaus nicht näher. Mit diesen Neureichen will ich nichts zu tun haben, wie du weißt."

„Du bist und bleibst ein Snob."

„Du erst recht!" Vera lachte. „Die Baronin soll sehr schön sein, habe ich gehört ..."

Er antwortete nicht, lächelte nur.

„Ich kenne dich."

„Hör zu. Die ganze Geschichte ist komplizierter, als ich anfangs gedacht habe. Ihre Tochter Leonie ist von einem anderen Mann."

„Ein Kuckuckskind? Ei da schau her! Das kommt in den besten Familien vor. Wobei ich die Schwabenaus nicht zu diesen zähle."

„Ich nehme an, dass der alte Schwabenau seine Tochter, als sie von ihrem vermutlich nicht standesgemäßen Liebhaber schwanger wurde, rasch mit dem Baron von Leiden verheiratet hat."

„Ist der nicht vor einiger Zeit gestorben?"

Gustav nickte. Elendiglich an Syphilis zugrunde gegangen, hätte er am liebsten gesagt. Baron von Leiden war ein stadtbekannter Lebemann gewesen. Ein Spieler und Säufer, hoch verschuldet. Kein Wunder, dass er die schwangere Tochter des reichen Freiherrn genommen hatte. Hoffentlich hat er sie nicht angesteckt, dachte Gustav.

„Offiziell galt also Baron von Leiden als Leonies Vater. Warte, da war doch was. Lass mich nachdenken." Sie runzelte die Stirn.

Gustavs Mutter hatte oft mit ihr geschimpft und ihr jede Menge Falten angedroht. Es hatte nichts genützt, seine Tante hatte diese Angewohnheit beibehalten. Ihre hohe Stirn war dennoch fast faltenlos.

„Ach ja. Baron von Leiden hatte immense Schulden. Sein Stadthaus wurde nach seinem Tod versteigert. Kein Wunder, dass sie mit ihrer Tochter zurück zu ihrem Vater gegangen ist. Ich glaube, mich dunkel zu erinnern, dass sich die schöne Margarete vor ihrer Verehelichung mit diesem alten Wüstling gern im Prater hat sehen lassen. Vielleicht solltest du dort mit deinen Nachforschungen beginnen?“

„Das hat sie selbst mir auch geraten. Leonie ist schon einmal von zu Hause abgehauen. Damals hat sie sich bei den Zigeunern auf der Vermählungswiese versteckt. Weißt du übrigens, wem ich diese neue Klientin verdanke? Dem Doktor Lipschitz, oder besser gesagt, meinem …“

„Dann red mit dem Lipschitz“, ließ Vera ihn seinen letzten Satz nicht beenden. „Als Arzt unterliegt er zwar der Schweigepflicht, aber er ist und bleibt ein altes Tratschweib.“

Gustav kannte Doktor Lipschitz seit frühester Kindheit. Seine Mutter hatte bei all seinen Kinderkrankheiten sofort nach dem bekannten Arzt schicken lassen. Und er war immer prompt gekommen. Gustav glaubte zu wissen, warum.

„Ich habe bereits mit Rudi gesprochen“, sagte er trotzig.

„Und, was meint der Herr Polizei-Oberkommissär?“ Tante Veras Stimme klang auf einmal ein wenig schrill.

Seine Tante mochte Rudi, wusste aber nichts von seiner Sexbesessenheit, sonst hätte sie bestimmt weniger für ihn übrig gehabt. Denn trotz all ihrer Fortschrittlichkeit und liberalen Gesinnung war sie ziemlich prüde. Im Gegensatz zu ihrer Schwester Gisela, die nicht nur die Schönheit der Familie, sondern auch dem männlichen Geschlecht sehr zugetan gewesen war. Giselle, wie sie sich genannt hatte, war in ihrer Jugend eine der beliebtesten und bekanntesten Operettensängerinnen der Kaiserstadt gewesen. Später hatte sie ein fixes Engagement als Sängerin im nicht weit entfernten Theater an der Wien gehabt. Angeblich war sie vor Gustavs Geburt gertenschlank gewesen. Nach der Schwangerschaft hatte sie ihr früheres Gewicht nie mehr erreicht und ihr Leben lang ein paar Kilo zu viel mit sich herumgeschleppt, wofür sie in ihren grauen Stunden ihren Sohn verantwortlich gemacht hatte. Ihr einziges Kapital wäre, außer ihrer Stimme, ihre Figur, hatte sie oft gesagt, als sie mit vierzig allmählich aus dem Leim ging und nur mehr kränkelte. Die letzten Jahre ihres Lebens hatte sie zu Hause im Bett verbracht und Unmengen von Süßigkeiten in sich hineingestopft. Vor drei Jahren war sie an Brustkrebs gestorben.

„Gibt es einen Erpresserbrief?" Veras Frage riss ihn aus seinen trüben Gedanken.

„Bis jetzt nicht. Vielleicht ist die Kleine ja wirklich abgehauen. Bei diesem Großvater würde es mich nicht wundern."

„Meint Rudi das auch?"

„Nein. Ich habe ihm nichts von der vermeintlichen Entführung erzählen dürfen. Du weißt, ich bin meinen Klienten verpflichtet."

„So geht das nicht, lieber Gustav, du musst diese Dame härter ins Gebet nehmen."

„Ich weiß, aber sie fängt immer gleich zu weinen an. Und ich kann nun einmal keine Frau weinen sehen. Außerdem war da dieser schreckliche Unfall auf der Ringstraße. Zwei kleine Kinder sind schwer verletzt worden. Margarete von Leiden wäre fast in Ohnmacht gefallen. Ich habe sie rasch nach Hause gebracht und die Ehre gehabt, ihren Herrn Papa kennenzulernen. Sein Benehmen war unmöglich ..."

„Portiererisch?"

„Nein, wenn es nur das gewesen wäre. Er ist ein richtiges Ekel. Bildet sich mächtig was auf seinen Titel ein. Dabei ist er nicht einmal ein Freiherr. Ich hab, als ihr Briefchen kam, sofort im Gotha nachgesehen. Er gehört genauso zur Zweiten Gesellschaft wie wir, ist nichts Besseres als Großvater. Bestimmt haben wir den Titel sogar viel länger als der Schwabenau."

„So sind sie alle, diese Kapitalisten. Ungehobelt, dummdreist und unverschämt. Du darfst dich von diesem Kerl ja nicht einschüchtern lassen!"

„Ich habe ihm eh Paroli geboten. Habe sogar Großpapa erwähnt. Er hat sich dann sofort über Mama lustig gemacht. Daraufhin bin ich gegangen."

Vera strich ihm übers Haar. Sie wusste, dass ihr Neffe solche Zärtlichkeiten nicht goutierte, doch er tat ihr leid. Der Junge konnte nichts dafür, dass seine Mutter eine leichtlebige Frau gewesen war. Sie verurteilte ihre Schwester nicht wegen ihres Lebenswandels, verstand aber, dass ihr Neffe bis heute darunter litt. Obwohl Gisela nie zugegeben hatte, dass ihr langjähriger Liebhaber Graf Batheny Gustavs Erzeuger gewesen war, hatte Vera keinerlei Zweifel an Bathenys Vaterschaft. Gustav sah dem Grafen zum Verwechseln ähnlich. Er hatte seine dunklen feurigen Augen, seine edle, leicht gebogene Nase und seine schmalen, gut geschwungenen Lippen geerbt. Auch sein dichtes schwarzes Haar hatte er von seinem Vater. Und Gustavs vornehme Statur ähnelte ebenfalls der gertenschlanken Gestalt des Grafen.

Gustav war dem Grafen Batheny im Laufe seines Lebens einige Male begegnet. Dieser hatte sich zwar auffallend jovial ihm gegenüber verhalten, aber zu mehr als einem höflichen Wortwechsel war es nie gekommen.

Seit Gustav denken konnte, hasste er seinen mutmaßlichen Vater, der sich nie zu ihm bekannt hatte. Und sein Hass schloss gleich den ganzen höheren Adel mit ein.

Als er erfuhr, dass ein unbekannter Gönner nicht nur das Gymnasium für ihn bezahlt hatte, sondern auch gewillt war, sein Studium zu finanzieren, studierte er aus Protest fortan nicht mehr und gab sich dem Müßiggang hin. Spielte den großen Herrn, trieb sich auf der neuen Rennbahn in der Freudenau herum und verlor das Geld, das ihm seine Mutter zusteckte, an den Spieltischen. Als er schließlich wegen eines geplatzten Wechsels Schwierigkeiten bekam, half ihm seine Tante mit ihren Ersparnissen aus der Patsche. Er war bis heute überzeugt, dass sein Vater ihn vor der Schmach, ins Gefängnis zu wandern, gerettet hatte. Als er dann wegen des leidigen Wohlstandsbetrugs noch einmal in Konflikt mit dem Gesetz geraten war, half ihm sein Freund Rudi. Doch Gustav glaubte, dass sein Vater auch diese üble Geschichte vertuscht hatte.

„Warum mischt er sich schon wieder in mein Leben ein?", brachte er nun doch die Sprache auf seinen Erzeuger. „Er hat sich nie zu mir bekannt. Weder mir noch Mama eine Apanage gezahlt. Warum lässt er mich nicht in Frieden? Ich bin mir sicher, dass ich diesen Auftrag ihm verdanke. Dieses Mal hat er halt als Mittelsmann den guten Doktor Lipschitz eingesetzt. Ich mag es nicht, dass er in meinem Leben im Hintergrund die Fäden zieht. Ich bin nicht seine Marionette!"

„Reg dich nicht auf. Wer weiß, ob er dahintersteckt."

„Ich finde sein Verhalten mir gegenüber herablassend, ja sogar demütigend." Er bemerkte selbst, dass er sich in Rage redete.

„Du bist eben sein einziger Sohn."

„Kann ich was dafür, dass der Herr Graf eine langnasige und froschmäulige Comtesse meiner schönen Frau Mama vorgezogen und mit ihr nur drei entsetzlich hässliche Töchter zusammengebracht hat?“

„Seine Eltern haben ihn zu dieser Heirat gezwungen, das weißt du. Sie hat ein riesiges Vermögen mit in die Ehe gebracht. Außerdem ist sie die Tochter des Fürsten Schaumburg ...“

„... die übrig geblieben war ...“

„Jetzt hörst aber auf!“

„Na, wenn's wahr ist.“

Gustav hatte vor allem in früheren Jahren oft vom Titel und dem Vermögen seines Herrn Papa geträumt. In Österreich gehörten etwa zweihundert Familien der Aristokratie an. Von Adel waren unzählige, jeder dritte Beamte, jeder zweite Offizier war ein Adeliger. Die wirklichen Aristokraten schauten auf diese frisch geadelten Bürgerlichen herab.

„Die Lieblingsbeschäftigung der Aristokraten ist das Rangspiel. Und du bist nicht besser als sie. Hast du nicht gerade darauf gepocht, dass wir schon länger den Adelstitel haben als die Schwabenaus?“ Vera war verstimmt über seine frauenfeindlichen Bemerkungen von vorhin. Sie hatte ihren Neffen längst durchschaut. Obwohl Gustav andauernd über die Aristokraten schimpfte, wünschte er sich nichts sehnlicher, als dazuzugehören. Sie hatte keine Lust auf diese unerquickliche Diskussion, die sie schon hundertmal geführt hatten.

„Ich muss weiterarbeiten. Morgen ist Abgabetermin. Mein Artikel über die Notwendigkeit, Frauen endlich zum Medizinstudium zuzulassen, schreibt sich nicht von allein. In Wien herrscht akuter Ärztemangel, wie du weißt. Vor allem die ärmeren Leute leiden unter notorischer medizinischer Unterversorgung.“

„Jaja, rette die ganze Welt. Nie kann man mit dir reden, nie hast du Zeit."

„Du bist ungerecht." Lachend fügte sie hinzu: „Die Aristokraten sind eben Herr ihrer Zeit, das unterscheidet sie von uns Normalsterblichen, die für ihren Lebensunterhalt arbeiten müssen."

„Du hättest mich nur in den Jockeyclub reinbringen müssen, dann wäre ich ein gemachter Mann."

Der Wiener Jockeyclub war 1866, vier Jahre nach Gustavs Geburt, gegründet worden und hatte 1868 das erste Derby auf der Rennbahn Freudenau organisiert. Doch dieser Jockeyclub veranstaltete nicht nur die großen Galopprennen, sondern hatte auch weitreichende politische Macht. Seine Mitglieder waren allesamt Angehörige der Aristokratie. Und wer in der Wiener Gesellschaft Ansehen genießen wollte, musste sich bemühen, im Jockeyclub aufgenommen zu werden.

„Wenn du mir sagst, wie ich das hätte bewerkstelligen sollen ..."

„Unser großer Gönner, der Herr Graf, ist Mitglied, soviel ich weiß", unterbrach Gustav seine Tante streitsüchtig.

„Leg dich lieber nicht mit ihm an. Außerdem hat er dir genug geholfen."

„Das war seine Pflicht, oder? Schließlich ist er mein natürlicher Vater."

Vera hatte nach dem Tod ihrer Schwester kein Interesse daran gehabt, mit deren Liebhabern weiter in Kontakt zu bleiben. Die Briefe des Grafen, die nach Giselas Tod regelmäßig zu Gustavs Geburtstag und zu Weihnachten eingelangt waren, hatte sie ungeöffnet zurückgesandt. Es war ein Fehler gewesen, Gustav von diesen Briefen zu erzählen. Er hielt es ihr bis heute vor.

Als Gustav zum Militär eingezogen wurde, hatte sie ein einziges Mal mit dem Grafen ein längeres ernsthaftes Gespräch geführt. Gisela hatte gerade ihre tödliche Krankheit diagnostiziert bekommen und andere Sorgen gehabt, als sich um ihren missratenen Sohn zu kümmern.

Gustav hatte es dann bei der Armee, trotz seiner früheren Schandtaten, zum Oberleutnant gebracht. Von der Protektion seines Vaters hatte er zum Glück nie etwas erfahren. In der österreichisch-ungarischen Monarchie benötigte man für alles Empfehlungsschreiben, selbst fürs Militär.

Nach acht langen öden Jahren in den diversen Garnisonen am Rande des großen Reiches nahm Gustav seinen Abschied. Die strenge Disziplin in dieser geschlossenen, dem Untergang geweihten Anstalt hatte ihm von Anfang an nicht behagt. Außerdem lag seine Mutter im Sterben. Sie starb in seinen Armen. Schien nur auf seine Heimkehr gewartet zu haben. Gisela hinterließ ihm ihren wertvollen Schmuck, von dem sie sich in all den Jahren nie hatte trennen können, selbst wenn ihnen das Wasser manchmal bis zum Hals gestanden war. Gustav versetzte die Juwelen seiner Mutter, ging nach Paris und danach ein Jahr nach London. Erst nach seiner Rückkehr aus der großen weiten Welt versuchte er es mit Arbeit. Beeinflusst von der Kriminalliteratur Sir Conan Doyles und den Kriminalgeschichten der österreichischen Schriftstellerin Auguste Groner, die eine Freundin seiner Tante war, beschloss er, Privatdetektiv zu werden. Die überragende Intelligenz und Kombinationsfähigkeit dieser literarischen Figuren beflügelten Gustavs Ehrgeiz, und die Schrulligkeiten und Extravaganzen des großen Meisterdetektivs Sherlock Holmes imponierten ihm ungemein. Endlich ein Vorbild nach seinem Geschmack!

Er inserierte in diversen Zeitungen: „Detektei Karoly, Nachforschungen aller Art“, und hoffte, die guten Kontakte seiner Tante würden ihm bei der Suche nach Klienten nützlich sein. Sein Freund Rudi hatte diese Idee anfangs dekadent gefunden, mittlerweile unterstützte selbst er Gustavs Bemühungen, als Privatdetektiv zu reüssieren.

Nachdem sich seine Tante zurückgezogen hatte, hörte Gustav noch lange das Klappern ihrer Schreibmaschine. Leider waren ihre Zimmer durch eine schmale Tapetentür miteinander verbunden.

Das Gespräch über seinen Vater hatte ihn sehr aufgewühlt. Er konnte nicht einschlafen, ließ die Kerzen auf den beiden fünfarmigen Kandelabern brennen und starrte auf den riesigen dunkelbraunen Kachelofen. Er hasste dieses grässliche Ungetüm. Hätte es am liebsten abreißen und durch einen modernen Ofen ersetzen lassen. Doch er musste zugeben, dass sein Zimmer im Winter das wärmste war. Selbst Tante Vera flüchtete sich manchmal an seinen Schreibtisch, wenn der kleine schwarz-weiße Kachelofen in ihrem Zimmer nicht mehr als sechzehn Grad Raumtemperatur zusammenbrachte.

Von seinem Bett aus konnte er tagsüber durch die beiden hohen Fenster den Turm des Stephansdoms und die Hofburg sehen. Meistens blieb sein Blick auf dem riesigen Hintern der Kaiserin Maria Theresia hängen, der sich genau in seiner Augenhöhe befand, wenn er am Bett herumlümmelte.

Unruhig wälzte er sich hin und her, betrachtete die beschaulichen volkstümlichen Genrebilder, die an der

Wand links von seinem Bett hingen. Selbst der Anblick dieser langweiligen Schäferidyllen brachte ihn nicht zum Einschlafen. Als er sich umdrehte, starrte er in die Augen seiner Großeltern und seiner verstorbenen Mutter. Der Maler, der diese Porträts verbrochen hatte, gehörte ebenfalls zur Makart-Schule. Gustav fand die Bilder scheußlich, wagte aber nicht, sie zu entfernen, da Tante Vera sehr an ihnen hing. Eigentlich hatte sie einen guten Geschmack. Wahrscheinlich aber war sie, trotz ihres strengen Gehabes, ein bisschen romantisch und sentimental veranlagt.

Das monotone Tippen seiner Tante schläferte ihn schließlich doch ein.

5

Als Gustav erwachte, fiel ihm sogleich die unangenehme Diskussion von gestern Abend ein. Er fragte sich, ob Tante Vera eine Entschuldigung für sein kindisches Benehmen erwartete. Entschuldigungen waren ihm nie leicht über die Lippen gekommen.

Auch wenn er die frauenrechtlerischen Aktivitäten seiner Tante manchmal belächelte, bewunderte er sie und teilte in anderen politischen Fragen meist ihre Meinung. Nicht nur er hatte die Neugier, oder besser gesagt, den detektivischen Spürsinn seiner Großmutter geerbt, sondern auch Tante Vera. Sie wusste über nahezu alles Bescheid, was am Hof vor sich ging, obwohl sie im Gegensatz zu ihrer Mutter nicht stundenlang mit einem Spiegel vorm Fenster saß. Außerdem las sie ebenso gerne Kriminalromane wie er, vor allem die aufregenden Geschichten ihrer Freundin Auguste Groner.

Vera von Karoly schrieb für die Österreichische Illustrierte, die der Mann von Auguste herausgab, und für andere anspruchsvolle Zeitschriften. In ihren Artikeln engagierte sie sich vor allem für den Zugang von Frauen zu den Universitäten und für die Einführung des Frauenwahlrechts. Da sie mit dem journalistischen Schreiben kaum etwas verdiente, hatte sie sich noch andere Arbeit gesucht. Mittlerweile konnte sie sehr schnell tippen und schrieb in Heimarbeit oft nächtelang die Dissertationen fauler, aber wohlhabender Studenten ab. Gustav wusste, dass seine kluge Tante diese dürftigen Machwerke nicht nur abtippte, sondern nach bestem Wissen und Gewissen korrigierte. Auf ihrem Schreibtisch stapelten sich philosophische und historische Fachbücher.

Da Tante Vera nicht aus ihrem Zimmer kam, als Josefa mit dem Geschirr herumzuklappern begann, warf er einen Blick auf die Taschenuhr, die er von seinem Großvater geerbt hatte, und ging, ohne zu frühstücken und ohne sich zu entschuldigen, hinunter in die Stallungen, um nach dem neuen Untermieter Ausschau zu halten.

Der Fiakerbesitzer, für den Edi arbeitete, hatte das Privileg, seine Kutsche und die Rösser in den Hofstallungen einstellen zu dürfen, da sein Vater in den Ställen gearbeitet und er dessen Dienstwohnung geerbt hatte. Gustav konnte seinen Nachbarn nicht leiden. Dieser Franz Ferdinand Meister trug dieselbe Barttracht wie der Kaiser und benahm sich, als wäre er der Stallmeister höchstpersönlich.

Edi, der vor dem Tor herumlungerte, schien hocherfreut zu sein, als Gustav ihn bat, ihn in den Prater zu chauffieren.

„Zuerst muss ich auf einen Sprung ins Café Schwarzenberg."

Gustavs Laune besserte sich, als sie an diesem strahlend schönen Sommertag die Ringstraße entlangfuhren. Die Pferde trabten, der Wagen rollte dahin und eine glänzende Fassade nach der anderen zog an ihnen vorbei.

Die fünf Stockwerke hohen Gebäude am Ring waren reichlich mit Skulpturen und Stuck geschmückt, korinthische und dorische Säulen, liebliche Karyatiden ... Bei der ornamentalen Gestaltung der Fassaden hatten die Ringstraßenbarone keine Kosten gescheut. Einige Häuser waren bis hoch hinauf vergoldet. Unwillkürlich musste er an die goldverzierten Plafonds im Palais

Schwabenau denken. Mächtig breit, ja kolossal und bombastisch wirkte der ganze imperiale Pomp. Alles Imitation. Nichts Neues, nichts Geniales, dachte Gustav. Nur der Schein zählt. Beim Anblick all der luxuriösen Geschäfte und prachtvollen Hotels gab er sich dann doch süßen Tagträumen hin. Sah sich mit Margarete in einer der elegant ausgestatteten Suiten des Hotel Imperial frühstücken, mit ihr Arm in Arm über die Kärntnerstraße flanieren und bei einem Juwelier goldene Ringe kaufen ...

Vor dem imposanten Gebäude der Oper überquerte der Fiaker die Straßenbahngleise. Gustav erhaschte einen Blick auf den Stephansdom, der aus der Häusermasse in den Himmel emporragte. Leider war der eine Turm eingerüstet. Er hatte den Stephansdom noch nie ohne Gerüst gesehen. Trotzdem träumte er sogleich von der Hochzeitszeremonie, sah Margarete in einem weißen, eng anliegenden Kleid und mit einem meterlangen Schleier auf dem Haupte mit ihm im schwarzen Frack vor dem Altar stehen ...

Es herrschte viel Verkehr. Edi trieb die Pferde trotzdem an, als gelte es, ein Wettrennen zu gewinnen. Gustav verstand nicht, was der junge Mann seinen Kollegen hin und wieder zurief. Die Fiaker und die Droschkenkutscher machten sich durch merkwürdige Schreie, die garantiert nur sie selbst deuten konnten, bemerkbar.

„Fahr langsamer“, befahl Gustav ihm, da er an den gestrigen Unfall denken musste.

Die neue Ringstraße war gut gepflastert. Die Steine waren glatt und regelmäßig verlegt worden, dennoch fühlte er sich wie gerädert, als er vor dem Café Schwarzenberg ausstieg.

Da keine Nachricht für ihn hinterlassen worden war, setzte er sich erst gar nicht an seinen Tisch, sondern trank einen Kleinen Schwarzen im Stehen an der Theke und plauderte kurz mit dem Marqueur.

„Und jetzt zur Vermählungswiese", sagte er zu Edi, als er wieder in die Kutsche stieg.

„Zu den Zigeunern?"

„Ja."

Edi fragte nicht nach. Gustav schätzte die Zurückhaltung des jungen Burschen. Manchmal kam ihm jedoch der Gedanke, dass Edis mangelnde Neugier ein Zeichen von Dummheit sein könnte.

Nachdem sie den Donaukanal überquert hatten und die Praterstraße entlangkutschierten, wurde der Lärm noch schlimmer. Dieser breite Boulevard war eine einzige Baustelle.

Die selbstbewussten Bürger wollten die Praterstraße ebenfalls mit Prachtbauten ausstatten. Angeblich – um dem Kaiser zu huldigen – sollte sie zukünftig die Vielfalt der Provinzen der Habsburgermonarchie dokumentieren. Der Dogenhof, ein Hotel im Stil eines venezianischen Palazzo, genauer gesagt eine Kopie der Fassade des Ca' d'Oro, war bereits fertig. Ringsherum wurde nach wie vor viel gebaut.

Gustav war froh, als die Vermählungswiese in Sicht kam.

Dutzende Planwägen und andere Fuhrwerke bildeten auf der großen Wiese eine Art Wagenburg im Schatten der alten Bäume.

„Soll ich nicht lieber mitkommen?" Edi hatte seinen Fiaker am Wegesrand zum Stehen gebracht.

„Nein. Du kannst zurückfahren. Bestimmt kriegst du eine Fuhr am Praterstern. Ich brauche dich nicht mehr."

Obwohl er keine Ahnung hatte, an wen er sich wenden sollte, schritt er forsch auf zwei Planwägen zu, vor denen ein paar Leute standen.

Die Zigeuner musterten ihn mit neugierigen Blicken. Mit Gehrock, Halbzylinder und Spazierstock sah er aus wie ein reicher Stutzer. Er bildete sich ein, auch so manch bösen Blick zu ernten, kümmerte sich aber nicht darum und fragte in die Runde: „Kennt einer von euch Leonie von Leiden?"

Kopfschütteln und Achselzucken.

„Lügt mich nicht an. Ihr kennt das Mädchen, habt es vor zwei Jahren einmal bei euch versteckt."

„Vor zwei Jahren waren wir nicht in Wien", sagte ein älterer Mann mit einem imponierenden grauen Schnurrbart.

„Dann würde ich gern mit jemandem sprechen, der damals hier war."

Der ältere Zigeuner winkte einen Jungen heran, flüsterte ihm etwas ins Ohr. Der Kleine verschwand daraufhin in einem Wagen und kam kurze Zeit später mit einer schönen Frau im Schlepptau zurück. Ihre Gesichtszüge waren zwar nicht ebenmäßig, aber ihre großen schwarzbraunen Augen und ihr süßer herzförmiger Mund brachten wahrscheinlich jeden Mann um den Verstand. Sie hatte prächtiges schwarzes lockiges Haar, das ihr fast bis zum Hintern reichte, und große Brüste, die ihre weiße, weit ausgeschnittene Bluse kaum bedeckte. Ein dünner, farbenfroher, langer Rock umschmeichelte ihre Beine. Um die Mitte trug sie eine bunte Schärpe, die ihre schlanke Taille betonte. Sie war barfuß.

Gustav starrte auf ihre zarten Fesseln, als sie aufreizend ihre Hüften schwenkend auf ihn zukam.

„Mein Name ist Sylvia." Sie reichte ihm die Hand.

Er brachte kein Wort heraus. Als er endlich ihre Hand ergriff, spürte er den Schweiß über seinen Rücken rinnen. In diesem Moment wusste er, dass er diese Frau haben musste. Noch nie in seinem an Liebesabenteuern durchaus nicht armen Leben war ihm so etwas passiert. Er konnte plötzlich an nichts anderes mehr denken, als ihre Lippen zu küssen, ihre Brüste zu liebkosen, ihre Schenkel zu streicheln und ihre Fessel zu berühren ...

Da er sie nach wie vor wortlos anstarrte, fragte sie ihn: „Sie suchen jemanden, hat man mir gesagt?"

„Ja, Leo ... Leonie von Leiden. Kennen Sie die junge Dame?"

„Ja, ich habe die Ehre, mit dem gnädigen Fräulein bekannt zu sein."

„Haben Sie Leonie in letzter Zeit gesehen?"

„Leider nein. Schon seit zwei Jahren nicht mehr. Das habe ich bereits ihrer Mutter erzählt, als sie vor ein paar Tagen hier war und nach ihrer Tochter gefragt hat."

Ihr Akzent war hinreißend, sie sprach ein wunderbar weiches Deutsch. Er riss sich zusammen.

„Haben Sie eine Vermutung, wo sich die Kleine versteckt halten könnte?"

„Wir hatten, seit sie vor zwei Jahren bei uns Unterschlupf gesucht hatte, keinen Kontakt mehr miteinander. Ihr Großvater hat ihr strengstens verboten, uns zu besuchen. Er ist ein einflussreicher Mann ..."

„Ich weiß."

„Er hat uns ausrichten lassen, dass er uns verjagen würde, falls sich einer von uns in ihrer Nähe blicken ..."

„Kennen Sie irgendwelche Freunde von ihr im Prater? Oder in der Freudenau? Angeblich liebt sie Pferde", unterbrach er sie.

Sylvia schüttelte den Kopf.

Er starrte auf ihr langes lockiges Haar, das ihre olivfarbenen hohen Wangenknochen umspielte. Auf seiner Stirn tauchten Schweißperlen auf. Das Schlimmste war, dass sie es zu bemerken schien. Als er sein Portemonnaie aus der Hosentasche nahm und ihr verlegen ein paar Heller reichte, lachte sie ihm ins Gesicht, steckte die Münzen in ihre Rocktasche, ergriff seine Hand und drehte sie mit der Handfläche nach oben.

„Dafür werde ich Ihnen die Zukunft voraussagen."

Rasch entzog er ihr seine Hand.

„Dann eben nicht." Sie wirkte eingeschnappt.

„Verzeihen Sie, ich wollte Sie nicht kränken."

Sie schaute ihn misstrauisch an.

„Kennen Sie Napoleon? Vielleicht sollten Sie den mal fragen."

„Die Schwabenaus haben eine hohe Belohnung für denjenigen, der Leonie findet, in Aussicht gestellt", sagte Gustav, obwohl es nicht der Wahrheit entsprach.

„Ich kann Ihnen beim besten Willen nicht weiterhelfen."

„Danke. Falls Ihnen doch etwas zu Ohren kommt ..., oder etwas einfällt, lassen Sie es mich bitte wissen." Gustav reichte ihr eine seiner neuen Visitenkarten.

Sie schaute seine Karte lange an. Wahrscheinlich konnte sie nicht lesen.

„Ich werde mich umhören, Herr Graf."

Gustav überlegte, seinen Rang richtigzustellen, ließ es aber bleiben. Außerdem musste er sich eingestehen, dass ihm die Anrede schmeichelte. Eigentlich stand sie ihm ja fast zu. Wenn dieser verdammte Batheny seine Mutter geheiratet hätte, würde er den Titel eines Tages erben ...

„Falls ich etwas über Leonies Verbleib erfahren sollte, werde ich Sie sofort benachrichtigen."

Da er nicht wusste, wie er das Gespräch vor all den Zigeunern, die um sie herumstanden, weiter in Gang halten könnte, verabschiedete er sich hastig von ihr.

Auf dem Weg in den Volksprater sah er schon aus der Ferne die mächtige Kaiserkrone oben auf der Rotunde in der Morgensonne leuchten. Gustav erinnerte sich daran, wie ihn sein Großvater zur Eröffnung der Weltausstellung mitgenommen hatte. Er war ein Knirps von elf Jahren gewesen und aus dem Staunen nicht mehr herausgekommen.

Der größte Kuppelbau der Welt, dieser Gugelhupf aus Glas und Stahl, wie die Wiener das monströse Gebäude nannten, beeindruckte ihn nach wie vor. In diesem monumentalen Industriepalast fanden die interessantesten technischen Ausstellungen und sensationelle kulturelle Veranstaltungen statt. Vor zwei Wochen hatte er, gemeinsam mit Rudi, der als Polizist Freikarten bekommen hatte, ein Monsterkonzert des Wiener Männergesangsvereins mit tausend Sängern in der Rotunde miterlebt.

Für einen frühen Vormittag war im Wurstelprater viel los. Die meisten Bier- und Weinschenken hatten geöffnet. Kasstecher, Limonihandler und Krapfenmacherinnen boten ihre Waren feil.

Die Leute schienen sich alle in eine bestimmte Richtung zu bewegen.

Plötzlich fiel Gustav ein, dass ja heute, am 3. Juli, das neue Riesenrad eröffnet werden sollte. Dieses Spektakel würde er sich nicht entgehen lassen, aber vorher wollte er unbedingt mit Napoleon reden.

Als er die dicke Mathilde hinter ihrem Schießstand erblickte, fragte er sie, ob sie Napoleon gesehen hätte.

Jeder im Prater kannte den Zwerg. Seinen richtigen Namen wussten die wenigsten. Irgendjemand hatte ihn einst nach dem berühmten Feldherrn benannt. Angeblich nicht nur, weil Bonaparte ja ebenfalls von kleinem Wuchs gewesen war, sondern wegen seines autoritären Gehabes und des Befehlstons, den er gern gegenüber anderen Leuten anschlug. Seit man ihm diesen Spitznamen verliehen hatte, trug der Zwerg meistens einen Dreispitz, der ihn erst recht wie Napoleon aussehen ließ.

„Ich hab ihn heut noch nicht gesehen. Komisch, normalerweise ist er immer der Erste in der Früh."

„Redet's ihr vom Napoleon? Vielleicht ist er krank. Er war die ganzen letzten Tage ein bisserl komisch. Bestimmt hat er was ausgebrütet ..." Der Rumpfmensch näherte sich auf seinen Krücken, die er unter seine Achselhöhlen gepresst hatte, mit besorgter Miene dem Schießstand.

„Geh, du hörst schon wieder das Gras wachsen." Mathilde schenkte dem schwerstbehinderten Mann einen verächtlichen Blick. „Wahrscheinlich treibt er sich vorn beim Riesenrad herum, der alte Wichtigtuer."

„Kennst du zufällig auch die Baronesse Leonie von Leiden?"

„Natürlich kenn ich die Kleine, Euer Gnaden. Ich hab auf sie aufgepasst, als sie in ihren Windeln gelegen ist. Und ich hab dem kleinen Patscherl die ersten Schritte beigebracht, ihr die Nasen geputzt und ihre aufgeschlagenen Knie verbunden. Als sie drei war, hab ich sie drüben beim Ringelspiel zum ersten Mal auf ein hölzernes Pferderl gesetzt. Später hat ihr Vater ihr das Reiten richtig beigebracht ..."

„Na, na, gib nicht so an", unterbrach der Rumpfmensch sie.

Mathilde beugte sich zu dem kleinen Mann hinab, ihr ausladender Busen nahm fast die halbe Theke ein, und zielte mit der Gewehrmündung auf seinen Oberkörper: „Willst den Rest auch noch loswerden, du Missgeburt?“

„Baron von Leiden hat ihr das Reiten beigebracht?“, fragte Gustav scheinheilig. Inzwischen wusste er ja, dass der Baron nicht Leonies leiblicher Vater war.

„Der alte Drecksack konnte sich ja kaum mehr selbst im Sattel halten“, kreischte Mathilde. „Na, der Freddy hat sie schon auf die Rennbahn mitgenommen, da hat sie kaum reden können.“

„Sei still, du altes Waschweib!“, schnauzte der Rumpfmensch sie an.

„Welcher Freddy?“, fragte Gustav rasch.

„Na unser Freddy halt. Der Mars.“

„Der Jockey?“

„Wer denn sonst? Freddy ist genauso ratlos wie wir. Er hat auch keine Ahnung, wo seine Tochter ist. – Aber Unkraut verdirbt nicht, die Kleine ist mit allen Wassern gewaschen“, kicherte sie.

Gustav musste diese Nachricht erst einmal verdauen. Freddy Mars war, obwohl er bestimmt auf die Vierzig zuging, nach wie vor der beste Jockey Wiens. Er gewann nicht nur fast jedes Galopprennen in der Freudenau, sondern war auch auf internationalen Rennbahnen in England und Frankreich erfolgreich. Dieser grandiose Reiter war also der Liebhaber der Frau von Leiden gewesen.

„Der Freddy ist mindestens einen halben Kopf kleiner als die Baronin von Leiden.“ Kaum hatte Gustav diesen Satz ausgesprochen, bereute er ihn.

„Wo die Liebe eben hinfällt“, trällerte Mathilde. „Sind wir leicht eifersüchtig, Euer Gnaden?“

Zum Glück blieb ihm eine Antwort erspart, denn die dicke Mathilde widmete sich nun ihrer neuen Kundschaft: „Ein Röschen für die hübsche Dame, Herr Leutnant?“ Sie zwinkerte dem jungen Soldaten, der auf dem Stehkragen seiner Uniformjacke zwei mit Goldfäden gestickte Sterne hatte, und dem pummeligen, pausbäckigen Mädel an seiner Seite anzüglich zu.

Der Rumpfmensch redete weiter auf Gustav ein. Gustav hatte das Gefühl, dass der kleine Mann sich über ihn lustig machte, als er sich in Anekdoten über Leonies Kindheit erging und sich selbst dabei in glorreichem Lichte darstellte. Er ließ ihn stehen und machte sich auf den Weg zum Riesenrad, das sich majestätisch über all die Ringelspiele und Praterhütten erhob.

„Durri, durri, da bin i, der Salamutschi“, sang der italienische Salami- und Käseverkäufer mit hoher, lauter Stimme.

Gustavs Magen knurrte. Er hatte nicht gefrühstückt. Mittlerweile war es zwölf Uhr vorbei.

Während er noch überlegte, dem Salamutschi-Mann eine Salami oder ein Stück Käse abzukaufen, erblickte er den alten Salzstangenverkäufer mit den langen weißen Haaren und der langen weißen Schürze unter einem Kastanienbaum. Neben ihm in der prallen Sonne stand der mobile Würstelmann und bot lautstark „heiße Würstel, Brod und Gebäck“ an.

Gustav fiel die Entscheidung schwer. Alle drei Verkäufer bedrängten ihn, als sie bemerkten, dass er unschlüssig war. Schließlich entschied er sich für ein Salzstangerl und ein paar heiße Würstel.

„Alles herhören, meine Herrschaften! Die größte Attraktion Europas wartet auf Sie! Kommen Sie und staunen Sie! Das Riesenrad beginnt sich gleich zu drehen!“, schrie einer der Ausrufer.

Da Gustav die Eröffnung keinesfalls versäumen wollte, aß er die Würstel und das Salzstangerl im Gehen.

Ein rundlicher kleiner Mann in einem abgetragenen Frack und mit einem roten, schief hängenden Mascherl wünschte Gustav „Mahlzeit, der Herr“, schob seinen Stößer ins Genick und schaute hinauf zu dem mächtigen Rad.

„Wenn man in einer der Gondeln am höchsten Punkt angekommen ist, hat man sicher eine phantastische Aussicht auf die ganze Stadt.“

Gustav nickte mit vollem Mund.

„Diese Attraktion haben wir allein dem Gabor Steiner zu verdanken. Dabei hat er erst vor zwei Jahren ‚Venedig in Wien‘ eröffnet.“

„Die Wiener fadisieren sich halt rasch und verlangen ständig nach neuen Sensationen. Mit diesem Riesenspielzeug ist der Steiner jedenfalls voll auf der Höhe der Zeit. Etwas Vergleichbares gibt es nur in Paris, in London und in Blackpool“, warf Gustav leutselig ein.

„Und in Chicago“, belehrte ihn der Ausrufer. „Jetzt müssen S’ schaun, das S’ weiterkommen, Euer Gnaden. In ein paar Minuten geht’s los.“

„Hört, hört meine Herrschaften! Heut wird das Riesenrad eröffnet“, vernahm Gustav noch eine Weile seine Rufe.

6

Gustav nahm die Abkürzung über die große Baustelle beim Gasthaus „Zum Walfisch“. Hier würde bald die erste elektrisch betriebene Grottenbahn Europas den Betrieb aufnehmen. Monströse felsenartige Gebilde türmten sich vor ihm auf.

Plötzlich erblickte er Rudi beim Eingang zum Riesenrad. Sein Freund hatte ihn auch gesehen und winkte ihn zu sich.

Die Polizei hatte das Gelände rundherum abgesperrt. Innerhalb der Absperrung befanden sich einige Angehörige der Aristokratie, der Kardinal-Erzbischof mit seinem Gefolge und Gabor Steiner, der Vater des Riesenrads, mit den englischen Ingenieuren, die es gebaut hatten.

Steiner hatte für dieses spektakuläre Bauwerk ein Stück des Vergnügungsparks „Venedig in Wien" demontieren lassen. Einerseits tat es Gustav leid um den hübschen Turm von Murano, andererseits freute er sich, dass Steiner es geschafft hatte, den Bau des vierundsechzig Meter hohen, durch Elektromotoren betriebenen, senkrecht kreisenden Karussells bei den Behörden durchzusetzen. Er wusste aus Zeitungsberichten, dass es ein sehr schwieriges Unterfangen gewesen war, all die bürokratischen Hürden zu überwinden. Und so mancher Wiener Bauunternehmer hatte es Steiner schwer verübelt, dass er den Auftrag den britischen Ingenieuren Walter B. Basset und Harry Hitchins gegeben hatte. Angeblich hatte die Errichtung dieses monumentalen Wunderwerks der Technik eine Million Kronen verschlungen.

Solche neuen technischen Errungenschaften wurden von jeher im Prater ausprobiert und waren bei den Wienern sehr beliebt. Auch Gustav war nicht unempfänglich für den Reiz der Höhe, des Schwindels und der Geschwindigkeit.

Als er sich endlich unter vielen Entschuldigungen durch die Menge ganz nach vor zur Absperrung gedrängt hatte, war Polizei-Oberkommissär Rudi Kasper nirgends zu sehen. Dafür entdeckte er Margarete von Leiden und ihren Vater inmitten der illustren Gesellschaft. Er bemühte sich, in ihr Blickfeld zu gelangen, doch sie starrte geradeaus auf das riesige Rad, das sich noch nicht bewegte.

Die Ansprachen dauerten eine kleine Ewigkeit. Die Sonne brannte erbarmungslos auf die Schaulustigen herab. Tausende waren an diesem heißen Julitag gekommen, um beim Eröffnungs-Spektakel dabei zu sein. Die wenigsten von ihnen konnten sich eine Fahrt mit dem Riesenrad leisten. Der Fahrpreis betrug heute am Eröffnungstag sechzehn Kronen, hatte Gustav auf einem Schild vor dem Kassenhäuschen gelesen. Für die meisten Leute war das mehr als ein Wochenlohn. Trotzdem waren die Wiener begeistert von diesem vierhundertdreißig Tonnen schweren Stahlbauwerk, das dreißig rote Kabinen in Bewegung setzen konnte.

Nachdem die Militärkapelle die Kaiserhymne „Gott erhalte, Gott beschütze unsern Kaiser, unser Land!" gespielt hatte, erklang zu Ehren der Ingenieure auch die britische Nationalhymne „God Save the Queen". So manch österreichischer Patriot in den hinteren Reihen begann zu meckern. Gustav wusste, dass die Einzelteile in London angefertigt und in Wien an Ort und Stelle zusammengebaut worden waren. Seiner Meinung nach gebührte den Engländern zumindest ein kleines Dankeschön.

Nachdem der Kardinal-Erzbischof das Ungetüm gesegnet hatte, setzte es sich langsam und schwerfällig in Bewegung. Unbeschreiblicher Jubel brach aus. Die Leute klatschten wie wild und renkten sich die Hälse aus, um einen Blick auf die ersten mutigen Fahrgäste zu erhaschen. Bei all dem Gedränge fiel es Gustav schwer, seinen guten Platz zu behaupten.

Ein Livrierter mit weißen Handschuhen öffnete die Tür der Gondel, die vor den Ehrengästen zum Stillstand gekommen war.

Gustav ergatterte einen Blick auf die k.u.k. Hoheit der durchlauchtigsten Frau Kronprinzessin-Witwe Erzherzogin Stephanie. Und, oh Wunder, neben ihr stand die hübsche siebzehnjährige Tochter des verstorbenen Kronprinzen, Prinzessin Elisabeth Marie von Österreich. Die beiden ließen sich höchst selten gemeinsam in der Öffentlichkeit sehen. Das Verhältnis zwischen Mutter und Tochter war nicht das beste, da Elisabeth Marie ihrer Mutter Mitschuld an der Tragödie von Mayerling gab. Es war allgemein bekannt, dass Rudolfs Frau es am Wiener Hof nie leicht gehabt hatte. Man hatte ihr den Spitznamen „kühle Blonde" verpasst, und ihre Schwiegermutter Kaiserin Elisabeth hatte sie sogar als „Trampeltier" beschimpft, weil sie nicht so schlank war wie sie selbst.

„Das darf ja nicht wahr sein", murmelte Gustav, als er einen Mann in Galauniform an der Seite der beiden Frauen erblickte. Offensichtlich hatten auch die anderen Gaffer den Erzherzog Ludwig Viktor erkannt. „Lutzi Wutzi", rief jemand aus den hinteren Reihen. Diesen Spitznamen hatten dem jüngsten Bruder des Kaisers seine homosexuellen Neigungen eingebracht. Angeblich trug der Erzherzog gerne Frauenkleider und ließ sich sogar darin fotografieren. Ludwig Viktor war auch wegen seiner scharfen Zunge und seiner intriganten Art beim Wiener Adel nicht allzu beliebt. Die Feste, die er in seinem Palais am Schwarzenbergplatz veranstaltete, waren Stadtgespräch. Es galt als offenes Geheimnis, dass er zu diesen Festen lieber Männer als Frauen einlud. Allerdings sagte man dem nicht sehr attraktiven Erzherzog ein langjähriges Verhältnis mit der Tänzerin Claudia Couqui nach.

Plötzlich ertönte ein Schrei. Ein zweiter und dritter noch lauterer Schrei folgten. Die blaublütigen Herrschaften, denen Gabor Steiner den Vortritt gelassen hatte, vergaßen auf ihre vornehme Haltung und verließen fluchtartig den Eingangsbereich. Ein sehr junger und sehr blasser kleiner Prinz, der keine zwölf Jahre alt war, fiel in Ohnmacht. Prinzessin Elisabeth Marie, die neben ihm stand, fächelte ihm rasch mit einem Taschentuch Luft zu. Der Kardinal-Erzbischof war kreidebleich im Gesicht, drohte ebenfalls jeden Moment umzukippen.

Gustav hatte einen ausgezeichneten Blick auf das Geschehen. Während er sich noch über das Entsetzen der feinen Gesellschaft wunderte, erhaschte er selbst einen Blick in das Innere der Gondel.

Auf einem schmalen Bänkchen saß ein Kind. Seine Füße reichten nicht bis zum Boden. Es lehnte mit der Schulter an der Wand der Kabine und schien zu schlafen. Bestürzt drängte sich Gustav durch die Absperrung. Als er nur mehr ein paar Meter entfernt war, sah er den nassen Fleck, der sich vor dem Kind auf dem Boden der Gondel ausbreitete. Auch sein Höschen hatte dunkle Flecken. Das Kind hat sich angemacht vor Angst, dachte Gustav.

Doch dann hätte auch er am liebsten laut geschrien. Die leblose kleine Gestalt hatte graues Haar und ein altes Gesicht, außerdem hing ihm die Zunge aus dem Mund. Um seinen kurzen Hals war ein blau-weiß getupftes Seidentüchlein geschlungen, ähnlich den Tüchern, die die Fiaker normalerweise trugen. Gustav kam nicht nur das Tüchlein bekannt vor. „Napoleon", flüsterte er bestürzt.

Als er eine Hand auf seiner Schulter spürte, drehte er sich hastig um.

„Verschwinde lieber! Wenn ich hier fertig bin, komm ich zu dir und wir gehen auf ein Bier“, sagte sein Freund Rudi mit ernster Miene.

Mittlerweile hatten einige Polizisten die Gondel gestürmt. Gustav sah seinem Freund nach, der heftig gestikulierend ebenfalls zur Gondel eilte. Er verstand nicht, was Rudi seinen Kollegen zurief. Ein Tumult war ausgebrochen. Die Leute kreischten und drängelten und stießen sich gegenseitig die Ellenbögen in die Mägen. Verzweifelt versuchten die hochherrschaftlichen Damen und Herren ihre Prunkkarossen mit den goldgeränderten Rädern zu erreichen. Die aufgebrachte Menschenmenge versperrte ihnen den Weg. Diejenigen, die hinten standen, wussten noch nicht, was passiert war. Sie jubelten nach wie vor. Vereinzelt hörte man empörte Rufe: „Warum bewegt sich das Ding nicht?“ „Funktioniert es nicht?“

Dutzende Uniformierte errichteten in Windeseile eine Art Menschenkorridor, damit die Angehörigen des Hochadels und die Honoratioren der Kirche zu ihren Equipagen gelangen konnten. Die Prinzessin eilte, Hand in Hand mit ihrer Mutter, knapp an Gustav vorbei.

Nicht zum ersten Mal dachte Gustav, wie einfach es in Österreich wäre, ein Attentat auf ein Mitglied des Herrscherhauses zu verüben. Nicht, dass er selbst terroristische Neigungen gehabt hätte, aber er dachte an all die Diskussionen mit den marxistisch oder anarchistisch angehauchten Kommilitonen an der London School of Economics. Die Habsburger waren sich ihrer Macht und ihrer Unverwundbarkeit zu sicher, dabei hätte ihnen wenigstens der Selbstmord des Thronfolgers zu denken geben können. Aber der alte Kaiser und seine konservativen, engstirnigen Berater standen Reformen und Veränderungen äußerst misstrauisch gegenüber. Überzeugt, dass sie ewig an der Macht bleiben würden, erstickten sie das ganze Reich in Bürokratie und Bespitzelung. Sie waren schlicht und einfach unbelehrbar.

Endlich fand Gustav Margarete von Leiden in all dem Gewühle wieder. Er konnte ihr Gesicht nicht sehen, sie trug ihren Witwenschleier, erkannte sie aber an ihrer Figur und ihrem Kleid. Mit Fäusten und Tritten bahnte er sich den Weg zu ihr, packte sie am Arm und versuchte, sie von der hysterischen Menge wegzubringen.

Herr von Schwabenau, eingekeilt zwischen Polizisten und Neugierigen, schrie: „Lassen Sie gefälligst meine Tochter in Frieden!“

Gustav ignorierte ihn und zerrte Margarete hinter sich her Richtung Ausgang.

„Er war Leonies Freund“, schluchzte die Baronin.

„Ich weiß. Haben Sie ihn sich genauer angesehen? Ich glaube, er ist mit einem blau-weiß getupften Seidentuch erdrosselt worden. Es muss in der Nacht oder in den frühen Morgenstunden passiert sein ...“

Heftiges Schluchzen statt einer Antwort.

„Ich kenne dieses Tüchlein. Freddy Mars trägt das gleiche bei jedem Rennen. Es ist sein Glücksbringer.“

Sie erstarrte.

„Ein sehr ungewöhnliches Accessoire für einen Jockey. Eigentlich gehört es zur Adjustierung der Fiaker, nur sind deren Tücher nicht aus wertvoller Seide. Freddy tut immer sehr geheimnisvoll, wenn er nach seinem Talisman gefragt wird. Die Sportjournalisten haben alle möglichen Vermutungen angestellt, was die eigentliche Besitzerin des hübschen Halstuchs betrifft …"

„Quälen Sie mich nicht weiter, wenn Sie ohnehin Bescheid wissen."

„Es ist also Ihr Tuch?"

„Ich befürchte ja. Aber Freddy hat nichts mit dem Mord zu tun. Für ihn lege ich meine Hand ins Feuer."

„Lieber nicht."

„Sie glauben nicht im Ernst …?"

„Verzeihen Sie, wenn ich Sie unterbreche, wir sollten besser gehen, bevor die Polizei beginnt, neugierige Fragen zu stellen. Sie wollen doch keine Polizei, oder?"

Schweigend folgte ihm Margarete von Leiden zum Praterstern. Dort winkte er einen Fiaker heran und half ihr hinein.

„Begleiten Sie mich nicht nach Hause?"

„Nein, ich muss in die Freudenau."

„Warum? Was wollen Sie dort?"

„Mit Freddy wegen des Halstuchs reden."

„Er war's nicht. Freddy könnte nie jemandem ein Leid antun."

„Trotzdem muss ich mit ihm reden. Der Zwerg hat sich nicht selbst erdrosselt."

„Freddy war es sicher nicht! Sie müssen mir glauben." Ihre Tränen schienen echt.

Sie ergriff seine Hand und zog ihn zu sich in die Kutsche.

Gustav legte den Arm um ihre zitternden Schultern und flüsterte ihr ins Ohr: „Das tue ich doch. Und ich behaupte ja nicht, dass Freddy Mars den kleinen Mann umgebracht hat. Aber vielleicht weiß er, wo sich Ihre Tochter befindet." Seit er über den wahren Vater von Leonie Bescheid wusste, plagte ihn die Eifersucht.

„Womöglich hat er sie entführt", entschlüpfte es ihm gegen seinen Willen.

„Ihr Verdacht ist völlig absurd. Ich vertraue Freddy. Er hat mich nie belogen. Als Leonie vor zwei Jahren bei den Zigeunern untertauchte und er davon Wind bekam, verständigte er mich am nächsten Morgen sofort per Boten. Da er dieses Mal auch nicht weiß, wo sie ist, muss ihr etwas passiert sein."

Die Frau Baronin scheint sich ja mit ihrem früheren Liebhaber recht gut zu verstehen, dachte Gustav neidisch. Ihm war es nie gelungen, mit einer seiner Verflossenen in freundschaftlichem Kontakt zu bleiben. Bei dem Gedanken an seine früheren Liebschaften entkam ihm ein kleines Lächeln. Er riss sich sofort zusammen, als er Margaretes irritierten Blick bemerkte. Lächeln war angesichts dieser Katastrophe sicher nicht angebracht.

Sie nahm Hut und Schleier ab, sah ihm aber nicht mehr in die Augen. Er hatte das Gefühl, dass sie ihm etwas verschwieg, drang jedoch nicht weiter in sie, da sie ihren Kopf an seine Brust sinken ließ. Zärtlich streichelte er ihr Haar und ihren weißen Nacken.

Als sie mit nassen Augen zu ihm aufblickte, konnte er nicht länger an sich halten und presste seine Lippen auf ihren Mund. Zu seiner Überraschung erwiderte sie seinen Kuss, umarmte ihn sogar leidenschaftlich. Sogleich vergaß er auf Mord und Totschlag. Während sie in enger Umarmung zurück in die Innenstadt fuhren und sich ihre Lippen nicht mehr voneinander lösten, bis sie beim Palais der Schwabenaus angekommen waren, wechselten sie kein Wort miteinander.

Zum Abschied reichte sie ihm ihre behandschuhte Hand zum Kuss. Er sah sie flehend an. Sie schüttelte den Kopf, erlaubte ihm nicht, sie in das Palais zu begleiten.

„Mein Vater wird bestimmt gleich hier sein“, flüsterte sie entschuldigend.

Schweren Herzens trennte er sich von ihr. Sobald er jedoch allein in der Kutsche war, musste er unwillkürlich an die schöne Zigeunerin denken.

„Zurück in den Wurstelprater“, befahl er dem Kutscher.

7

Rund um das Riesenrad drängten sich nach wie vor hunderte Schaulustige, obwohl es nicht mehr viel zu sehen gab. Die Wachmänner hatten alle Hände voll zu tun, die Menge vom Tatort fernzuhalten. Es kam nicht nur zu heftigen Wortwechseln zwischen Polizei und Gaffern, sondern auch zu kleineren Rangeleien.

Gustav machte einen Bogen um das abgesperrte Gelände und spazierte hinüber zum „Englischen Reiter“, da diese Gaststätte einst Freddys Stammlokal gewesen war.

Es war unerträglich schwül. Als er sich bei einem Limonadenhändler eine Erfrischung kaufte und seine Geldbörse gerade zurück in seine Hosentasche stecken wollte, spürte er eine Hand an seiner Hüfte. Der Wurstelprater war ein Dorado für Taschlzieher. Blitzschnell drehte er sich um und packte die Hand des Diebes. Ließ sie aber augenblicklich wieder los, als er in das lachende Gesicht des berühmtesten österreichischen Jockeys blickte.

„Wollt schauen, ob der Herr Baron noch so schnell sind wie früher“, sagte Freddy Mars und klopfte ihm freundschaftlich auf die Schulter. „Was treibt dich denn in den Wurstelprater? Hab dich eine Ewigkeit nicht mehr gesehen. Interessierst dich nicht mehr für die Rennen?“

Gustav und Freddy kannten sich von früher. Zwar waren sie nie miteinander befreundet gewesen, aber sie hatten in jungen Jahren denselben Fechtmeister gehabt und nach dem Training so manche Partie Billard im Café Sperl miteinander gespielt. Freddy war ein Spieler wie Gustav, und Spieler hatten nicht viele Freunde. Freddy Mars stand damals am Beginn seiner Karriere. Gustav, der verrückt nach Pferderennen und vor allem nach Wetten gewesen war, hatte das große Talent des jungen Jockeys bald erkannt und nicht nur einmal auf ihn und seinen schwarzen Hengst Phantom gesetzt und gewonnen.

Gustav reagierte eher reserviert auf die freundliche Begrüßung. Seit er wusste, dass Margarete von Leiden mit Freddy Mars ein Kind hatte, war ihm der Jockey weniger sympathisch. Er bemerkte sofort, dass Freddy kein blau-weiß getupftes Tüchlein trug. Der helle Streifen an seinem Hals war deutlich zu sehen, da sein Gesicht wie immer sonnenverbrannt war.

„Bist im Ausland gewesen, in England, hab ich gehört.“ Freddy grinste ihn fragend an.

„Bin seit einem Jahr wieder da.“

„Und warum hast dich nie anschauen lassen?“

„Ich wett nicht mehr. Die Zeiten sind schlecht, weißt eh.“

Freddy musterte ihn abschätzig. „Und was treibst sonst so?“

„Ich arbeite als Privatdetektiv.“

„Waas? Das gibt's nicht. Sag mal, was ist denn mit dir los?“

Während Gustav überlegte, wie er den Jockey am geschicktesten nach seinem Halstuch fragen sollte, schlug Freddy vor: „Lass uns auf ein Bier gehen."

Gustav wunderte sich, dass der Jockey die Ermordung Napoleons mit keinem Wort erwähnte. Wusste er womöglich noch nichts davon? Unvorstellbar. Nachrichten, vor allem so sensationelle, verbreiteten sich im Wurstelprater in Windeseile. Aber vielleicht war er gerade erst gekommen?

Die Bier- und Weinschenken im Prater waren jahrein, jahraus gut besucht. Meist fand man aber irgendeinen Platz an einem der langen Holztische.

Als sich der große Gustav und der um knappe fünfundzwanzig Zentimeter kleinere Freddy der „Schweizer Meierei" näherten, rückten die Leute an den Tischen im Gastgarten sofort zusammen. Gustav schrieb ihre Freundlichkeit nicht seiner eleganten Erscheinung zu, sondern Freddys Bekanntheit. Wahrscheinlich betrachteten sie es als Ehre, neben dem berühmten Jockey sitzen zu dürfen.

Da sie bestimmt jedes Wort, das zwischen ihnen fiel, andächtig in sich aufsogen, fand Gustav es unmöglich, die Sprache auf den Mord an Napoleon zu bringen. Allerdings redeten ihre Tischgenossen von nichts anderem. Sie stellten die wildesten Vermutungen an und gaben so manch interessanten Klatsch und Tratsch über Napoleon und seine geliebte Senide, die berühmte Löwenbändigerin, von sich.

Gustav spitzte die Ohren, während Freddy in einem fort auf ihn einredete: „Erzähl von England. Ich war ja früher einige Male dort. Hab außer den Rennbahnen nicht viel gesehen."

„Ich kenne nur London."

„Sind diese exotischen Menagerien in London auch so beliebt wie in Wien?“ Freddy deutete auf ein vergilbtes Plakat, das singende und tanzende Samoaner ankündigte.

Gustav nickte und bestellte ein Budweiser Bier.

„Mir kommt vor, dass Krüppel und Missgeburten nicht mehr so gefragt sind.“

„Im Gegenteil, in London sind Schaustellungen von Menschen mit körperlichen Gebrechen oder Absonderlichkeiten groß in Mode.“

„Dafür gibt es bei uns nicht nur Ausgestopfte, sondern auch die Habsburgermajestäten in Wachs.“

„Ein Wachsfigurenkabinett?“

„Sag ich doch. Den englischen König und den deutschen Kaiser haben s’ ebenfalls in Wachs gegossen. Sensationell, sag ich dir! Wovon die Leut’ aber nie genug kriegen können, sind diese Exoten, vor allem die Neger. Alles rennt seit einem Jahr Neger schauen ins Aschanti-Dorf. Und ich weiß auch warum.“

Gustav hatte den Eindruck, dass Freddy es partout vermeiden wollte, mit ihm über Leonie von Leiden und die Ermordung Napoleons zu reden, denn das Getratsche von ihren Tischnachbarn musste er mitbekommen haben.

„Ich war auch schon dort. Ist ja wirklich interessant zu sehen, wie andere Völker so leben“, sagte Gustav in gelangweiltem Ton. „Soviel ich gehört habe, kann man sogar bei Geburten zuschauen und den Alten beim Sterben zusehen.“

„Geh, das meinst du wohl nicht im Ernst. Wegen der Nackerten rennen s’ hin! Der bekannte Schriftsteller, wie heißt er ...“

„Du meinst Peter Altenberg?“

„Ja genau. Der treibt sich andauernd dort herum und schwärmt in seinen Artikeln von der Erotik der schwarzen Frau."

„Da mag ja durchaus was dran sein", warf Gustav eine Spur interessierter ein.

„Und unsere Frauen fühlen sich bestimmt schaurig erregt beim Anblick der stolzen Manneskraft dieser Neger."

Gustav konnte sich schwer vorstellen, dass einer der Aschantis Margarete von Leiden erschaudern ließ.

Die Leute an ihrem Tisch schienen das Interesse an dem Mord verloren zu haben. Sie lachten jetzt lautstark über ihre eigenen Scherze.

Als Gustav an einer gegenüberliegenden Hütte ein Plakat erblickte, auf dem das Schaustück „Der Mädchenraub" von Original-Sioux-Indianern angekündigt wurde, überlegte er ein paar Sekunden, ob die Indianer Leonie geraubt haben könnten. Sogleich verwarf er diesen lächerlichen Gedanken.

„Du weißt, dass deine Tochter verschwunden ist?" Es war eigentlich keine Frage.

Das Lächeln verschwand augenblicklich aus Freddys gutmütigem Gesicht.

„Was weißt du darüber", fragte er mit gesenkter Stimme.

„Ihre Mutter hat mich beauftragt, sie zu suchen."

Freddy schwieg eine Weile.

„Du bist also tatsächlich ein privater Ermittler. Ich hab das zuerst für einen blöden Schmäh gehalten. Hast du schon eine Spur?"

„Mehrere. Du hast nicht zufällig einen Verdacht, wo sie sein könnte?"

„Nein! Ich hab selber überall herumgefragt. Bin mir ziemlich sicher, dass sie nicht im Prater ist, sonst hätt's mir bestimmt einer verraten."

Er sprach nach wie vor leise, wirkte aber auf Gustav nicht allzu betrübt.

„Machst du dir keine Sorgen? Sie ist erst fünfzehn."

„Natürlich mach ich mir Sorgen. Doch ich kenn meinen kleinen Teufelsbraten. Sie hält es in diesem Schwabenauer Gefängnis schon lang nicht mehr aus. Hast du mal mit ihrem Großvater zu tun gehabt?"

„Ja."

„Und?"

Gustav zuckte mit den Achseln.

„Würdest du vor diesem alten Grobian nicht auch davonrennen?"

„Sie hat eine Mutter ..."

„Margarete ist eine wundervolle Frau, aber eben eine typische Vertreterin des schwachen Geschlechts. Sie hat sich gegenüber ihrem Vater nie durchsetzen können, tut heute noch alles, was er von ihr verlangt."

Gustav war zusammengezuckt, als Freddy in so nonchalantem Ton von seiner angebeteten Klientin sprach. Er fand, dass es an der Zeit war, die Rede auf den ermordeten Napoleon zu bringen.

Zum Glück kam der Jockey selbst auf den Zwerg zu sprechen: „Ich fürchte, dass Napoleon beim Verschwinden meiner kleinen Leonie seine Finger mit im Spiel gehabt hat. Da die beiden die besten Freunde waren, glaub ich nicht, dass er ihr etwas angetan hat." Freddy hielt kurz inne und zog die Stirn in Falten. „Seit er tot ist, könnte sie ernsthaft in Gefahr ..." Er ließ den Satz unbeendet.

„Was wolltest du sagen?"

Freddy schaute ihn lange an, bevor er weitersprach: „Ich hab meine eigene Theorie, aber ich bin kein Privatschnüffler, wer weiß, ob ich mit meinem Verdacht richtig liege."

„Sag schon!"

„Ich glaub, dass der Schwabenau Napoleon umbringen hat lassen. Selbstverständlich kann ich das nicht beweisen. Es ist eine reine Vermutung, ein Gespür, wenn du willst."

„Wie kommst du denn darauf?"

„Na vielleicht hat Napoleon den fetten alten Geldsack erpresst?"

„Der Schwabenau hätte doch Angst haben müssen, seine Enkelin niemals wiederzusehen, wenn er ihren Entführer beseitigen lässt. Außer Napoleon hatte einen Komplizen ...?"

„Genau das frage ich mich auch die ganze Zeit." Freddy trank den letzten Rest seines Biers aus und stand auf. „Ich muss zum Training. Halt mich am Laufenden. Du kannst mir jederzeit eine Nachricht in der Freudenau hinterlassen. Bin froh, dass du den Fall übernommen hast, alter Spezi." Er eilte von dannen.

Gustav blieb noch eine Weile sitzen, rauchte eine Zigarette und dachte über das Gespräch mit Freddy nach. Er ärgerte sich ein bisschen, weil er es nicht geschafft hatte, den Jockey nach dem blau-weiß getupften Halstuch zu fragen. Aber Freddy hatte weder einen verlogenen noch einen schuldbewussten Eindruck auf ihn gemacht. Dennoch, wem konnte man bei diesem schwierigen Fall wirklich vertrauen?

Die Hitze war auch jetzt am frühen Abend unerträglich. Müde schleppte er sich zum Ausgang des Wurstelpraters und nahm eine Droschke.

„Zu den Hofstallungen", befahl er dem Kutscher.

Er kam viel zu spät zum Essen. Es war bereits acht Uhr, als er zu Hause eintraf.

„War Rudi da?“, fragte er Josefa, die ihm die gefüllten Paprika aufwärmte. Zum Glück schmeckten sie auch aufgewärmt exzellent.

„Nein. Hab den Herrn Polizeikommissär heut nicht gesehen.“ Gustav hatte sich schon öfter gefragt, warum Josefa seinen Freund nicht mochte. Er vermutete, dass es an Rudis Profession lag. Josefa hatte für Ordnungshüter nicht viel übrig.

Seine Tante, die gerade an einem weiteren Artikel über das Recht der Frauen auf universitäre Bildung arbeitete, gesellte sich erst, nachdem er gegessen hatte, zu ihm in die Küche. Beim Kaffee erzählte er ihr von der Ermordung Napoleons und was er sonst noch erfahren hatte. Sein Tête-à-tête mit Margarete und sein Treffen mit Freddy Mars erwähnte er nur kurz.

Seine Tante war entsetzt über den Mord, jedoch nicht sehr überrascht, als er ihr mitteilte, dass Freddy Mars der Vater von Leonie war.

„Wer hat es dir gesagt?“

„Der Rumpfmensch. Der Kleine ist ein fürchterlicher Angeber, ich wollte ihm zuerst gar nicht glauben ...“

„Der arme Kerl hofft halt, man übersieht seine körperlichen Mängel, wenn er gescheit daherredet. Warum regt dich das auf?“

„Er hat versucht, mich für blöd zu verkaufen.“

„Oder du hast dich ungeschickt angestellt.“

„Hab ich nicht.“

„Missgebildete Menschen werden in unserem Land sehr schlecht behandelt“, begann ihm seine Tante eine ihrer Moralpredigten zu halten. „Findest du nicht, dass die Begeisterung der Wiener für das Abnorme pervers ist? Ich kann mit dieser Sensationsgier der Leute nichts anfangen, obwohl ich durchaus ein neugieriger Mensch bin, aber diese Menschenschauen im Tiergarten finde ich ungustiös."

Gustav gab zu, dass auch ihm die Zurschaustellung von kleingewachsenen Menschen und Riesen, neben zweiköpfigen Schafen und tanzenden Flöhen missfiel.

„Napoleon war aber ein Original. Wenn er seinen Dreispitz aufgesetzt, die rechte Hand aufs Herz gehalten hat und mit viel Ernst und Würde lauter Blödsinn von sich gegeben hat, dann hat jeder lachen müssen."

„Der Prater wird eben ewig Vorstadt bleiben, in der das ganze Jahr über Fasching gefeiert wird", sagte Vera abfällig.

„Sei nicht so streng. Die Leute wollen sich halt amüsieren, haben sonst eh nicht viel zu lachen. Du hättest die Massen heute erleben sollen. Selbst dem Lutzi Wutzi haben s' zugejubelt, als wär's der Kaiser höchstpersönlich."

Das hätte er besser nicht gesagt, denn nun kam seine Tante auf ihren Artikel zu sprechen und hielt ihm einen Vortrag über ihr Lieblingsthema, das Patriarchat: „Dorothea hat mich nachmittags besucht und mir eine englische Zeitung mitgebracht. Wir hatten ein hochinteressantes Gespräch. Sie lässt dich übrigens schön grüßen."

Gustav hatte schon seit einiger Zeit den Verdacht, dass ihn seine Tante mit der Tochter ihrer vor zwei Jahren verstorbenen besten Freundin verkuppeln wollte.

„Und was sagte die zukünftige Frau Professor?"

„Deinen Hang zur Ironie in Ehren, aber mach dich nicht über Dorothea lustig. Sie ist eine ausnehmend kluge junge Frau. Du wirst sehen, eines Tages wird es ihr gelingen, ihren Traum zu verwirklichen. Wenn sie nicht an der Wiener Universität Medizin studieren kann, wird sie halt nach Zürich oder Paris gehen. In Frankreich sind sie, was Frauenrechte betrifft, wesentlich weiter als wir hier in diesem erzkonservativen, katholischen Reich, das von einem sturen, bigotten Kaiser regiert wird, für den Reformen gleichzusetzen sind mit Revolution. Manchmal könnte man glauben, er wäre der Bürgermeister einer Kleinstadt wie Bad Ischl. Und Ihre Majestät, unsere schöne Kaiserin, hat nichts anderes im Kopf als ihr Aussehen und ihre Reisen. Vielleicht sollte sie mal diesen neumodischen Nervenarzt aufsuchen, der die Frau deines ersten Klienten kuriert hat?“

„Du wolltest mir erzählen, was Dorothea berichtet hat“, würgte Gustav ihre Kritik an seiner geliebten Sisi ab.

„Die Habsburger tragen viel Schuld daran, dass ihr Männer bei uns die ganze Macht in den Händen habt und die Österreicher alle so autoritätshörig sind. Ich kann diesen interessanten Artikel in der englischen Zeitung für mein Essay gut gebrauchen. An der Spitze der Machtpyramide steht der liebe Gott, gleich danach kommt Seine Majestät, der Kaiser, gefolgt von der Aristokratie. In der Mitte das Bürgertum. Und die Basis bilden die Arbeiter und die armen Bauern am Land. In der katholischen Kirche sieht es nicht anders aus. An der Spitze Gott, dann sein Stellvertreter auf Erden, der Papst, darunter die anderen kirchlichen Würdenträger und die Basis bilden wieder die einfachen Gläubigen. Bei den Beamten und beim Militär ist es dasselbe und auch in den Familien. Dort steht halt der Vater unangefochten an der Spitze.“

„Das kommt mir bekannt vor. Lies nach bei Karl Marx und Friedrich Engels.“

„Ja, ich weiß, für dich ist das nichts Neues. Aber kann ich das so schreiben?“

„Schreib es ruhig. Du wirst schon sehen, ob sie es veröffentlichen.“

„Danke für deine aufbauende Kritik.“

„Entschuldige, ich bin nicht ganz bei der Sache. Ich muss die ganze Zeit an den erdrosselten Zwerg denken. Seine Zunge war riesengroß und ganz dunkelviolett …“

„Nein, du musst mir verzeihen. Ich war taktlos. Wenn ich am Schreiben bin, vergesse ich auf alles andere, wie du weißt. Leg dich hin und ruh dich aus. Wir reden morgen weiter.“

Gustav verbrachte eine unruhige Nacht. Als Hermann kurz nach Mitternacht heimkam und im Vorzimmer Krach machte, wachte er auf und konnte nicht mehr einschlafen. Bestimmt war dieser Idiot wieder auf einem feuchtfröhlichen Treffen der Deutschnationalen gewesen.

Samstag, 4. Juli 1897

8

Gustav war morgens meist schlecht gelaunt. Leute, die fröhlich und unbekümmert den neuen Tag begrüßten, hielt er für unsensible, optimistische Idioten.

Seine Tante ignorierte sowohl seinen Grant als auch die Ringe unter seinen Augen und las ihm beim Frühstück aus den Samstagszeitungen vor.

„Der Tod fährt mit", titelte die Wiener Zeitung ironisch und widmete der Ermordung des kleinen Mannes bei der Eröffnung des Riesenrads eine halbe Seite. Der Journalist ließ sich über die kriminellen Praterstrizzis aus und ging ausführlich auf die Machtverhältnisse im Wurstelprater ein.

Gustav hörte seiner Tante mit halbem Ohr zu. Erst als der Name Max Polanski erwähnt wurde, schreckte er auf und bat sie, die letzten Sätze noch einmal vorzulesen.

„Kennst du den etwa?"

„Nein, nicht wirklich."

„Scheint ein gefährlicher Mann zu sein."

„Das habe ich auch gehört." Er hatte keine Lust, heute Morgen den neuen Fall mit seiner Tante zu diskutieren, obwohl er zugeben musste, dass sie ihm bei seinen ersten beiden Fällen sehr geholfen hatte.

Sie war keineswegs entsetzt gewesen, als er seinen Abschied von der Armee genommen und ihr mitgeteilt hatte, dass er eine Privatdetektei eröffnen wollte. Vera von Karoly war eine glühende Pazifistin, hatte die Armee immer gehasst und war von Anfang an Mitglied bei der „Österreichischen Gesellschaft der Friedensfreunde", kannte sogar deren Präsidentin Bertha von Suttner persönlich.

Sie behauptete auch, dass die Wissbegier und Neugier ein Familienerbe und Gustav deshalb genau richtig in diesem Gewerbe wäre. Gleich bei seinem ersten Auftrag war sie ihm zu Hilfe gekommen. Sie besaß ausgezeichnete Beziehungen zur Wiener Gesellschaft, nicht unbedingt zu den adeligen Zirkeln, aber im Wiener Großbürgertum, vor allem in jüdischen Kreisen, hatte sie so manch alte Freundin.

Als sein erster Klient, ein verzweifelter Ehemann, ihn beauftragte hatte, herauszufinden, wo sich seine geliebte Frau viermal in der Woche herumtrieb, fiel Gustav nichts anderes ein, als dieser Dame tagelang zu folgen. Tatsächlich suchte sie an vier Tagen in der Woche ein bestimmtes Haus in der Berggasse im neunten Bezirk auf. Er fand schließlich heraus, in welche der Wohnungen sie dort ging und meistens nicht länger als eine Stunde blieb. Da er aus derselben Wohnung auch Kinder kommen sah, konnte er sich nicht vorstellen, dass sie sich in diesen Räumlichkeiten mit einem Liebhaber traf.

Als er seiner Tante davon erzählte, bekam sie einen ihrer hysterischen Lachkrämpfe. Kaum hatte sie sich beruhigt, klärte sie dieses Rätsel für ihn auf. Die teure Gattin seines ersten Klienten hatte keineswegs ein schmutziges Verhältnis gehabt, sondern wegen ihrer schlimmen Ängste den Seelenarzt Doktor Sigmund Freud aufgesucht.

Der Ehemann war dermaßen erleichtert gewesen, dass er nicht nur seiner Frau künftig die nicht gerade billige Behandlung bezahlte, sondern auch Gustav ein großzügiges Erfolgshonorar gab.

Sein zweiter Fall war leider weniger glücklich verlaufen. Die viel jüngere Gattin des Fiakerbesitzers Meister hatte ihren Mann tatsächlich nach Strich und Faden betrogen und war nicht abgeneigt gewesen, mit Gustav ein Verhältnis anzufangen, als sie bemerkt hatte, dass er sie verfolgte. Er hatte sich nicht auf diesen Handel eingelassen, sondern seinem hochnäsigen Nachbarn brav Bericht erstattet. Als er bei der Honorarübergabe erfuhr, dass die hübsche junge Frau Prügel bezogen hatte, bereute er es, nicht auf ihr Angebot eingegangen zu sein.

Zu Mittag ließ sich Gustav von Edi wieder im Fiaker des Herrn Franz Ferdinand Meister in den Prater bringen.

Alles, was er bisher über Leonie von Leidens Verschwinden in Erfahrung hatte bringen können, deutete auf den Wurstelprater hin. Er wollte sich noch einmal umhören. Vielleicht war dem einen oder anderen Budenbesitzer mittlerweile etwas zu Ohren gekommen.

„Zuerst ins Schwarzenberg?“, fragte Edi.

„Ja, wie gewöhnlich, und bitte auf dem schnellsten Weg!“

Edi ließ seine Peitsche knallen und rumpelte los. Gustavs Hintern hob sich und landete Sekunden später wieder unsanft auf dem Sitz. Edi schien kein Schlagloch auszulassen Die Kutsche schwankte bedenklich. Als er mit dem Kopf ans Fenster knallte, schrie er: „Idiot!“

Lautstark fluchend ließ Edi seine Peitsche auf die armen Pferde niedersausen. Gustav klammerte sich an die Sitzbank und war heilfroh, als die Kutsche langsamer wurde und endlich stehen blieb.

Er öffnete den Schlag und stieg aus. Benommen blinzelte er ins Sonnenlicht.

Die Pferde schnaubten und scharrten unruhig mit den Hufen auf den Pflastersteinen. Edi sprang vom Bock, steckte den Pferden Würfelzucker in die Mäuler und fragte unschuldig grinsend: „War's schnell genug?"

Gustav hätte ihm am liebsten eine geschmiert.

Grußlos und ohne sich über diese Höllenfahrt zu beschweren, kehrte er Edi den Rücken zu und wankte ins Café, setzte sich an seinen Tisch gegenüber der Theke und bestellte einen Großen Schwarzen.

Josefas Frühstückskaffee war kein echter Bohnenkaffee, sie gab Malzkaffee zu den frisch gemahlenen Bohnen. Dieser Kinderkaffee hatte ihn weder munter gemacht noch seine rasenden Kopfschmerzen vertrieben.

Der Schmerz, der in seinen Schläfen hämmerte, war während der Fahrt über das holprige Pflaster schlimmer geworden. Er konnte an nichts anderes mehr denken als an diesen pochenden Schmerz. In seinem momentanen Zustand fühlte er sich nicht imstande, die mit allen Wassern gewaschenen Praterstrizzis zu befragen oder sich gar Max Polanski vorzuknöpfen.

Der Ober brachte ihm mit dem Großen Schwarzen ein Kuvert.

„Eine Nachricht für Sie, Herr von Karoly", sagte er mit einer knappen Verbeugung.

„Von wem?"

„Das weiß ich nicht, gnädiger Herr. Ein schmutziger Lauselümmel hat den Brief abgegeben. Ich habe ihn gar nicht reingelassen, so zerlumpt, wie der ausgeschaut hat."

„Danke Herr Wilhelm."

Kaum war der Oberkellner aus seinem Blickfeld, riss Gustav das schlichte weiße Kuvert auf. Die Nachricht auf der Rückseite eines abgerissenen Kalenderblatts war kurz: „Besuchen Sie die Hellseherin im Prater neben dem Flohzirkus, wenn Sie mehr über Leonie von Leiden erfahren möchten."

Die Schrift war kaum leserlich. Von der Unterschrift konnte er nur den Anfangsbuchstaben S entziffern. Er kannte niemanden, dessen Vorname mit einem S begann. Plötzlich dämmerte es ihm. Natürlich, wer sollte es sonst sein! Hatte er sie nicht gebeten, ihm eine Nachricht ins Café Schwarzenberg zu schicken, wenn ihr noch etwas einfallen sollte? Freudig erregt las er die Notiz noch einmal. Und jetzt konnte er auch die Unterschrift einwandfrei lesen: Sylvia – die schöne Zigeunerin. Also konnte sie doch lesen und schreiben.

Lächelnd bestellte er einen Mocca, trank ihn in einem Zug aus, zahlte und verließ das Schwarzenberg fast ohne Kopfschmerzen.

Alle Spuren führen in den Wurstelprater, dachte er beinahe vergnügt.

„Weißt du eigentlich, woher der Wurstelprater seinen Namen hat?", fragte er den jungen Tschechen, der vor dem Café auf ihn gewartet hatte.

Edi schüttelte den Kopf.

„Als der ‚Wurstel' aus den städtischen Theatern vertrieben wurde, hat er in den Praterhütten eine neue Heimat gefunden und ist so populär geworden, dass dieser Teil des Pratergeländes nach ihm bezeichnet worden ist. Zwar hat man ihn anlässlich der Weltausstellung in Volksprater umbenannt, doch für uns Wiener blieb es eben der Wurstelprater."

Edi reagierte nicht auf diese Erklärung. Gustav war sich nicht im Klaren, ob der junge Mann schlecht hörte oder nicht gern redete.

„Fahr langsamer", ermahnte er ihn, als er einstieg.

Kaum näherten sie sich dem Eingang zum Wurstelprater, kamen Gustav angesichts all des Trubels Zweifel, ob es so schlau war, sich gleich ins Getümmel zu stürzen. Der Kaffee im Schwarzenberg hatte seine Kopfschmerzen fast kuriert. Ein leises Klopfen in seinen Schläfen und eine gewisse Dumpfheit waren jedoch noch spürbar. Die Hellseherin würde ihm schon nicht davonlaufen. Er wollte lieber die schöne Sylvia auf der Vermählungswiese besuchen. Sie war ja auch so eine Art Wahrsagerin.

„Ich habe es mir anders überlegt, fahr noch ein Stück weiter, Richtung Feuerwerksmais."

Als Kind hatte Gustav mit seinem Großvater manchmal zugesehen, wenn hier die riesigen Gerüste für die Feuerwerkskörper errichtet worden waren, die zum Thronjubiläum oder zum Geburtstag des Kaisers den Himmel über Wien zum Leuchten brachten.

Als die Vermählungswiese in Sicht kam, gebot er Edi, die Pferde anzuhalten.

Edi musste ja nicht unbedingt wissen, dass er schon wieder die Zigeuner besuchte. Womöglich berichtete er seiner Vermieterin brühwarm, wohin er den jungen Herrn täglich kutschierte. Zwar unterstellte Gustav seiner Tante nicht, dass sie ihm nachspionierte, aber sie war eben sehr neugierig. Und über die schöne Sylvia wollte er ihr nun wirklich nicht Rede und Antwort stehen.

„Ich spazier rüber zur Rotunde", sagte er deshalb zu Edi.

„Ich kann Sie hinbringen, Herr. Es ist heut ein bisserl sehr windig."

„Nein danke, Edi."

Gustav wollte sich in Ruhe überlegen, mit wem aller er reden und wie er seine Befragungen am besten durchführen sollte. Außerdem würden sich seine Kopfschmerzen in der frischen Luft bestimmt endgültig verabschieden.

Kaum war der Fiaker hinter den Bäumen verschwunden, schritt er schnurstracks auf Sylvias Wagen zu. Er hatte sich gemerkt, aus welchem der Fuhrwerke sie letztens gestiegen war, und rief ihren Namen. Unter der Plane rührte sich nichts.

Der Alte mit dem mächtigen Schnauzbart, der ihm schon einmal geholfen hatte, grinste ihn an und sagte: „Sie ist nicht da."

„Und wo finde ich sie?"

Der Zigeuner deutete Richtung Wurstelprater.

„Danke."

Gustav schlug jedoch eine andere Richtung ein, spazierte tatsächlich zur Rotunde und weiter in die Krieau. Wind und Sonne spielten mit den alten hochstämmigen Silberpappeln, verliehen ihnen einen zauberhaften Glanz.

Seit fast zehn Jahren gab es diesen Trabrennplatz neben der Rotunde. Gustav war wegen seiner langjährigen Abwesenheit aus der Kaiserstadt noch nie bei einem Rennen hier gewesen. Soviel er gehört hatte, ging man nach den Rennen auf eine Jause in die vornehme Meierei. Heute war zwar kein Trabrennen, aber gegen eine kleine Jause hatte er nichts einzuwenden.

An Renntagen wäre die Straße von der Hauptallee bis zur Meierei mit Equipagen und wartenden Fiakern völlig zugeparkt, hatte ihm Rudi erzählt. Keine einzige Kutsche weit und breit. Die Meierei hatte geschlossen.

Er ließ sich treiben, schlenderte ziellos weiter. Der Wind hielt die Mittagssonne im Zaum. Im Schatten der alten Bäume war es angenehm kühl. Die erholsame Stille in diesem majestätischen Wald wurde nur durch das Rascheln der Blätter unterbrochen.

Auf einer saftigen grünen Wiese sah er ein Rudel Rehe vorbeiziehen. Er blieb stehen und beobachtete die anmutigen Tiere eine Weile beim Äsen. Die nahe Donau hielt die Wiesen und Auen den ganzen Sommer über frisch.

Schließlich besann er sich wieder seines Auftrags. Obwohl er keine Lust hatte, musste er heute noch mit einigen Leuten ernsthaft reden. Seine Tante hatte ihm öfter Unschlüssigkeit und mangelnde Energie vorgeworfen. Er hatte sich gegen diese Vorwürfe vehement gewehrt, aber er sah ein, dass sie nicht ganz unbegründet waren. Seine Neigung, sich dem Müßiggang hinzugeben, war in den letzten Jahren stärker geworden.

Als das Lusthauswasser in Sicht kam, legte er sich am Ufer ins Gras und hielt ein kleines Schläfchen. Erst als es sich ein paar Ausflügler mit Kinderwägen und einer Schar älterer Kinder auf der Wiese bequem machten und die Kinder herumzuschreien begannen, verließ er das romantische Plätzchen.

Auf der Praterhauptallee begegneten ihm die ersten noblen Kutschen und die ersten vornehmen Spaziergänger. Lustwandeln im Prater gehörte zu den Lieblingsbeschäftigungen der feinen Wiener Gesellschaft. Ziel jeder Praterfahrt war das von Isidore Canevale 1783 erbaute Lusthaus am Ende der prachtvollen Allee.

Die elegant gekleideten Herren trugen alle Zylinder, Gehrock und Handschuhe und schwangen ihre Spazierstöcke mit den kunstvoll verzierten Knäufen vor sich hin und her. Die Damen in ihrer Begleitung trugen neckische Hüte und Handschuhe und schützten ihre milchig weiße Haut mit zarten Sonnenschirmchen.

Gustav lüftete einige Male seinen Halbzylinder. Allerdings stand ihm nicht der Sinn nach höflichem Geplauder.

Nirgendwo waren die gesellschaftlichen Gegensätze so deutlich sichtbar wie im Prater. Während ein paar Meter weiter in den Donauauen die Obdachlosen hausten und sich so mancher Kleinkrimineller versteckte, präsentierte sich hier der Hochadel und das Großbürgertum mit ihren goldstrotzenden Equipagen und ihren herrlichen Schimmeln spanischer Zucht. Selbst die Kutscher, Lakaien und Pferdehalter waren mit goldbestickten schwarzen Rokoko-Röcken, weißen Strümpfen und Schnallenschuhen ausgestattet. Ihre Perücken unter den mit Goldborten und Straußenfedern geschmückten Dreispitz- und Zweispitzhüten erinnerten an das Paris Louis XVI.

Weit und breit kein Hauch von Aufklärung oder gar Revolution in diesem Land, dachte Gustav, als er die Hauptallee verließ und durch Wald und Wiesen Richtung Donau ging.

In der Au begegnete ihm ein Wachmann auf einem Veloziped. Der Uniformierte sah ihn misstrauisch an.

„Was machen S' denn da?"

„Spazieren gehen, das sehen Sie doch."

„Das ist keine Gegend für so einen feinen Herrn wie Ihnen. Da herunten in der Au lebt lauter Gesindel."

Gustav bedankte sich höflich für die Warnung, spazierte aber gemächlich weiter über die saftigen und zum Teil sumpfigen Wiesen.

„Gehen S', machen S' keine G'schichten, drehen S' wieder um. Schaun S', dass Sie zurück auf die Hauptallee kommen."

„Seit wann ist es verboten, hier spazieren zu gehen?" Gustav ging weiter.

Als ihm einige zerlumpte Gestalten begegneten, überlegte er, ob Leonie von Leiden vielleicht in diesem Dschungel am Rande der Großstadt festgehalten wurde. Es war schlicht und einfach unmöglich, hier jemanden zu finden. Er machte bald kehrt, spazierte zurück zum Wurstelprater.

9

Als Gustav die ersten Hutschen und Ringelspiele erblickte, beschleunigte er seine Schritte. Er hatte Hunger.

Die Fleischselcher und Kasstecher hatten um die Mittagszeit Hochbetrieb. Ein unangenehmer Geruch nach altem Käse und ranzigem Fett strömte ihm entgegen. Sogleich verging ihm der Appetit.

Von Mai bis Oktober waren an schönen Tagen die Gasthausgärten im Prater bis auf den letzten Platz besetzt. Ärmere Leute zechten hier fröhlich und schlugen sich die Bäuche voll. Früher spielten in den Gastwirtschaften die Harfenisten auf. Die verschiedenen Musiker, auch Leier- und Zitherspieler, wurden heute immer noch Harfenisten genannt. Sie spielten keine eigenen Kompositionen, sondern überkommene Weisen und bekannte Lieder. Auch die beliebten Volkssänger ließen sich manchmal hier blicken, obwohl sie normalerweise in eigenen Singspielhallen ihre Couplets und musikalischen Possen zum Besten gaben.

Während Gustav überlegte, ob er sich nicht doch ein Back- oder Brathendl oder gar eine Stelze genehmigen sollte, beobachtete er die Kellner in den nebeneinander liegenden Gastgärten. Beim Anblick eines Faulpelzes, der an einen Baum gelehnt in aller Ruhe eine Zigarette rauchte, während ein Dutzend Gäste verzweifelt nach ihm rief, musste er fast lachen. Ein anderer Kellner schnäuzte sich gerade genüsslich in die Finger. Bestimmt würde er sich nicht die Hände waschen, bevor er weiterarbeitete. Als er sah, wie dem Kerl der Schweiß von seiner Stirn auf die Hühnerkeulen tropfte, die er seinen Gästen servierte, verging ihm endgültig der Appetit auf ein Hendl.

Aus dem Lokal nebenan klangen süßliche Walzerklänge herüber. Die Strauss-Dynastie hat die österreichische Musik fest im Griff, dachte Gustav. Der Walzer, der sich aus dem oberösterreichischen Landler entwickelt hatte, war zurzeit der beliebteste Tanz beim Volk. Fröhlich drehten sich die Paare mit mehr oder weniger anmutigen Bewegungen im Dreivierteltakt auf der kleinen Bühne.

Amüsiert beobachtete er, wie nach jeder Runde abkassiert wurde. Die Tänzer hatten fünf Kreuzer zu bezahlen. Deshalb wurde dieser Tanz im Volksmund Fünf-Kreuzer-Tanz genannt. Manchmal zahlte sogar die Dame, die meist ein Stubenmädchen oder eine böhmische Köchin war und ihren schlecht besoldeten Soldaten freihalten musste. Oft hießen diese Mädel Marie. Mittlerweile galt dieser hübsche Name bereits als Synonym für Geld bei den Wienern.

Manchen Leuten, wie seinem Freund Rudi zum Beispiel, war der Volksprater seit der Weltausstellung zu nobel geworden. Gustav konnte hier nichts Nobles entdecken. Ein eleganteres Publikum verkehrte im „Goldenen Kreuz“, doch er hatte keine Lust, viel Geld auszugeben, wollte einfach irgendetwas essen.

„Brot, Schani, Brot“ hörte er eine Kinderstimme rufen. Ein zehn- oder elfjähriger Bub mit weißer Bäckermütze bot Brezel und frisches Gebäck feil.

Gustav kaufte ihm eine Brezel ab und schlenderte weiter durch den Vergnügungspark, beobachtete einen Soldaten, der sich an ein Dienstmädchen heranmachte, das lustlos einen Kinderwagen vor sich herschob, und sah spielenden Kindern zu.

Vor einem neu eröffneten Ringelspiel standen adrett gekleidete Mädchen mit Strohhüten und wohlgenährte Buben in Matrosenanzügen Schlange. Auch vor dem benachbarten Kasperltheater hatte sich eine lange Schlange von Kindern gebildet. Gustav musste unwillkürlich daran denken, wie er zum ersten Mal, im zarten Alter von vier Jahren, den Wurstel oder Kasperl, wie er heute genannt wurde, besuchen hatte dürfen. Angeblich hatte er sich vor dem Krokodil gefürchtet und furchtbar geweint, behauptete seine Tante Vera.

Vor dem Präuscher'schen Panoptikum begegneten ihm die siamesischen Zwillinge und zwei Liliputaner. Er dachte an seinen Fall und stellte ihnen ein paar Fragen. Im Nu versammelten sich andere Artisten und Schausteller um ihn. Sogar die Dame ohne Unterleib beugte sich von ihrem Podest herab und mischte sich ein. Gustav erfuhr nicht viel Neues. Alle kannten die kleine Baronesse Leonie von Leiden, aber keiner schien sie in den letzten Tagen gesehen zu haben. Alle waren völlig geschockt wegen der Ermordung Napoleons und waren sich einig, dass es praktisch jedermann getan haben könnte, da das Riesenrad in der Nacht nicht bewacht worden war und der Zaun rundherum kein echtes Hindernis darstellte.

Vor einer der Menagerien saß die Löwenbändigerin Miss Senide, eine kräftige vollbusige Frau um die dreißig mit schönen ausdrucksvollen dunklen Augen.

Es war ein offenes Geheimnis, dass der arme Napoleon seit Jahren unglücklich in Senide verliebt gewesen war. Und obwohl sie ihn nie erhört hatte, kursierten im Wurstelprater jede Menge Witze über Napoleon und Senide.

Gustav kannte die Löwenbändigerin nur vom Sehen. Da er sie für eine Engländerin hielt, sprach er sie in seinem fast perfekten Englisch an, fragte, wann sie Napoleon das letzte Mal gesehen hatte und ob er vor jemandem Angst gehabt hatte.

Sie machte einen niedergeschlagenen Eindruck, als sie ihm mit ihrer tiefen, rauchigen Stimme auf Deutsch antwortete: „Napoleon war ein richtiger Gentleman, sehr freundlich und höflich. Er hatte sicher keine Feinde. Aber es gibt so viele böse Menschen, nicht nur Männer ... Das Halstuch, mit dem er ermordet worden ist, gehörte bestimmt einer Frau."

Ihr trauriger Gesichtsausdruck brachte Gustav auf den Gedanken, dass der Zwerg vielleicht doch Chancen bei ihr gehabt hätte.

„Haben Sie schon mit Max Polanski gesprochen?"

Gustav verneinte.

„Napoleon hat in letzter Zeit hauptsächlich für ihn gearbeitet."

Er dankte ihr und wollte weitergehen, als sie leise sagte: „Es gibt so viele Verrückte in dieser Stadt, vor allem hier im Prater. Ich habe meine Lieblinge nicht nur einmal dabei erwischt, wie sie Menschenknochen abgenagt haben. Deshalb bin ich froh, dass Napoleons Leichnam anständig begraben werden wird. Denn die meisten Toten verschwinden hier in den Käfigen der Raubtiere."

Sogleich kam Gustav ein schrecklicher Gedanke.

„Haben Sie in letzter Zeit Menschenknochen in den Käfigen gefunden?"

„Sie fürchten, dass Leonie ..." Ihre Augen bekamen einen geheimnisvollen Glanz. „Keine Angst, mein Herr, ich war nicht eifersüchtig auf die Kleine, obwohl Napoleon sie fast genauso sehr geliebt hat wie mich. Seine Gefühle für sie waren jedoch mehr väterlicher Natur. Im Ernst, ich habe sie nicht meinen Kätzchen zum Fraß vorgeworfen. Die letzten menschlichen Gebeine habe ich vor etwa einem halben Jahr aus dem Käfig entfernt."

Schaudernd und in der Hoffnung, dass sie die Wahrheit gesagt hatte, verließ Gustav die unheimliche Frau.

Vor dem Lattenzaun, der die Menagerie abschirmte, hatten sich einige Gratiszuschauer versammelt. Meist Kinder oder Halbwüchsige versuchten, durch den Zaun einen Blick auf die wilden Tiere zu erhaschen. Gustav entdeckte unter den neugierigen Zaungästen auch einige erwachsene Männer.

Er ging hinüber zur Hütte des Schnellfotografen und fragte ihn, ob er Fotos von der Eröffnung des Riesenrades gemacht hatte.

Bereitwillig zeigte ihm der Fotograf die Bilder, die er bereits entwickelt hatte. Meistens war Gabor Steiner, umringt von den durchlauchtigsten Herrschaften, darauf zu sehen. Auf keinem der Fotos sah man die Leiche.

Enttäuscht spazierte Gustav weiter Richtung Tatort.

„Halt! Halt! Flohzirkus! Der seltsamste Schauakt der Erde", schrie ein schmächtiger Ausrufer in weißem Anzug und schwarzem Hemd.

Flohzirkus? Hatte davon nicht etwas in Sylvias Nachricht gestanden?

In diesem Moment versuchte eine sehr junge Ausruferin in einem kurzen Röckchen, ihn mit süßen Komplimenten und Versprechungen in das Zelt einer Hellseherin zu locken.

Gustav war noch nie bei einer Wahrsagerin gewesen, da er deren Prophezeiungen für reinen Schwindel hielt. Aber da Sylvia ihm geraten hatte, die Hellseherin im Wurstelprater aufzusuchen, drückte er der neckischen Kleinen ein paar Heller in die Hand und betrat das Zelt.

Drinnen war es ziemlich dunkel und furchtbar heiß. Die Zeltplanen waren mit dicken Teppichen behängt. In der Mitte stand ein kleines Tischchen, das ebenfalls mit einem Teppich zugedeckt war. Auf dem Tisch stand eine große Glaskugel, umgeben von einem halben Dutzend Kerzen.

Er nahm Platz. Erst jetzt sah er das Gesicht der Frau, die ihm gegenüber saß. Er fuhr hoch, starrte sie verblüfft an. Damit hatte er nicht gerechnet.

„Bleiben Sie doch sitzen, Euer Gnaden“, sagte Sylvia.

Obwohl sie stark geschminkt war und ihr schwarzes Haar unter einem bunten Tuch versteckte, hatte er sie sogleich wiedererkannt.

Sie murmelte etwas vor sich hin und machte ein paar komische Verrenkungen. Ihre zahlreichen Armreifen klapperten bei jeder ihrer Handbewegungen und ihre großen Ohrringe schaukelten bei jeder Kopfbewegung. Endlich blickte sie ihm direkt in die Augen.

„Entspannen Sie sich und hören Sie mir zu.“

„Sie haben mir eine Nachricht geschickt.“ Gustavs Stimme zitterte.

„Ja. Und Sie sind gekommen.“ Ihr Lächeln brachte ihn fast um den Rest seines Verstandes.

„Ich war mir zu... zuerst nicht sicher ..."

„Und jetzt sind Sie sich sicher?"

Zu seiner Verlegenheit verspürte er eine Erregung. Er atmete tief durch und fragte mit belegter Stimme: „Sie haben etwas in Erfahrung bringen können?"

Sylvia senkte ihre Lider. Fasziniert starrte er auf ihre langen Wimpern.

„Vielleicht. Zuerst möchte ich Sie besser kennenlernen. Verraten Sie mir Ihr Geburtsdatum?"

„8. Dezember 1862."

Mit ihren langen, schlanken Fingern drehte sie die Glaskugel.

„Sie sind unter einem glücklichen Stern geboren, sind ein tapferer Mann und haben ein gutes Herz."

Gustav entkam ein kleines Grinsen.

„Sie sind ein Ungläubiger, ein Skeptiker, genau das finde ich sehr reizvoll. Mal schauen, ob ich Sie überzeugen kann." Anstatt auf ihre Glaskugel sah sie ihm tief in die Augen. Die Flamme einer Kerze beleuchtete ihr dunkles Gesicht und ließ ihre Pupillen golden schimmern.

„In der guten Gesellschaft sind Sie gern gesehen und besonders bei den Damen sehr beliebt. Und Sie sind verliebt in eine dieser schönen Damen – das kann ich sehen."

Gustav spürte, wie er errötete.

„Sie sind sich nicht sicher, ob diese Dame Sie auch liebt."

„Nein", seufzte Gustav.

„Sie tun gut daran, dieser Person nicht zu vertrauen, denn sie findet auch Gefallen an anderen Männern ..."

„An wem, außer an Freddy Mars?", stieß Gustav heftig hervor.

„Im Wurstelprater kursieren Gerüchte, dass sie mit Herrn Polanski mehr als nur bekannt ist."

Er lachte verächtlich. Margarete von Leiden und Max Polanski ein Liebespaar? Nein, das konnte nicht sein. Diese Wahrsagerin wollte sich nur wichtig machen. Dass Margarete seine Klientin war, wusste sie. Und es bedurfte keiner großartigen Hellseherei, um zu vermuten, dass er sich in sie verliebt hatte.

„Bald werden Sie diese Frau ohnehin vergessen. Denn in naher Zukunft werden Sie beruflich sehr erfolgreich sein, mein Herr! Eine einflussreiche Person wird sich für Sie einsetzen. Sie werden einen Brief erhalten, und dieser Brief wird Ihr Leben verändern. Nahezu alle Ihre Wünsche werden in Erfüllung gehen."

Gustav musste unwillkürlich an seinen natürlichen Vater denken und fragte sich, ob Graf Batheny ihm in Zukunft weitere Klienten schicken würde.

„Es gibt jedoch auch dunkle Schatten in Ihrer Aura. Sie sind ein Zweifler, ein Suchender ..."

„Ja, ich suche nach wie vor Leonie von Leiden. Wollen Sie mir nicht endlich sagen, was Sie wissen?", unterbrach Gustav sie gereizt.

„Haben Sie ein Bild von Leonie?"

Gustav zeigte ihr das Foto, das ihm Margarete überlassen hatte.

Sylvia sah die Fotografie lange an, legte sie dann unter die Glaskugel und starrte eine Weile auf die Kugel.

„Ich sehe ein großes schwarzes Loch. Es sieht aus wie ein Eisenbahntunnel, und in diesem schwarzen Tunnel bewegt sich etwas ..." Nach diesen Worten wurde sie sichtlich unruhig und klapperte noch lauter mit ihren Armreifen.

Es reicht, dachte Gustav. Der Phantasie sind im Prater eben keine Grenzen gesetzt. Er warf eine Münze auf ihr Tischchen und verließ überstürzt das Zelt.

Beim Watschenmann holte ihn die Realität wieder ein. Einige junge Burschen reagierten ihre Wut ab. Die hübschen Mädchen, die sich um sie drängten, kicherten und juchzten bei jedem Schlag. Wer hat die kräftigsten Fäuste, wer imponiert den Mädchen am meisten? Heute erschien Gustav dieses Kräftemessen lächerlich und unter seiner Würde. Als Sechzehnjähriger hatte auch er den Watschenmann mit seinem Freund Rudi um die Wette traktiert. Soweit er sich erinnerte, war es ihm nie gelungen, Rudi zu besiegen.

Als er am Gasthaus „Zum schwarzen Rössel" vorbeikam, glaubte er, Max Polanski mit zwei jungen, verwegen aussehenden Männern an einem Tisch im Gastgarten zu erblicken. Er war sich nicht sicher. Denn die breite Krempe seines Hutes überschattete fast sein ganzes Gesicht.

Gustav zögerte und beschloss, die drei eine Weile zu beobachten.

Neben dem Gasthaus drehte sich das Dampfwagen-Karussell „Zum großen Chinesen", das der Familie Calafati gehörte. Der italienische Familienname war mittlerweile auf die überlebensgroße hölzerne Figur des Chinesen in der Mitte des Karussells übergegangen. Es handelte sich eigentlich um den Mittelpfeiler, den der alte Calafati mit Hilfe von achtzig Metern Brokatstoff als Chinese verkleidet hatte. Der große Chinese winkte unheimlich mit der Hand, wenn sich das Ringelspiel drehte. Als Kind hatte Gustav die spezielle Mutprobe, diesen Riesen mit dem grimmigen Gesicht an seinem acht Meter langen Zopf zu zupfen, bravourös bestanden. Die hübschen Holzpferdchen und die Lokomotiven „Nanking“ und „Peking“, die sich in seiner Kindheit mit der höllischen Geschwindigkeit von 40 km/h im Kreis bewegten, hatte der Sohn des alten Calafati längst durch Velozipede ersetzt.

Radfahren war große Mode geworden. Die Wiener schienen von einem richtigen Fahrradfieber ergriffen zu sein. Während Gustavs langjähriger Abwesenheit waren in Wien mehrere Radfahrerclubs gegründet worden. Sein Freund Rudi war bereits Mitglied im „Österreichischen Touring-Club“. Ein anderer merkwürdiger Sport, bei dem zweiundzwanzig Männer um einen Ball kämpften und sich dabei gegenseitig die Beine kaputt schlugen, war ebenfalls von England aus auf den Kontinent übergeschwappt. Fußball wurde meist in der Radrennbahn oder auf der Jesuitenwiese gespielt. Der ganze Prater entwickelt sich immer mehr zu einem riesigen Sportplatz, dachte Gustav und raffte sich endlich dazu auf, Max Polanski anzusprechen.

„Mein Name ist Gustav von Karoly. Ich würde gern kurz mit Ihnen reden. Rein geschäftlich.“

Polanski musterte ihn von Kopf bis Fuß. Gustavs vornehme Statur schien einen gewissen Eindruck auf ihn zu machen. Er lüftete seinen Hut und bat ihn, Platz zu nehmen.

„Kennen wir uns?“

„Vom Hörensagen.“

Die beiden Burschen blickten ihren Chef fragend an.

„Ich würde gern unter vier Augen mit Ihnen sprechen.“

„Verdünnisiert euch“, befahl Max seinen Leuten. Sie schnappten ihre Biergläser und machten sich aus dem Staub.

Gustav registrierte mit einem Blick aus den Augenwinkeln, dass sie ein paar Meter neben der Schenke stehen geblieben waren und ihn beobachteten.

„Wer sind Sie und was wollen Sie?", fragte Max, durchaus nicht unfreundlich.

„Die Baronin von Leiden hat mich beauftragt, ihre Tochter, die vor ein paar Tagen spurlos verschwunden ist, zu finden. Und ich dachte mir, dass Sie, als mächtiger Mann hier im Wurstelprater, mir bei der Suche nach dem jungen Mädchen behilflich sein könnten."

Gustav bemerkte, dass Max kurz die Sprache wegblieb. Sein mächtiger Brustkorb hob und senkte sich einige Male, bevor er antwortete.

„Ich wüsste nicht, wie ich Ihnen helfen könnte. Ich kenne zwar die Damen, aber mir war bisher nicht bekannt, dass die Baronesse verschwunden ist."

Gustav musterte ihn weiterhin, wie er hoffte, unauffällig.

Max Polanski war auf eine primitive Art und Weise gut aussehend. Er war groß und kräftig gebaut, hatte ein kantiges Gesicht, strahlende blaue Augen, eine kräftige Nase und ein energisches Kinn. Eine widerspenstige Haarlocke hing ihm in die Stirn und verlieh ihm etwas Jungenhaftes. Dennoch wirkte er ziemlich derb und brutal.

Womöglich fand Margarete genau diese Vierschrötigkeit anziehend? Nein, das konnte nicht sein! Es war unvorstellbar, dass diese zarte, vornehme Frau mit so einem primitiven Kerl das Bett geteilt hatte.

Gustav beschloss, mit offenen Karten zu spielen.

„Leonie von Leiden ist seit Tagen nicht mehr gesehen worden. Bisher ist keine Lösegeldforderung bei der Familie eingelangt ..."

„Vielleicht ist die Kleine einfach davongelaufen. Das kommt ja selbst in höheren Kreisen manchmal vor."

Sein süffisantes Grinsen ärgerte Gustav.

„Ich habe mir sagen lassen, dass hier nichts ohne Ihr Wissen passiert. Wenn sich Leonie von Leiden also irgendwo im Wurstelprater versteckt hat, dann würden Sie Bescheid wissen, nehme ich an."

„Na, na, nicht so heftig, Herr Major. Sie waren doch Major in unserer glorreichen k.u.k. Armee?"

„Oberleutnant!" Gustav fragte sich, woher Polanski wusste, dass er beim Militär gewesen war.

„Verzeihung. Ich dachte, Sie hätten einen höheren Rang gehabt."

„Sie hatten früher mit dem Freiherrn von Schwabenau geschäftlich zu tun." Gustav bemühte sich, in diesem merkwürdigen Schlagabtausch die Oberhand zu behalten.

„Ja, ich habe die Ehre, mit diesen Herrschaften bekannt zu sein. Sie haben es aber bisher nicht der Mühe wert gefunden, mich in ihre familiären Probleme einzuweihen. Außerdem habe ich momentan andere Sorgen. Einer meiner besten Mitarbeiter ist ermordet worden. Ich nehme an, Sie haben davon gehört."

Gustav nickte mit zusammengepressten Lippen.

„Haben Sie das Halstuch gesehen, mit dem Napoleon erwürgt worden ist? Das Tüchlein war Freddy Mars' Glücksbringer. Er hat es bei jedem Rennen getragen. Die noblen Herren haben mehrmals heftig protestiert, weil er damit ihre Kleidungsvorschriften bei den Rennen ignoriert hat. Aber Freddy hat sich nicht davon abbringen lassen, dieses feminine Seidentüchlein zu tragen. Und er hat ja tatsächlich viele Rennen damit gewonnen."

„Wollen Sie damit andeuten, dass Freddy Mars den Zwerg ermordet hat?“

„Das habe ich nicht behauptet. Aber bevor Sie alle möglichen unschuldigen Leute belästigen, sollten Sie mal mit Freddy reden. Vorsicht ist angebracht! Er ist berüchtigt für seinen Jähzorn und ein schlechter Verlierer obendrein. Er hat mich sogar mal in die Hirschau bestellt. Zum Glück hat keiner von uns beiden eine Pistole dabeigehabt. Dieser Gnom ist wie ein wilder Stier auf mich losgegangen, hatte aber keine Chance.“

Gustav wusste, dass nach wie vor Duelle in der Hirschau, im hintersten Winkel des Praters, stattfanden. Wenn in Wien die Rede von Entführungen, Duellen und pikanten Liebeleien war, sprach man von „Hirschauer Stückeln“. Sogleich musste er an Margarete von Leiden denken. Hatte sich Freddy mit Max Polanski wegen ihr geschlagen?

„Der Freddy ist schwer verschuldet. Die Gläubiger sind seit Wochen hinter ihm her. Warten nur das nächste Rennen noch ab. Falls er nicht gewinnen sollte, dann Gnade ihm Gott!“ Bei seinen letzten Worten grinste Max wieder überheblich.

Gustav erwähnte mit keinem Wort, dass er mit Freddy bereits geredet hatte, sondern verabschiedete sich hastig von Polanski, bevor auch er die Beherrschung verlieren und ihm sein blödes Grinsen aus dem Gesicht prügeln würde.

10

Als Gustav nach Hause kam, wollte er seiner Tante sogleich die wichtigen Neuigkeiten mitteilen. Doch sie schien nicht besonders interessiert an seinem Fall zu sein. Sie machte sich Sorgen wegen der letzten, sehr beunruhigenden politischen Ereignisse.

„Alles strebt in die Hauptstadt, die Bevölkerung explodiert richtiggehend. Seit der Weltausstellung herrscht akute Wohnungsnot, die Obdachlosen werden von Tag zu Tag mehr."

„Ich weiß. War heute unten in den Donauauen, dort hausen unzählige Vagabunden. Ein Schutzmann hat mich sogar vor ihnen gewarnt."

„Typisch für unsere Gesetzeshüter! Dein Freund Rudi ist eine rühmliche Ausnahme. Diese armen Kerle tun keinem was, die fürchten sich selbst zu Tode. Habe gehört, dass sie unter den neu erbauten Brücken nächtigen. Und am Laaerberg entstehen fast wöchentlich neue illegale Obdachlosensiedlungen. Du hast sicher keine Vorstellung davon, unter welch unmenschlichen Bedingungen die Leute dort dahinvegetieren. Wir hatten heute Redaktionssitzung. Die Wohnungsmisere, die rapide Teuerung und die exorbitante Arbeitslosigkeit sind momentan Thema Nummer eins. Diese skandalösen Zustände schüren den Fremdenhass und verschärfen die Nationalitätenprobleme. Aber die Einwandererströme reißen nicht ab. Und wer profitiert davon? Natürlich die Deutschnationalen."

„Kein Wunder, wenn man bedenkt, dass zwei Fünftel der Bevölkerung Analphabeten sind", warf Gustav zynisch ein.

Seine Tante missverstand ihn, glaubte, er würde von den Zuwanderern sprechen.

„Sie können halt noch nicht Deutsch. Woher sollen sie das Schulgeld nehmen?"

„Angeblich brauchen wir ja dieses Heer von Arbeitern und Hilfskräften aus der Tschechei und Böhmen, um all die großen Bauaufgaben in Wien zu bewältigen, hat zumindest unser Ministerpräsident behauptet."

„Unser Ministerpräsident ist kein Idiot. Graf Badenis Idee einer neuen Sprachverordnung ist grandios. Jeder Mensch sollte das Recht haben, sich in seiner Muttersprache an die Behörden wenden zu können. All diese Tumulte zwischen Tschechen und Deutschen im Parlament sind nichts als Auswüchse kleinkarierten nationalistischen Denkens."

„Wahrscheinlich werden diese ungelösten Nationalitätenkonflikte zum Zusammenbruch der parlamentarischen Ordnung führen."

„Oder gar zum Untergang der Monarchie?"

„Alles ist möglich."

„Gott beschütze unseren Kaiser." Josefa bekreuzigte sich, bevor sie Gustav einen Kaiserschmarrn mit Zwetschkenkompott hinstellte.

„Danke Josefa, du bist ein Schatz!" Er gab seinem alten Kindermädchen ein Zwickerbusserl.

„Lass sie in Ruh." Vera war nicht nach Scherzen zumute. „In den Außenbezirken schießen ständig neue Fabriken aus dem Boden. Der Wohnbau und der Bau sozialer Einrichtungen hält nicht damit Schritt. Die Zahl der Bettgeher steigt stetig."

„Wir könnten von Hermann mehr Miete verlangen", schlug Gustav mit vollem Mund vor.

„Ich bin so froh, dass dieser schreckliche Mensch immer so früh das Haus verlässt. Ich kann ihn nicht mehr sehen. Seit ihm seine Frau davongelaufen ist, rennt er dauernd zu den Versammlungen der Deutschnationalen. Ist dir das auch aufgefallen?"

„Sie war viel zu schön für ihn." Gustav musste unwillkürlich an die schnelle Nummer im Vorhaus vor zwei Monaten denken. Er hatte die fesche Gretl im Takt von Tante Veras Schreibmaschine genommen. Ein Akt von fünf Minuten, der nicht der schlechteste seines Lebens gewesen war. Er hatte sie an die Wand gepresst, ihr die Röcke hochgezogen und war, ohne sie vorher zu streicheln, in sie eingedrungen. Sie waren beide so erregt gewesen, dass jede Zärtlichkeit störend gewesen wäre. Kurz danach hatte Gretl ihren Langweiler von Ehemann verlassen. Was aus ihr geworden war, wusste er nicht.

„Hermann ist so borniert!“

„Wie halt alle kleinen Beamten.“

„Im Kriegsministerium?“

Gustav lachte.

„Am liebsten würde ich ihn rauswerfen. Er ist nicht nur ein dummer Spießbürger, sondern auch ein leidenschaftlicher Antisemit. Dummheit gepaart mit Leidenschaft ist gefährlich!“

„Leider sind wir auf seine Miete angewiesen, oder? Wir hatten riesiges Glück, dass wir Opapas Dienstwohnung behalten durften. Wer hat schon so eine große Wohnung zu so niedrigem Mietzins? Aber unser neuer Untermieter ist sehr nett, oder magst du den auch nicht?“

„Der Edi ist ein lieber Kerl. Wusstest du, dass er Bierkutscher in der Brünner Brauerei war?“

Gustav nickte.

„Anscheinend hat er dort viel weniger verdient als bei uns. Obwohl ich mir nicht vorstellen kann, dass die Fiakerbesitzer ihre Kutscher anständig bezahlen.“

„Der Edi ist ein Phänomen, ein typischer Phlegmatiker und ein richtiger Naturbursche. Außerdem ist er mir jederzeit gefällig. Er bringt mich überallhin. Ich erspar mir dadurch viel Geld.“

„Ach deswegen ist er mir die Miete schuldig geblieben! Im Ernst, ich kann diesen Deutschnationalen nicht rauswerfen, weil er brav zahlt, im Gegensatz zu Edi.“

„Ihr müsst euch umziehen, wenn ihr pünktlich ins Konzert kommen wollt“, sagte Josefa und begann das Geschirr abzuwaschen.

Beide sprangen wie von der Tarantel gestochen auf und eilten in ihre Zimmer.

Eine halbe Stunde später ließen sie sich von Edi zum Musikverein chauffieren. Seine Tante sah ein, dass es von Vorteil war, einen Kutscher im Haus zu haben.

„Sieht richtig fesch aus, der Bursche.“ Die perfekte Adjustierung des jungen Kutschers schien ihr erst aufzufallen, als sie vor dem Musikverein ausstiegen.

Edi trug eine neue Pepitahose, einen schwarzen Samtrock mit Weste, ein leuchtend blaues Halstuch mit weißen Punkten und den unvermeidlichen Stößer, einen schmalrandigen Halbzylinder. Offensichtlich hatte er sich neu eingekleidet, anstatt die Miete zu bezahlen, dachte Gustav.

Zu Ehren des von ihr hochverehrten Gustav Mahler hatte sich Vera von Karoly ein neues Kleid machen lassen. Das dunkle Grün harmonierte wunderbar mit dem Graugrün ihrer Augen. Zur Feier des Tages trug sie den böhmischen Granatschmuck ihrer Großmutter, die einzigen Schmuckstücke, die sie nicht im Dorotheum versetzt hatte. Gustav war richtig stolz auf seine schöne Tante, als sie Arm in Arm durch den Gang zum „Goldenen Saal“ des Musikvereins schritten. Seine Tante hatte die Karten von einer ihrer wohlhabenden Freundinnen geschenkt bekommen. Sie hatten wunderbare Plätze in der achten Reihe Parterre.

Gustav Mahler war vor kurzem zum ersten Kapellmeister und Hofoperndirektor in Wien ernannt worden und dirigierte heute im Musikverein seine 2. Sinfonie c-Moll, die Auferstehungssinfonie.

„Mahler ist ein Purist. Ihm geht es allein um die Musik und nicht um das gesellschaftliche Spektakel. In seinen künstlerischen Ansprüchen ist er kompromisslos", flüsterte Vera nach den ersten Takten.

Gustav freute sich über ihre Begeisterung. Da er weniger von Musik verstand als sie, ließ er während des Konzerts seine Blicke durch den Saal streifen. Sehr vornehmes Publikum und ein paar echte Musikliebhaber in den hinteren Reihen und auf dem Balkon, registrierte er.

Der große Saal des Musikvereins galt als einer der schönsten und akustisch besten Konzertsäle der Welt. Während Gustav auf das bombastische Deckengemälde in diesem von Theophil von Hansen erbauten Tempel der Musik starrte, dachte er an sein merkwürdiges Gespräch mit der schönen Zigeunerin. Diese Frau ging ihm nicht aus dem Sinn.

Plötzlich entdeckte er Margarete von Leiden in einer Loge. Auch sie schien ihn erspäht zu haben, winkte ihm verstohlen zu.

Sie war wie immer ganz in Schwarz gekleidet. Er fand, dass sie es mit der Zurschaustellung ihrer Trauer übertrieb. Ihr Mann war seit zwei Jahren tot, das Trauerjahr war also längst vorbei. Außerdem war sie eher eine lustige Witwe, wenn er dem Tratsch über sie Glauben schenken durfte.

Als er in der Pause den Rauchersalon aufsuchte, steckte ihm ein Lakai ein Briefchen zu.

„Muss Sie heute noch unbedingt sehen. Allein. Kommen Sie um 22 Uhr zum Eingang des Kursalons im Stadtpark. M."

Seine Hände waren schweißnass, als er das Briefchen in seine Hosentasche steckte.

Nach der Pause sah er andauernd auf seine Taschenuhr und konnte es kaum mehr erwarten, dass Gustav Mahler das Dirigentenpult verließ. Als seine Tante nach dem Konzert vorschlug, noch in ein Restaurant auf der Kärntnerstraße zu gehen, bedauerte er.

„Muss noch jemanden treffen ..., bin ver... verabredet."

Sie ließ sich ihre Enttäuschung nicht anmerken, sah ihn nur verwundert an, fragte aber nicht nach, sondern nahm eine Droschke nach Hause.

Gustav näherte sich der Treppe des Kursalons. Unter einer Gaslaterne zündete er sich eine Zigarette an und lauschte den Walzerklängen von Johann Strauss.

Als ihre wohlgeformte Gestalt zwischen den blühenden Holunderbüschen neben der Treppe auftauchte, umarmte er sie stürmisch und raubte ihr einen Kuss.

„Nicht hier!" Er spürte ihren Herzschlag an seiner Brust. Sie zog ihn schnell hinter die Büsche. „Sie kommen zu spät. Ich warte schon seit ein paar Minuten auf Sie! Mein Vater hat einen Erpresserbrief bekommen. Er soll fünfzigtausend Kronen bezahlen, sonst werden wir Leonie nicht mehr lebend wiedersehen. Keine Polizei, keine Presse!, schrieb dieser Verbrecher. – Sie müssen Ihre Nachforschungen sofort einstellen. Behalten Sie die Anzahlung und verrechnen Sie mir Ihre Spesen für die letzten Tage. Oder nein, erledigen wir das Finanzielle lieber gleich ..." Sie kramte in ihrem Beutel. „Hier haben Sie hundert Kronen, das müsste all Ihre Unkosten decken."

Gustav zögerte, die Zwanzig-Kronen-Scheine, die sie ihm hinstreckte, anzunehmen. Dachte an seine prekäre finanzielle Lage und nahm sie doch. Stopfte sie achtlos in seine Hosentasche.

„Haben Sie den Erpresserbrief dabei?“

„Wo denken Sie hin! Den hat natürlich mein Vater behalten. – Glauben Sie mir etwa nicht?“

„Aber ja. Ich hätte den Brief halt gern gesehen. Wurde er mit der Hand geschrieben? Ich könnte alle Verdächtigen um Schriftproben bitten ...“

„Ich muss gehen, bevor meine Abwesenheit jemandem auffällt. Wir dinieren drinnen mit Freunden.“

„Wir müssen uns unbedingt wiedersehen. Sagen Sie mir nur, wo und wann. Ich komme überallhin.“

„Das ist unmöglich!“

„Ein allerletztes Mal!“

Sie bat ihn noch einmal, die ganze Geschichte zu vergessen, gab aber schließlich nach.

„Wir könnten uns morgen nachmittags in ‚Venedig in Wien‘ treffen. Zum Beispiel in Tommasonis Bar?“

„Ich mag diese Kulissenstadt nicht.“

„Wir könnten auch in eines der großen Kaffeehäuser in der Prater-Hauptallee gehen.“

„Im Dritten Kaffeehaus kennen mich zu viele Leute.“

„Wie wäre es mit dem Zweiten?“

Sie rauschte davon.

„Um sechzehn Uhr?“, rief Gustav ihr nach.

Auf dem Heimweg dachte er über das kurze Gespräch nach. Der Erpresserbrief ließ keine Zweifel an einer Entführung mehr zu. Er hoffte, sie würde den Brief zu ihrem morgigen Rendezvous mitbringen. Merkwürdig, dass eine Frau wie Margarete von Leiden die besondere Affinität der Wiener zu der romantischen Lagunenstadt nicht teilt, dachte er. Seit vielen Jahren richteten sich die Träume und Sehnsüchte der Wiener auf Venedig. Gabor Steiner hatte mit der Errichtung von „Venedig in Wien“ im Kaisergarten vor zwei Jahren einen Riesenerfolg gehabt. Dieser erste Themenpark der Welt begeisterte nicht nur die Presse, den Adel und das Bürgertum, sondern auch die Massen. Das vielseitige Unterhaltungsetablissement hatte für jeden etwas zu bieten: Palazzi und Palmen an künstlich angelegten Kanälen, Gondelfahrten auf dem Canal Grande, Serenaden, Straßensänger, Verkaufsbuden und Andenkenläden, Cafés, Restaurants, Champagnerpavillons, eine Operettenbühne und einen Veranstaltungssaal mit zweitausend Sitzplätzen. Um das Publikum bei der Stange zu halten, wechselten die Programme ständig. Gustav hatte dort fast alles gesehen: Stierkämpfe, Damenboxen, Raubtierdressuren, japanische Ringkämpfe ... Wirklich schade, dass Margarete keine Lust auf solche Art von Vergnügungen hat. Andererseits war es vielleicht gar keine so schlechte Idee, mit ihr in eines der großen Kaffeehäuser auf der Hauptallee zu gehen. Denn dort spielten täglich wunderbare Kapellen und jedermann tanzte zu den süßesten Walzerklängen. Er malte sich bereits aus, wie sich Margarete in seinen Armen im Dreivierteltakt drehte, als ihm einfiel, dass sie sich womöglich gerade jetzt auf der Terrasse des Kursalon Hübner in den Armen eines anderen Kavaliers zu den Klängen eines Walzers von Johann Strauss wiegte. Sogleich verschlechterte sich seine Laune.

Die letzten Tage waren alle gleich heiß und schwül gewesen. Auch heute Abend war es extrem schwül. Fast wünschte er ein Gewitter herbei, damit Margarete die Lust aufs Tanzen verginge.

Alle seine Wünsche würden in nächster Zeit in Erfüllung gehen, hatte ihm die schöne Sylvia prophezeit. Sie hatte Recht gehabt. Denn als er zu Fuß den Ring entlangschlenderte, herrschte Weltuntergangsstimmung in der Kaiserstadt. Der Himmel war tiefschwarz. Kein einziger Stern war mehr zu sehen. Der Mond hatte sich hinter den dunklen Wolken versteckt.

Plötzlich hatte Gustav das Gefühl, verfolgt zu werden. Er blieb mehrmals stehen und drehte sich um. Die wenigen Leute, die noch unterwegs waren, schenkten ihm keinerlei Beachtung, versuchten schnellen Schrittes noch trocken zu ihrem Ziel zu gelangen. Eine flackernde Gaslaterne warf ihr bläuliches Licht auf die Silhouette einer mit einem Schal vermummten Frau. Sie hatte ihm den Rücken zugekehrt und bewegte sich nicht. Als er ein zweites Mal hinsah, hatte sich die Frau in Luft aufgelöst. Ich bilde mir was ein, dachte er. Da ist niemand. Kurz bevor er bei den Reitstallungen ankam, begann es zu blitzen und zu krachen. Die letzten hundert Meter legte er im Laufschritt zurück.

Sonntag, 5. Juli 1897

11

Seine Tante weckte ihn am Sonntag. Normalerweise kam sie nie ohne anzuklopfen in sein Zimmer. An diesem Morgen stürmte sie durch die Tapetentür herein, setzte sich ans Fußende seines Bettes und presste einen weißen Umschlag an ihre Brust.

Der verschlafene Gustav befürchtete, sie hätte womöglich Herzbeschwerden, denn ihr Gesicht war rot angelaufen und sie atmete schwer.

„Da... das ist ge... gerade gekommen. Li... lies." Sie reichte ihm ein Telegramm.

„Zulassung von Frauen an der Wiener Universität Freitagabend im Parlament beschlossen. Leider nur an der Philosophischen Fakultät. Hochachtungsvoll Dorothea."

Gustav kannte Dorothea seit ihrer Geburt. Ihre Mutter Valerie Palme war die beste Freundin seiner Tante gewesen. Als Elfjähriger hatte Gustav den Clown für die kleine Dorothea gespielt. Er erinnerte sich noch an das herzliche Lachen des süßen Babys. Die Familie war später nach Hamburg gezogen, aber Tante Vera hatte den Kontakt mit ihrer Freundin Valerie nie aufgegeben.

Dorothea war mittlerweile eine attraktive fünfundzwanzigjährige Frau. Gustav mochte ihr Lachen nach wie vor, aber sie war ihm zu gescheit, zerbrach sie sich doch andauernd ihr hübsches Köpfchen über soziales Elend, die Unterdrückung der Frauen und die medizinische Unterversorgung der vierundfünfzig Millionen Einwohner der Habsburgermonarchie. Gustav war überzeugt, dass auch Dorothea keinerlei Interesse an ihm hatte. Sie wollte keinen Ehemann, sondern Ärztin werden.

Ihr Vater, ein jüdischer Arzt aus Hamburg, hatte sich bei der Cholera-Epidemie 1892 in seiner Heimatstadt der Ärmsten der Armen angenommen und leider angesteckt. Nach seinem Tod kehrten seine Frau und seine Tochter nach Wien zurück. Valerie, die als Gasthörerin Medizin studiert und mit ihrem Mann zusammengearbeitet hatte, aber kein medizinisches Diplom besaß, kümmerte sich auch in Wien um die medizinische Versorgung der armen Leute in den Vorstädten, bis sie von den Herrn Professoren der Wiener Universitätsklinik als Kurpfuscherin verklagt wurde. Daraufhin verfiel sie der Melancholie und starb vor zwei Jahren in geistiger Umnachtung. Seit dem Tod ihrer Mutter kämpfte Dorothea für die Zulassung von Frauen an der Medizinischen Fakultät.

Gustav war bewusst, was Dorotheas Nachricht seiner geliebten Tante bedeutete. Er umarmte sie stürmisch und zog sie zu sich aufs Bett.

„Lass mich sofort los!“ Ihr Kreischen klang durchaus vergnügt.

„Fräulein Blaustrumpf, Fräulein Blaustrumpf ...“, neckte Gustav sie. „Jetzt kannst du endlich deinen eigenen Doktor machen. Die Karolys sollten mindestens einen Akademiker in der Familie haben, hat Großvater oft gesagt.“

Seine Tante errötete. Als junge Frau hätte sie gern studiert. Deshalb war sie sehr enttäuscht gewesen, als Gustav sein Studium der Rechtswissenschaften aufgeben musste. An vielen Abenden hatte sie seine juridischen Bücher aufmerksam studiert und sicher mehr von dem schwierigen Stoff behalten als er. Doch das Streben der Frauen nach Bildung und Studium war damals als „Wissensplunder", „Bildungsfusel" und „nichtsnutzige Afterbildung" verhöhnt worden, obwohl fast vierzig Prozent der Frauen arbeiteten, meist als ungelernte Heim- und Fabriksarbeiterinnen ihre Familien mit Stricken und Nähen über Wasser hielten.

Albert von Karoly hatte großen Wert darauf gelegt, dass seine beiden Töchter eine gute Ausbildung bekamen. Gisela und Vera hatten bis zu ihrem achtzehnten Lebensjahr Hauslehrer gehabt.

Gustav und seine Tante feierten die wunderbare Nachricht mit einem opulenten Frühstück, das in ein noch opulenteres Mittagessen überging. Josefa verwöhnte sie mit einem g'schmackigen Schweinsbraten, böhmischen Knödeln und deftigem, mit viel Speck angebratenem Sauerkraut. Als Nachtisch servierte sie ihnen ihre himmlischen Buchteln. Sie leerten knapp eine Flasche Wein gemeinsam. Selbst die gute Josefa trank ein Schlückchen und stieß mit ihnen auf den Erfolg der Frauenrechtlerinnen an.

Gustav war nach dem vielen Essen fast schlecht. Er fragte sich, wie er mit Margarete nachmittags einen Walzer aufs Parkett legen sollte. Sein Atem stank nach Kraut und seine Blähungen machten sich lautstark bemerkbar.

Seine Tante wollte mit Dorothea zum Treffen des „Allgemeinen Österreichischen Frauenvereins" gehen. Rosa Mayreder würde sprechen und anschließend würden diese radikalen Damen ihren Etappensieg in Sachen Universitätszugang gebührend feiern.

Gustav legte sich wieder aufs Ohr. Doch an Schlaf war bei dem Rumoren in seinem Bauch nicht zu denken. Er stand auf, nahm ein Abführmittel und stärkte sich gleichzeitig mit einem Gläschen Slibowitz.

„Josefa, ich brauche heißes Wasser. Muss mich waschen."

Während sie einen großen Kessel auf den gusseisernen Ofen stellte, streckte er sich auf dem Diwan aus, rauchte eines von Tante Veras Zigarillos und versuchte, den grauenhaften Krautgeschmack in seinem Mund mit zwei weiteren Gläschen Slibowitz wegzukriegen.

Als Josefa mit hochrotem Gesicht in der Tür stand, nahm ihr Gustav den schweren Kessel ab und leerte das Wasser in die große, silbern eingefasste Glasschüssel in seinem Waschtisch.

„Soll ich dir den Rücken schrubben?"

„Nein danke, Josefa. Aber du kannst mir ein frisches Hemd rauslegen. Obwohl, ich weiß noch nicht, was ich anziehen werde."

„Wohin gehen S' denn?" Seit seiner Rückkehr vom Militär schwankte die gute Haut zwischen „Du" und „Sie", obwohl Gustav ihr hundertmal gesagt hatte, dass sie ihn duzen solle.

Sobald sie sein Zimmer verlassen hatte, reinigte er sich gründlich. Dann riss er einige Anzüge aus dem Kleiderschrank und warf sie aufs Bett. Schließlich entschied er sich für einen hellgrauen Anzug aus Rohseide. Die Wahl einer passenden Krawatte bereitete ihm erneut Schwierigkeiten. Er griff nach einer dunkelblauen, bekam den Knoten nicht hin. Seine Hände zitterten. Es blieb ihm nichts anderes übrig, als das Zittern mit einem weiteren Schnäpschen in den Griff zu bekommen.

Edi hatte leider eine andere Fuhr. Es dauerte eine ganze Weile, bis Gustav auf der Lastenstraße eine freie Droschke fand. Diese neue breite Straße vor den Hofstallungen hatte man zur Entlastung der Ringstraße für den Fuhrverkehr gebaut. Wie immer waren unzählige Fuhrwerke unterwegs. Kaum war der Kutscher mit lautem Peitschengeknalle losgefahren, musste er das Gefährt wieder anhalten.

Gustav sah auf seine Taschenuhr. Ein kleiner, aufmunternder Mocca im Café Schwarzenberg würde sich vor seinem Treffen mit Margarete von Leiden locker ausgehen, wenn dieser verdammte Kerl ein bisschen schneller fahren würde. Doch sie hielten erneut an. Unwirsch beugte sich Gustav aus dem offenen Fenster.

„Seine Majestät!“, rief der Kutscher ehrfürchtig.

Sie standen genau an der Kreuzung zur Mariahilfer Straße. Hier fuhr täglich zweimal der Kaiser in seiner Kutsche durch. Morgens von Schönbrunn zu den Regierungsgeschäften in die Hofburg und am Abend wieder zurück. Tag für Tag winkten die Schaulustigen am Straßenrand dem alten Herrscher zu und stellten ihre Uhren nach ihm, denn Seine Majestät war die Pünktlichkeit in Person. Heute am Sonntag fuhr er zu ungewohnter Stunde vorbei. Alle Fiaker und Fuhrwerke hielten an und ließen das kaiserliche Gespann passieren. Gustavs Kutscher erhob sich vom Kutschbock, lüftete seinen Halbzylinder und verbeugte sich tief.

Gustav bewegte sich nicht. Für den Kaiser Franz Joseph hatte er nicht viel übrig. Wenn die schöne Kaiserin Sisi vorbeigefahren wäre, hätte er sich sicher aus dem Fenster gelehnt und ihr zugewunken.

Bis zur Baustelle des neuen Sezessionsgebäudes, das der berühmte Architekt Joseph Maria Olbrich als Ausstellungsgebäude für zeitgenössische Kunst errichtete, kam seine Droschke nur im Schritttempo vorwärts. Danach ging es recht flott weiter bis zum Schwarzenbergplatz.

Im Café Schwarzenberg ging es sonntagnachmittags zu wie im Wurstelprater. Der Klavierspieler beendete gerade die Tritsch-Tratsch-Polka, als Gustav das Lokal betrat. Mohnstrudel, Nusskipferl, Guglhupf und üppige Tortenstücke, die einem das Wasser im Mund zusammenlaufen ließen, wurden von hektischen Kellnern im Sekundentakt an seiner Nase vorbeigetragen. Fröhliche, lärmende Gäste, lautes Geschirrgeklapper und klingelnde Kassen ließen Gustav bald die Flucht ergreifen.

Zum Glück fand er am Fiakerstand gegenüber beim Hotel Imperial eine Droschke. Auf der Praterstraße kamen sie wieder zum Stehen. An diesem herrlichen Hochsommertag schien ganz Wien auf die schattigen Wiesen und in die kühlen Wälder des Praters zu flüchten.

Als sie endlich bei der mindestens acht Meter hohen Gedenksäule für Admiral Tegetthoff, dem Sieger in der Schlacht von Lissa – eine der wenigen, wenn nicht gar die einzige Seeschlacht, die Österreichs ruhmreiche Marine je gewonnen hatte –, ankamen, bat Gustav den Kutscher, ihn aussteigen zu lassen. Die Hitze und das fürchterliche Geschaukel hatten seine Übelkeit verstärkt. Er beschloss, gegen das Pochen in seinem Kopf und das flaue Gefühl in seinem Magen anzukämpfen, indem er zu Fuß zur Hauptallee ging.

Nach den vielen Schnäpsen konnte er sich nicht mehr genau erinnern, in welchem der drei großen Kaffeehäuser er mit Margarete von Leiden verabredet war. Schnellen Schrittes eilte er zum Wurstelprater.

Er kam am Präuscher'schen Panoptikum und dem angrenzenden Museum der Anatomie vorbei. Bei dem Gedanken an die ausgestopften Menschen dort drinnen gruselte ihn. Das Bild der ausgestopften Leonie erschien vor seinen Augen. So sehr er sich bemühte, diese abscheuliche Vorstellung durch erfreuliche

Erinnerungen an Margaretes ebenmäßige Züge und Sylvias wilde Schönheit zu ersetzen, es wollte ihm einfach nicht gelingen. Ein kleiner Frauenkörper, überzogen von durchsichtiger Haut, unter der die Venen und Adern deutlich sichtbar waren, darüber ein verschrumpelter Totenkopf, auf dem das goldblonde Haar wie Flammen loderte ... Er schüttelte sich vor Ekel. Doch die furchterregenden Bilder ließen sich nicht abschütteln. Er musste an all die Geschmacklosigkeiten, die er bei seinem ersten und einzigen Besuch dieses anatomischen Museums zu Gesicht bekommen hatte, denken: ein gehirnloses Baby in Spiritus, ein präpariertes Monstrum mit einem Kopf, zwei Gesichtern und vier Armen, das mumifizierte Haarweib Julia Pastrana aus Mexiko, die trotz des rosa Flitterkleidchens, in dem sie steckte, aussah wie ein Jagdhund ...

Die Schreie des Ausrufers vertrieben Gustavs grauenvolle Erinnerungen: „Herrrrreinspaziert, meine Herrschaften! Das weltberühmte Panoptikum zeigt den behaarten Gorilla, wie er das zitternde Mädchen verschleppt. Kommen Sie und schauen Sie sich die beiden an, solange er noch behaart ist und sie noch zittert ...“

Hermann Präuscher, der all diese Abscheulichkeiten nicht nur gesammelt hatte, sondern auch dafür berüchtigt war, dass er lebenden Personen ihre Haut abgekauft hatte, war letzten Sommer an einer Lungenentzündung gestorben. Er hatte mitten im Winter zwei Kinder aus der eiskalten Donau gerettet und sich dabei diese tödliche Krankheit zugezogen.

Das Heulen der Werkel und das schrille Geklingel der Glocken verletzten Gustavs empfindliche Ohren. Als er seine Brieftasche aus der Hosentasche nahm, um einem schwerstbehinderten Bettelkind ein paar Heller zu geben, sprach ihn eine Tanzdirne an.

„Wagen S' ein kleines Tänzchen mit mir, gnädiger Herr?" Und schon hing sie an seinem Arm.

Das Frauenzimmer war so auffällig geschminkt, dass Gustav ihr einen zweiten Blick schenkte. Ihm schwante Übles. Der muskulöse Körper und vor allem die kräftigen Hände und die dunklen Schatten um den grell geschminkten Mund ... Ein Kerl in Frauenkleidern, das hatte ihm gerade noch gefehlt.

Gustav schüttelte ihren Arm ab und wollte weitergehen, prallte aber gegen den Bauchladen eines Verkäufers, der Uhren und goldene Kettchen anbot, die fast echt aussahen.

„Na, na, nicht so hastig, der feine Herr. Sind wir leicht zu spät dran fürs Rendezvous? Brauchen wir vielleicht eine neue Uhr?"

Gustav spürte, wie die Wut in ihm aufstieg.

„Zum Teufel mit Ihnen!", schrie er den armen Hausierer an.

„Bitte einzutreten, meine Herrschaften. Die berühmtesten Illusionisten erwarten Sie ..., bitte kommen Sie näher, Euer Gnaden ..."

Das Geschrei der Ausrufer, die die Leute zu überreden versuchten, ihr Geld in den diversen Buden zu lassen, das schreckliche Getöse und die laute Musik machten Gustav halb wahnsinnig. Er begann zu laufen, rempelte ein paar Gymnasiasten an, entschuldigte sich nicht, sondern rannte weiter, als würde ihn eine Meute wilder Hunde hetzen. Kalter Schweiß lief ihm über die Wangen. Er keuchte wie ein Asthmatiker, sein Puls klopfte ihm bis zum Hals und das Sausen in seinen Ohren schwoll an, übertönte den unerträglichen Krach. Bei einem stillstehenden Karussell machte er Halt. Prächtige Galakarossen, prunkvoll gezäumte Holzpferdchen, venezianische Gondeln und kleine

Eisenbahnwaggons wurden von einer Lokomotive im Kleinformat angeführt.

Als auch hier das Werkel zu spielen und das Ringelspiel sich zu drehen begann, stürzte er davon. Ein mageres Bürscherl in einem abgerissenen Anzug schnorrte ihn um eine Zigarette an. Gustav reichte der traurigen Gestalt sein silbernes Etui. Ehe er sich versah, schnappte der Bursche danach. Doch Gustavs Reaktionsvermögen war, trotz seines Alkoholpegels, in Ordnung. Er entriss dem frechen Kerl das Etui und drohte ihm: „Wenn du nicht gleich verschwindest, ruf ich einen Wachmann herbei."

Der Fallot machte sich rasch aus dem Staub.

Gustav versuchte, sich mit einer Zigarette zu beruhigen. Aus der Ferne ertönten flotte Polka-Klänge. Er folgte der Musik und bewunderte die anmutigen jungen Musikerinnen einer Damenkapelle, die im Ersten Kaffeehaus aufspielten. Ein fescher Dragoner schnappte sich eine resche Nähmamsell, die Gustav kannte, weil sie manchmal für seine Tante arbeitete, und zog sie aufs Parkett. Seine Kameraden von der Kavallerie folgten ihm nicht minder forsch mit ebenso hübschen Ladenfräuleins, Probiermamsells oder Putzmacherinnen.

Er wollte gerade weitergehen, als die Damen einen feurigen Czárdás intonierten. Ihm war bewusst, dass er viel zu spät dran war, er würde es niemals schaffen, rechtzeitig zu seinem Rendezvous zu kommen, trotzdem blieb er noch eine Weile stehen und schaute den Soldaten und den Mädchen, die ihre Beine hoch in die Luft schwangen, zu.

Die Sonne spiegelte sich in den gelblich getönten Gaslampen und blendete ihn. Auf einmal sah er die römisch anmutenden Statuen im Gastgarten doppelt.

Die Tische im Freien unter den jungen Birken waren alle besetzt. Gustav ließ seinen Blick über die Frauen an den Tischen schweifen und bewunderte ihre Freizügigkeit, denn die meisten trugen tief dekolletierte Blusen oder weit ausgeschnittene Kleider. Keine Margarete weit und breit.

Das Erste Kaffeehaus kam ihm ein bisschen heruntergekommen vor. Es ähnelt mehr einer Bierhalle als einem Café, dachte er beim Anblick all der großen Bierkrüge auf den Tischen. Die nicht sehr feinen Gäste schienen sich jedoch prächtig zu amüsieren.

12

Das Zweite Kaffeehaus war größer und luxuriöser ausgestattet als das Erste. Die Erfrischungen wurden auf silbernen oder vergoldeten Tabletts serviert und sowohl die Gäste als auch die Kellner wirkten eleganter.

Auf der großen Bühne spielte ebenfalls ein Damenorchester. Gustav war erneut hingerissen von den ganz in unschuldiges Weiß gekleideten Mädchen. Mit ihren strengen Frisuren und in ihren hochgeschlossenen Kleidern sahen sie aus wie frisch aus einem Mädchenpensionat entsprungen. Heute ist eindeutig Tag der Frauen, dachte er belustigt und kaufte einem Blumenmädchen ein Veilchensträußchen ab.

Die Kapellmeisterin spielte gerade ein Geigensolo, die jungen Damen begleiteten sie im Pianissimo, als Gustav den Gastgarten betrat.

Die Hauptallee bis zum Lusthaus war das Zentrum des Nobelpraters. Hier promenierte man oder fuhr in Zwei- oder Vierspännern, um zu sehen und gesehen zu werden. Es war der Laufsteg des Adels und mittlerweile auch der des reichen, gehobenen Bürgertums. Betörende Rosendüfte und zarter Veilchengeruch verwöhnten seine Nase. Und so manches Mal berührte ein Stück Stoff sein Bein.

In Jugendjahren hatte sogar Johann Strauss Sohn im Zweiten Kaffeehaus auf der Musikbühne gastiert. Im letzten Frühjahr hatte Gustav einige Bälle hier besucht und mit der einen oder anderen Schönen im Pavillon dem Konzert einer Militärkapelle gelauscht.

Margarete von Leiden saß allein an einem Tisch unter einem Kastanienbaum und versuchte, die Aufmerksamkeit des Marqueur zu erregen. Ihr Retikül lag griffbereit vor ihr.

Gustav, der sich um eine halbe Stunde verspätet hatte, blieb halb verborgen hinter einem abgeblühten Fliederbusch stehen und beobachtete sie.

Sie hatte nicht nur auf den Witwenschleier verzichtet, sondern trug auch nicht mehr Schwarz, sondern ein entzückendes taubenblaues Kleid mit neckischen Rüschen am Kragen und an den Ärmeln. Auf ihren dunkelbraunen Locken thronte ein hellgraues Strohhütchen mit einem kurzen Schleier, der kaum ihre Augenpartie bedeckte. Sie sah verdammt jung, unschuldig und hilflos aus. Ihre Hilflosigkeit rührte ihn an. Obwohl er wusste, dass sie sehr kapriziös sein konnte und er ihre Arroganz bereits zu spüren bekommen hatte, erinnerte sie ihn dennoch an ein zerbrechliches, kleines Mädchen.

Mit schuldbewusster Miene und treuherzigem Blick näherte er sich ihrem Tisch, bevor der Zahlkellner ihr verzweifeltes Winken bemerkte.

„Ich bin wirklich untröstlich, gnädige Frau, es tut mir wahnsinnig leid, aber meiner alten Tante ging es nicht gut. Die Hitze macht ihr schwer zu schaffen", log er völlig ungeniert.

„Ich wollte gerade gehen", sagte Margarete von Leiden indigniert und kehrte ihm den Rücken zu.

„Das kann ich verstehen. Bitte hören Sie mich an! Ich musste den Arzt holen lassen", log er weiter.

„Wie können Sie es wagen, mich stundenlang warten zu lassen. Diese Demütigung, hier allein zu sitzen wie eine, eine dieser ..."

„Ich weiß, was Sie meinen. Und es gibt keine Entschuldigung für mein rücksichtsloses Verhalten Ihnen gegenüber. Ich kann Sie nur um Gnade anflehen."

Zögernd drehte sie sich um. Rasch ergriff er ihre Hand, beugte sich tief darüber.

Ein mit Brillanten gefasster großer Rubin schmückte ihren rechten Mittelfinger. Er berührte den wertvollen Ring mit seinen Lippen. Dann überreichte er ihr den halbvertrockneten Veilchenstrauß.

„Die Blume der Bescheidenheit, der Schüchternheit und Verschwiegenheit. Was wollen Sie mir damit sagen?" Die Baronin legte das Sträußchen auf den Tisch und sah ihn mit hochgezogenen Brauen an.

Ihr gespreiztes Getue ging ihm auf die Nerven. Sylvia würde sich bestimmt weniger geziert und affektiert benehmen, wenn er sich ausnahmsweise einmal verspätete.

„Veilchen bitten auch um Geduld", sagte er.

„Ich hoffe, Ihrer Tante geht es mittlerweile wieder besser." Sie versuchte, die Veilchen an ihrem Kleid zu befestigen.

Gewonnen, jubelte Gustav insgeheim. Obwohl er ihr zu gern dabei behilflich gewesen wäre, das Sträußchen auf ihren Busen zu stecken, ließ er es bleiben und sagte mit verzweifelter Miene: „Ich weiß es ehrlich gesagt nicht. Ich musste Sie unbedingt sehen. Sobald der Arzt bei uns eintraf, bin ich zu Ihnen geeilt."

„Haben Sie den Doktor Lipschitz holen lassen?"

Obwohl er betrunken war, erinnerte er sich zum Glück daran, dass sie den Lipschitz gut kannte.

„Nein, der wohnt zu weit weg. Ich habe den Doktor Palme, einen alten Jugendfreund, der in der Nähe unserer Wohnung seine Ordination hat, verständigt." Auf die Schnelle war ihm kein anderer Name als der von Dorotheas Vater eingefallen. Er nahm an, dass Margarete nicht in den Lehmann'schen Adressbüchern nachprüfen würde, ob es in Wien einen Arzt namens Palme gab.

„Darf ich Sie auf ein Gefrorenes einladen?" Er winkte einen Kellner herbei. Der Piccolo räumte inzwischen Margaretes Kaffeetasse ab.

„Dieses Kleid steht Ihnen ganz ausgezeichnet. Die Farbe bringt das Violett Ihrer Augen erst richtig zur Geltung", schmeichelte er ihr.

„Sie bilden sich wohl ein, mit Ihrem Charme jede Frau herumkriegen zu können, Sie kleiner Filou!" Margarete schlug ihm mit ihrem Fächer sanft auf die Finger. Bestellte aber nun Pfirsich-, Erdbeer- und Mandelmilcheis.

Gustav entschied sich für Schokolade und Maraschino. Was soll's, mir ist ohnehin schlecht, dachte er.

Da sie nach wie vor leicht verstimmt wirkte, machte er ihr weiter Komplimente.

„Sie sehen wunder... wunderschön aus, oh... ohne Wit... Witwentracht", stammelte er idiotisch grinsend.

Sie dankte ihm mit einem entzückenden Augenaufschlag.

Gustav hatte das Gefühl, genug Süßholz geraspelt zu haben, und begann über die Vorzüge und Nachteile der diversen Kaffeehäuser im Prater zu plaudern.

„Ich bin froh, dass Sie das Zweite Kaffeehaus vorgeschlagen haben, denn das Dritte war nur so lange ein gut gehendes Lokal und florierendes Theaterunternehmen, wie Anton Ronacher es betrieben hat. Nachdem er das Ronachertheater in der Stadt eröffnet hat, ist es mit dem Dritten Kaffeehaus bergab gegangen."

„Sie haben Recht. In dem riesigen Veranstaltungssaal finden zwar noch hin und wieder große Theater- und Varieté-Vorführungen statt, meistens werden die Gäste aber von Militärkapellen unterhalten. Mein verstorbener Mann und ich bevorzugten deswegen das Hof-Restaurant am Hügel."

Jetzt zeigt sie's mir, dachte Gustav. Ihre Anflüge von Affektiertheit behagten ihm so gar nicht.

Mit den Erdmassen, die beim Bau der Rotunde ausgehoben worden waren, hatte man an der Hauptallee einen künstlichen Hügel aufgeschüttet, den Konstantinhügel, der nach dem Obersthofmeister Konstantin Fürst zu Hohenlohe-Schillingsfürst benannt worden war. Eduard Sacher hatte oben ein elegantes Sommer-Restaurant errichten lassen.

„Finden Sie nicht, dass die Preise dort vollkommen überhöht sind?"

„Das mag schon sein. Für Preise habe ich mich nie interessiert. Man bleibt dort unter sich, und das gefällt mir." Margarete von Leiden spielte mit ihrer doppelreihigen Perlenkette und sah ihn überheblich an.

Sie ist nachtragend, hat mir meine Verspätung nicht verziehen, dachte Gustav verstimmt.

„Seit Herr Sacher den Waldsteingarten, das ehemalige Sommerhaus des Fürsten Nikolaus Esterházy, dazu erworben hat, verkehrt in seinem Restaurant halt hauptsächlich die Aristokratie und die Hochfinanz", fuhr sie fort.

„Hat er die ‚Hohenlohe-Alpe' nicht längst wieder verkauft?"

„Das müssen Sie meinen Vater fragen. Für Geschäftliches habe ich mich ebenfalls nie interessiert. Jedenfalls ist es bis heute eines der vornehmsten Lokale an der Hauptallee und vor allem eines der ruhigsten. Ich liebe das Heustadlwasser, war als Kind gern dort Kahn fahren."

„Darf ich Sie auf eine Kahnfahrt einladen? Nach dem Gefrorenen?", beeilte sich Gustav zu fragen, obwohl ihm allein bei dem Gedanken an ein schaukelndes Ruderboot gleich wieder übel wurde.

„Nein danke", sagte sie zu seinem Glück. „Wir haben Wichtiges zu besprechen."

„Später bitte." Gustav legte seine Hand auf ihre. „Ich würde gern zuerst mit Ihnen tanzen."

„In meiner Lage? Nein, Herr von Karoly, das schickt sich nicht! Ich bin ganz krank vor lauter Sorge um meine Tochter. Mir steht wirklich nicht der Kopf nach solchen Vergnügungen. Sie haben mit Ihrer Herumspioniererei alles schlimmer gemacht. Eigentlich sollte ich ernsthaft böse mit Ihnen sein. Ich habe Ihnen gestern gesagt, dass Sie Ihre Nachforschungen sofort einstellen müssen. Stattdessen haben Sie uns die Polizei auf den Hals gehetzt. Heute Früh hat uns ein Polizeibeamter aufgesucht. Ein mürrischer, unfreundlicher Mann in Ihrem Alter mit rotblondem Haar und einem sorgfältig gekämmten Schnurrbart. Sie wissen, von wem ich spreche! Es hat keinen Sinn, zu leugnen, Herr von Karoly! Ich habe Sie mit diesem Herrn bei der Eröffnung des Riesenrads in vertrautem Gespräch gesehen. Angeblich wollte er meinen Vater und mich als Augenzeugen befragen, weil wir die Leiche dieses Zwerges aus nächster Nähe gesehen haben. Ich habe ihm kein Wort geglaubt. Bin mir sicher, dass er nur wegen Leonie gekommen ist. Er fragte auch nach ihr, sagte, er hätte gehört, dass sie mit diesem ermordeten Zwerg befreundet gewesen war. Das kann er nur von Ihnen haben. Sie haben uns verraten. Wie soll ich Ihnen noch jemals vertrauen können?"

„Ich leugne ja gar nicht, dass ich mit dem Herrn bekannt bin, aber ich schwöre Ihnen, dass ich ihn nicht zu Ihnen geschickt habe. Oberkommissär Kasper hat bestimmt alle möglichen Leute im Prater verhört und einer von denen wird ihm halt gesteckt haben, dass Napoleon öfters mit Ihrer Tochter gesehen worden ist."

Er war stinksauer auf Rudi. Warum hatte er ihn nicht darüber informiert, dass er mit Margarete und ihrem Vater gesprochen hatte?

Es kostete ihn jede Menge Schmeicheleien, die aufgebrachte Margarete zu besänftigen. Er musste all seinen Charme spielen lassen und sie nach Strich und Faden umgarnen, bis sie sich endlich dazu herabließ, ihm auf die Tanzfläche zu folgen.

Als sie zur Bühne gingen, intonierte die Damenkapelle gerade den Donauwalzer.

Margarete hatte seinen Arm genommen und sagte: „Jedenfalls dürfen Sie nichts mehr unternehmen. Mein Vater wird alles auf seine Art regeln. Bestimmt werden wir Leonie heil zurückbekommen."

„Lassen Sie mich Ihnen doch helfen. Ich verlange keinen weiteren Heller für meine Bemühungen. Wir können unsere Abmachung als beendet betrachten. Ich möchte einfach sicher gehen, dass Sie Ihre Tochter bald wieder in den Armen halten können", beteuerte Gustav schwülstig und schalt sich gleichzeitig einen Idioten, als er ihre verdrossene Miene bemerkte.

Rasch legte er den rechten Arm um ihre Wespentaille, zog sie sanft an sich und flüsterte ihr ins Ohr: „Versuchen wir für ein paar Minuten die Welt zu vergessen? Schließen Sie die Augen, lauschen Sie der Musik, besonders dem sehnsüchtigen Seufzen der Geigen."

Mit einem traurigen Lächeln auf den Lippen wiegte sie sich in seinen Armen.

„Sie tanzen hervorragend und Ihre Haltung ist formidabel. Waren Sie bei der Armee?", lobte sie ihn nach den ersten Drehungen.

„Darf ich mich vorstellen, Oberleutnant des k.u.k. Infanterieregiments Nr. 4 Seiner kaiserlichen Majestät."

Er entlockte ihr ein kleines süßes Lächeln.

Für irgendwas müssen die vielen vergeudeten Jahre bei den Deutschmeistern ja schließlich gut gewesen sein, dachte Gustav. Voll Grauen erinnerte er sich an die unzähligen Bälle in der Provinz, bei denen er seine Tanzkünste an die tollpatschigen rotwangigen Töchter irgendwelcher ländlicher Honoratioren verschwendet hatte.

Sein Großvater und seine Mutter hatten ihn von kleinauf gedrillt, mit eingezogenem Bauch und herausgestreckter Brust zu stolzieren. Eine gute Haltung wäre der halbe Erfolg im Leben, hatten beide oft behauptet. Beim Militär war ihm dann seine vornehme Haltung ebenso zugute gekommen wie beim Tanzen.

Während er Margarete im Kreis drehte, sah er hinunter auf ihr liebliches Gesicht. Wie gern hätte er seine Lippen auf ihre gepresst. Seine Erregung steigerte sich mit jeder Drehung.

Obwohl er noch leicht betrunken war, wirbelte er sie leichtfüßig über die Tanzfläche. Nicht nur ihr Kompliment, sondern auch die zahlreichen bewundernden Blicke, die er im Rücken spürte, spornten ihn an, ließen ihn fast tollkühn werden. Mit geradezu Schwindel erregenden Bewegungen schwebte er mit ihr über das Parkett. Zum Glück war sie ebenfalls eine ausgezeichnete und begeisterte Tänzerin. Sie folgte ihm wie in Trance und fühlte sich wie eine Feder in seinen Armen an. Alles um sie herum wurde zur Kulisse für ihren Walzer. Die sanfte Harmonie der vertrauten Klänge, gleich einer Hoffnung, die sich erfüllt, gleich einem Traum, der wahr wird.

Sie ließen keinen der Tänze aus und verloren bis zur Pause kein Wort mehr über die Entführung und den Mord. Die grausame Realität schien tatsächlich vergessen.

Als sie nach dem letzten Walzer die Bühne verließen, sagte Margarete leise und mit zärtlicher Stimme: „Ich war so lange nicht mehr Kahn fahren."

Gustav sah auf seine Taschenuhr.

„Ist es dafür nicht etwas zu spät?"

„Wir könnten es zumindest versuchen. Seien Sie kein Frosch, Herr Oberleutnant."

Der neckische Blick, den sie ihm bei diesen Worten zuwarf, ließ ihn keine weitere Sekunde mehr zögern. Er bot ihr seinen Arm an und sie schlenderten durch den dichten Blätterwald hinüber zum Heustadlwasser.

Der Bootsverleiher wollte gerade zusperren. Gustav steckte ihm einen ordentlichen Schmattes zu. Seit er den Vorschuss und das Honorar von Margarete in der Tasche hatte, schmiss er mit dem Geld nur so um sich.

„Sie können ruhig alles dichtmachen und heimgehen. Ich kenne mich mit Booten aus und werde ihr Ruderboot anständig versorgen, wenn wir zurückkommen." Nach diesem großspurigen Versprechen half er Margarete in den Kahn.

Das Licht der untergehenden Sonne verlieh dem Rest des alten Donaukanals einen eigentümlichen, fast goldenen Glanz. Das spiegelglatte Wasser des langen Tümpels wurde höchstens durch das leise Plätschern einer Ente oder durch einen Ruderschlag in sanfte Schwingungen versetzt. Gustav bemühte sich, dass Margaretes elegantes Kleid keinen Spritzer abbekam. Mit langsamen gleichförmigen Schlägen ruderte er hinüber zum anderen Ufer des Tümpels, das durch die tief ins Wasser hängenden Weiden einem undurchdringlichen Dschungel glich. Hier war man von der Bootsvermietung aus nicht zu sehen. Das wusste Gustav von seinen früheren Kahnfahrten mit diversen Damen der besseren Gesellschaft.

Als sie am versandeten Ufer angekommen waren, hob er die Ruder aus dem Wasser und legte sie ins Boot. Dann sprang er hinaus und zog den Kahn ein Stück an Land.

Margarete saß nun im Schatten einer alten Weide. Als er sich über sie beugte, stieß sie einen leisen Schrei aus. Er ließ sich dadurch nicht beirren. Während er ihren Mund mit einem leidenschaftlichen Kuss zum Schweigen brachte, machte er sich an den vielen Knöpfen ihres hochgeschlossenen Kleides zu schaffen. Sie wehrte sich nicht, erwiderte sogar seine Küsse und streichelte seinen Rücken.

Endlich hatte er die unzähligen Knöpfe ihres Kleides offen und ihre weißen Brüste zur Hälfte befreit. Leider waren sie nicht ganz so groß, wie er erwartet hatte. Ihr Korsett hatte sie größer scheinen lassen.

Gustav war ein Busenfetischist. Das hatte schon seine Mutter behauptet. Giselle und seine Amme waren mit großen Brüsten gesegnet gewesen und Gustav träumte heute noch manchmal von ihnen. Um

Margaretes kleine feste Brüste halbwegs genießen zu können, musste er ein zweites Hindernis überwinden, das verglichen mit den Knöpfen ein viel größeres Problem darstellte. Er konnte sie schlecht bitten, sich umzudrehen, damit er die tausend Schnüre ihres Korsetts entwirren konnte. Stürmisch presste er seine Lippen auf den Teil ihres Busens, der freilag, und machte sich gleichzeitig mit beiden Händen an den Schnüren, Ösen und Häkchen auf ihrem Rücken zu schaffen.

Die Sonne war hinter den Bäumen verschwunden. Ein frisches Lüfterl kam auf. Das Klatschen der kleinen Wellen, die gegen das Boot schlugen, und das aufgeregte Gezwitscher der Vögel in den Sträuchern irritierten ihn.

Er ließ kurz von ihr ab. Ein lautes platschendes Geräusch ließ auch sie aufschrecken.

Beide reckten die Köpfe.

„Irgendein Tier“, sagte Gustav beruhigend.

Auf dem Wasser, das sich leicht kräuselte, war jedoch weder eine Ente noch ein Schwan zu sehen.

„Ein Fisch, der nach Luft geschnappt hat“, schlug er scherzend vor.

Margarete starrte ängstlich in den Himmel.

Jetzt bemerkte auch er die schwarzen Wolken. Der Teich schien plötzlich zum Leben zu erwachen. Die Wasseroberfläche hatte sich dunkelblau verfärbt. Das Ruderboot war von allein zurück ins Wasser geglitten und wurde nun von den Wellen umspült. Heftiger Wind kam auf und brachte es zum Schaukeln. Gustavs Magen begann sogleich wieder zu rebellieren. Bevor er sich in Margaretes Dekolletee übergeben würde, ließ er von ihr ab. Es war eine Frage von Minuten, bis das nächste Unwetter die Kaiserstadt in ein Schlammloch verwandeln würde.

Margarete fröstelte.

„Wir müssen zurück, beeilen Sie sich", sagte sie mit schriller Stimme und begann ihr Kleid zuzuknöpfen.

Gustav setzte sich auf die Bank und ruderte so schnell er konnte. Schweiß bedeckte seine Stirn, als er die Ruder hektisch ins Wasser stieß. Sowohl Margarete als auch er bekamen einige Spritzer ab, wenn eines der Ruder unkontrolliert über die unruhige Wasseroberfläche hüpfte.

Welch schwarze Katze hat meinen Weg gekreuzt? Gustav glaubte weder an Gott noch an Schicksal oder Bestimmung, doch heute war eindeutig ein schwarzer Tag für ihn.

Er riss sich zusammen, bemühte sich, flüssigere Bewegungen zu machen, konnte aber nicht verhindern, dass der kleine Kahn mehrmals gefährlich ins Wanken geriet. Margarete stieß ängstliche Schreie aus.

Als sie nur noch ein paar Meter vom Bootsverleih entfernt waren, verlor Gustav zu allem Unglück ein Ruder. Bei seinen Versuchen, es zurückzuholen, wären sie tatsächlich fast gekentert.

Der Bootsverleiher schrie und winkte ihnen aufgeregt zu.

Es reicht, dachte Gustav, stieg ins Wasser, das ihm zum Glück nur bis knapp über die Knie reichte, und zog den Kahn mit Margarete an Land.

Am liebsten hätte er sein Geld von dem aufgeregten Bootsverleiher zurückgefordert. Aber vor Margarete wollte er sich nicht diese Blöße geben.

Er war patschnass und stinksauer.

Seine letzte Chance, Margarete zu verführen, war ein Fiaker. Er hatte sich früher öfters in einem Fiaker mit einem netten Mädl vergnügt. Die Kutscher wussten

Bescheid, wenn man ihnen das Stichwort „Porzellanfuhre“ zuflüsterte, und wählten eine möglichst kurvenarme Strecke mit wenigen Erschütterungen. Gustav hatte sogar Bilder gesehen, die verschiedene Stellungen zeigten, die man in den engen Coupés problemlos einnehmen konnte. Die Frage war nur, ob sich Margarete für so ein Techtelmechtel hergeben würde.

Der Regen erwischte sie auf der Allee. Kein freier Fiaker weit und breit. Fürsorglich borgte Gustav ihr seine Jacke. Sie stülpte sie über ihren Kopf und trippelte tapfer neben ihm im Schutz der hohen Bäume die Allee entlang. Seine völlig aufgeweichten Schuhe machten komische Geräusche bei jedem Schritt und seine nasse Hose klebte an seinen Beinen. Als sich endlich ein Kutscher der beiden erbarmte, waren sie völlig durchnässt und verschmutzt.

Er half Margarete in den Wagen, setzte sich neben sie und zog die Vorhänge zu.

Die Lust auf Sex war ihm mittlerweile gründlich vergangen. Kaum saßen sie nebeneinander in der Kutsche, begann er zu husten und zu niesen. Margarete reichte ihm ein Taschentuch und lächelte ihn liebevoll an. Ein mütterliches Lächeln, dachte er erzürnt und verfluchte seine empfindliche Konstitution.

Als sie beim Palais Schwabenau angelangt waren, umarmte er sie noch einmal und drückte seine Lippen auf ihren Mund. Ein Hustenanfall verhinderte einen leidenschaftlichen Kuss.

Er öffnete den Wagenschlag, kletterte herab und half ihr aus der Kutsche.

Trotz des schrecklichen Unwetters brachte er sie bis zur Tür des Palais und küsste ihr zum Abschied die Hand.

In diesem Augenblick wurde das Tor von innen geöffnet und Freiherr von Schwabenau trat in Gehrock und mit Zylinder und Schirm auf die Straße.

Überrascht starrte er das nasse Pärchen an.

„Was wollen Sie schon wieder hier? Hören Sie auf, meiner Tochter nachzustellen, Sie impertinenter Kerl! Wenn ich Sie noch einmal dabei erwische, wie Sie vor meinem Palais herumschnüffeln, lass ich Sie verhaften!“, schrie er, nachdem er sich von seiner Überraschung erholt hatte.

Anstatt ihm eine gebührende Antwort zu geben, bekam Gustav einen Niesanfall.

Die Gaslaterne vor dem Haus verströmte fast bläuliches Licht. Leichenblässe überzog Margaretes erstarrtes Gesicht.

„Sieh dich an, wie du aussiehst. Hast dich wieder mit diesem Pratergesindel herumgetrieben. Du gehst sofort auf dein Zimmer“, schnauzte Herr von Schwabenau seine Tochter an, als wäre sie eine ungezogene Dreizehnjährige.

Am liebsten hätte Gustav schallend zu lachen begonnen. Auch er kam sich vor wie ein Pennäler, der bei seinem ersten Rendezvous vom Vater seiner Angebeteten erwischt wird.

„Wir bleiben in Kontakt.“ Sie sagte es so leise, dass Gustav ihre Worte nur von ihren göttlichen Lippen ablesen konnte. Dann leistete sie dem Befehl ihres Vaters Folge.

„Dieser Bastard hat Hausverbot bei uns!“ Der alte Schwabenau hatte einen hochroten Kopf und brüllte so laut, dass Gustav befürchtete, die deutlich hervortretenden Adern an seinen Schläfen würden jeden Moment platzen.

„Habe die Ehre.“ Gustav machte eine übertrieben tiefe Verbeugung und stieg in den Fiaker, der zum Glück gewartet hatte.

13

Der Kutscher fuhr quer durch die innere Stadt. Am Ende des Kohlmarkts hatte sich eine Menschenmenge versammelt. Dutzende Schaulustige verfolgten die Ablösung der Burgwache mit der in den inneren Burghof einziehenden Burgmusik. Nicht zum ersten Mal ärgerte sich Gustav, dass er nicht einfach schnurstracks durchs Michaelertor nach Hause zu den Hofstallungen fahren durfte. Das Michaelertor war die wichtigste Einfahrt in die Hofburg und für den öffentlichen Verkehr und die Fiaker gesperrt.

Während sie warteten, bis die Gaffer Platz machten, dachte Gustav über die beiden neuen Frauen in seinem Leben nach. Nach dem missglückten Liebesabenteuer mit Margarete war er sich nicht sicher, ob er diese Zigeunerin nicht mehr begehrte. Sie hatte etwas Wildes, Unbezähmbares, das er sehr reizvoll fand. Bestimmt war sie sehr leidenschaftlich und voller Geheimnisse ... Ein Niesanfall beendete seine Grübelei. Er fror erbärmlich. Anstatt nach einer Frau sehnte er sich nur mehr nach einem heißen Ziegelstein in seinem Bett.

„Hermann will ausziehen“, sagte Vera, kaum dass Gustav den Vorraum betreten hatte. „Und ich bin, ehrlich gesagt, froh ihn loszuwerden. Die Frage ist nur, ob wir einen neuen Untermieter finden, der die Miete auch regelmäßig bezahlen kann. Ich brauche die Mieten, um die laufenden Kosten begleichen zu können."

Gustav war in Gedanken bei seiner Kahnfahrt mit Margarete, die unter keinem guten Stern gestanden war.

„Ich ziehe mich rasch um. Das Gewitter hat mich überrascht." Er eilte auf sein Zimmer.

„Ich mach uns einen Tee. Josefa ist schon im Bett", hörte er seine Tante sagen.

Obwohl es zwischen den dicken Mauern der Hofstallungen im Sommer immer angenehm kühl war, kam es Gustav heute besonders frisch vor. Er fröstelte, als er sich umzog, und legte einen weißen Seidenschal um seinen Hals, bevor er in die Küche ging.

„Ich begreife nicht, wie sich diese schöne Frau mit so einem kleinen, hässlichen Mann einlassen konnte."

„Du sprichst von Margarete von Leiden und Freddy Mars?"

„Ja, von wem sonst? Er ist mindestens zehn Zentimeter kleiner als sie und wahrlich kein schöner Mann."

„Manche Frauen finden kleine Männer durchaus attraktiv. Bestimmt sind sie weniger selbstherrlich als ihr großen Kerle. Vielleicht bemühen sie sich mehr um die Damen, sind höflicher, galanter und rücksichtsvoller."

„Das ist völlig absurd."

„Wie du meinst. Aber ich kann mir durchaus vorstellen, dass eine anspruchsvolle Frau wie Margarete von Leiden, die höchstwahrscheinlich jeden Mann haben könnte, einen Verehrer bevorzugt, der sie anhimmelt und auf Händen trägt, sie niemals betrügen oder anlügen würde, immer für sie da ist ..."

„Hör auf! Du hast keine Ahnung!"

„Angeblich sind kleine Männer auch viel zärtlicher und verständnisvoller, da sie weniger von sich selbst eingenommen sind und es als weniger selbstverständlich betrachten, geliebt zu werden."

„Du hast überhaupt keine Erfahrung mit Männern. Woher stammen deine Weisheiten? Aus deinen Philosophiebüchern?"

„Wie du glaubst, mein Lieber. Streng dich nur weiter an, ich bin mir ziemlich sicher, dass du gegen den kleinen Freddy keine Chance haben wirst." Sie klopfte ihrem Neffen lachend auf die Schulter.

Verärgert zündete sich Gustav eine Zigarette an. Nach ein paar Zügen dämpfte er sie aus. Sie schmeckte ihm nicht. Außerdem spürte er ein leichtes Kratzen im Hals.

Seine Tante nahm die Kanne vom Herd, goss den Tee ein und fuhr fort, ihn mit ihrer Theorie über kleine Männer und schöne Frauen zu ärgern.

Gustav hörte ihr mit halbem Ohr zu. Er träumte von seinem letzten Walzer mit Margarete. Die anderen Paare hatten ihnen Platz gemacht, sich im Kreis aufgestellt und ihnen nachher applaudiert.

Während er in süßen Erinnerungen schwelgte, hatte seine Tante zu politisieren begonnen.

„Hast du die Zeitungen gelesen? Im Deutschen Volksblatt wettert der Führer der Alldeutschen, dieser Schönerer, wieder gegen den Sumpf aus Dekadenz und Verderbtheit in unserem Land. Hermann hat dieses Schmierblatt mal wieder demonstrativ am Küchentisch liegen gelassen. Ich konnte es mir nicht verkneifen, einen Blick hineinzuwerfen. Mir ist fast schlecht geworden. Habe Josefa angeschafft, die Zeitung zu verbrennen."

„Schade, ich hätte so ein intelligentes Blatt gern mal gelesen."

„Hör auf zu spotten. Diese Bagage ist echt gefährlich. Obwohl im Grunde die feudal-aristokratischen Strukturen in unserem Land daran Schuld tragen, dass die kleinen Leute in Scharen zu den Deutschnationalen überlaufen. Die Sozialdemokraten sind zu schwach und zu revolutionär. Wien ist nach wie vor vom Hof, vom Adel und vom Militär geprägt. Der bürgerliche Liberalismus hat bei uns keine Tradition. Deshalb verzögert sich ja auch die Entwicklung einer modernen Gesellschaftsordnung. In England sind sie viel weiter."

„In Frankreich ebenfalls. Wir hatten eben keine richtige Revolution."

„Seit der Regentschaft Seiner Majestät geht bei uns alles schief. Zuerst die Niederlage in der Schlacht von Solferino, sieben Jahre später die verlorene Schlacht bei Königgrätz und dann der große Bankenkrach wegen dieser riesigen finanziellen Transaktionen und Bauspekulationen bei der Vorbereitung der Weltausstellung ..."

„Beim Zusammenbruch der Börse war ich zwar noch ein Kind, aber ich erinnere mich an die Weltausstellung. Großpapa war öfters mit mir dort. Ich war schwer beeindruckt. Heute weiß ich natürlich, dass dieses größenwahnsinnige Ereignis ein voller Reinfall war. Die Zuschauerzahlen haben sich in Grenzen gehalten."

„Der alte Kaiser hat nichts daraus gelernt. Ist es nicht ewig schade um Kronprinz Rudolf? Bestimmt hätte er es geschafft, das Ruder herumzureißen. Er war neuen, auch liberalen Ideen gegenüber aufgeschlossen."

„Und er war ein erklärter Gegner vom Schönerer, ich weiß", versuchte Gustav ihren Vortrag, den er schon zigmal zu hören bekommen hatte, zu beenden.

Doch wenn Tante Vera einmal in Fahrt kam, war sie schwer zu bremsen.

„Der Kronprinz hat 1888 seinen Einfluss geltend gemacht, damit dieser gefährliche Mensch zu vier Monaten schweren Kerkers wegen öffentlicher Gewalttätigkeit verurteilt wurde. Der Schönerer verlor daraufhin auch seinen Adelstitel und die politischen Rechte, aber kaum kam er aus dem Gefängnis, wetterte er wieder gegen die Judenpresse. Du warst bei deiner Garnison in Galizien und wirst nichts davon mitbekommen haben. Stell dir vor, er ist gemeinsam mit seinen Kumpanen gewaltsam in die Redaktion des Neuen Wiener Tagblatts eingedrungen und hat die Redakteure mit Stöcken angegriffen, weil sie verfrüht die Meldung vom Tod des einundneunzigjährigen deutschen Kaisers Wilhelm I. gebracht haben ..."

„Reg dich bitte nicht so auf. Den Schönerer nimmt keiner ernst. Das ist halt ein Fanatiker."

„Von wegen! Diese Deutschtümler werden sehr wohl ernst genommen. Ich sage nur Lueger. Dreimal hat ihn der Kaiser als Bürgermeister verhindern können. Und auch nur, weil seine Geliebte, die Katharina Schratt, und der Ministerpräsident Badeni und ein paar Aristokraten es ihm geraten haben. Zuletzt hat er doch klein beigegeben."

„Er hat vor Papst Leo XIII. kapituliert, auf dessen Bitte hin, Lueger ins Amt berufen, soviel ich gehört habe. Was soll's? Die Christlich-Sozialen scheinen dem Hof eben, verglichen mit den Sozialdemokraten, das kleinere Übel zu sein."

„Eigentlich sollte man das Deutsche Volksblatt regelmäßig lesen, damit man weiß, was uns bevorsteht. Früher waren sie eindeutig Schönerer-freundlich, jetzt schreiben sie Lobeshymnen auf den Lueger. Der neue Bürgermeister dürfte es mit seiner massiven antisemitischen und antiliberalen Propaganda geschafft haben, die alldeutschen Fanatiker auf seine Seite zu ziehen."

„Ich halte den Lueger für weitaus gefährlicher als den Schönerer. Er kommt bei den verunsicherten Kleinbürgern noch besser an."

„Seit die Juden und andere Minderheiten die volle und uneingeschränkte Gleichberechtigung zumindest nach dem Gesetz erhalten haben, drehen die Leute völlig durch." Seine Tante klang ernsthaft besorgt.

„Sie haben Angst vor einer weiteren Einwanderungswelle. Seit dem neuen Gesetz sind eben viele Juden nach Wien gekommen, nicht nur die reichen, wie unser Warenhauskönig Gerngross, sondern auch die armen Ostjuden, all die Wanderhausierer und Mädchenhändler aus Galizien zum Beispiel. Mich stören sie nicht, glaub mir, aber mittlerweile sind fast neun Prozent der Wiener Bevölkerung gläubige Juden."

„Was willst du damit sagen, Gustav?"

„Nichts, ich habe kein Problem mit den Einwanderern, egal woher sie kommen oder woran sie glauben."

„Ich fürchte, du treibst dich in letzter Zeit wieder in schlechter Gesellschaft herum. Die Borniertheit und der dumme Fremdenhass dieser Neureichen färben auf dich ab."

„Du bist gemein! Du weißt, dass mir die Christlich-Sozialen genauso verhasst sind wie die Alldeutschen. Ich finde nur, dass dich zu wenig kümmert, was das Volk denkt. Du bist und bleibst eben ein Snob!" Er stand auf, schaute seine Tante wütend an. „Außerdem ist mir kalt. Ich fürchte, ich habe mich verkühlt."

Verärgert ließ er sie in der Küche sitzen und legte sich hin.

14

Gegen Mittag ließ sich Gustav von einem Zweispänner in die Freudenau chauffieren. Heute fand das alljährliche Derby statt.

Ein sanftes Lüfterl wehte von der Donau herauf. Es duftete nach Heu und Wiesenblumen.

Gustav trug den weißen Seidenschal zu seinem champagnerfarbenen Sommeranzug und einen schicken hellen Strohhut, den er vor einigen Jahren in Paris gekauft hatte. Zum Glück war seine Erkältung nicht schlimmer geworden, er hatte nur leichte Halsschmerzen.

Vor der Galopper-Rennbahn ging es hoch her. Mit Gold, Silber und Edelsteinen besetzte Equipagen standen in einer endlos langen Schlange vor den Tribüneneingängen. Gustav studierte aufmerksam die Wappen. Neunzackige, mit Perlen versehene Grafenkronen zierten so manchen Wagen. Das Wappen seines Vaters konnte er nicht entdecken. Graf Batheny schien sich nicht für Pferderennen zu interessieren.

Die Damen der feinen Gesellschaft stellten sich in der neuesten Sommermode zur Schau. Die phantasievollen breitkrempigen Gebilde, mit denen sie ihre süßen Köpfchen vor der Sonne schützten, würden einigen begeisterten Zuschauern die Sicht auf das Rennen verstellen.

Das Lächeln so manch unvergesslich schöner Frau am Arm eines reichen alten Mannes streifte Gustav im Vorbeigehen. Er erwiderte ihr Lächeln nicht. Mit grimmiger Miene bahnte er sich den Weg durch die Menschenmassen. Hin und wieder warf er einen flüchtigen Blick auf die Rennbahn. Der weiße Zaun, der die Gräben und Hindernisse umgab, war frisch gestrichen. Der Rasen perfekt gemäht.

Die Jockeys in ihren leuchtend bunten Seidenhemden begaben sich mit ihren Pferden in Startposition. Graue, braune, schwarze, gescheckte ... Freddys schwarzer Hengst Phantom II. war nirgends zu sehen.

Schließlich entdeckte er Freddy in voller Jockey-Adjustierung – weißes Hemd, goldene Schärpe und blaue Schirmmütze – bei den Stallungen, wo er sich gerade auf das nächste Rennen vorbereitete.

Gustav wollte ihn auf das fehlende blau-weiß getupfte Halstuch ansprechen. Ließ es bleiben, da der gute Freddy nervös zu sein schien und leicht deprimiert wirkte. Er sah Gustav nicht an, sondern liebkoste die Nüstern seines Pferdes.

„Weißt schon Bescheid?“, fragte er statt einer Begrüßung. „Haben’s die Buschtrommeln bereits verkündet ...“

„Was sollen die Aschanti verkündet haben?“

„Na, nicht die Neger. Ich mein, ob du schon gehört hast, dass ich für die Polizei der Hauptverdächtige bin. Hab die letzte Nacht im Häfen verbracht, bin vorher stundenlang verhört worden. Die glauben im Ernst, dass ich den Napoleon umgebracht hab.“

„Nein ...“

„Vielleicht sollt ich lieber für ein paar Tage untertauchen. Zumindest so lange, bis sie den wahren Täter gefasst haben.“ Es klang mehr wie eine Frage.

„Damit würdest du dich erst recht verdächtig machen. Ich würde dir empfehlen, mit der Polizei zusammenzuarbeiten. Erzähl ihnen die Wahrheit. Nur so kannst du ihnen helfen, deine Tochter zu finden.“

„Was heißt die Wahrheit? Ich hab mit ihrem Verschwinden nichts zu tun. Bin mir ziemlich sicher, dass sie irgendwo hier im Prater ist." Freddy wirkte niedergeschlagen.

„Glaubst nicht, dass der Polanski bei dieser Geschichte seine Finger mit im Spiel hat? Ich habe gehört, dass er deiner Tochter nachgestellt hat."

„Ich weiß. Und ich hätt ihn deswegen am liebsten erwürgt!", stieß Freddy mit knallrotem Kopf hervor. „Zuerst hat er Margarete schöne Augen gemacht und dann unserer Tochter."

„Vorsicht, pass auf, was du sagst! Vergiss nicht, dass Napoleon erdrosselt worden ist."

„Nicht von mir! Ich hab den kleinen Kerl gern gehabt. Er war zwar ein schlimmes Schlitzohr, aber er hat einen zum Lachen gebracht. Man bringt keinen um, der einen zum Lachen bringt."

Was für ein logisches Argument, dachte Gustav amüsiert. Wurde aber ernst, als er Freddys verzweifelte Miene sah.

„Napoleon war ein kluger Kerl, ein großer Spötter und angeblich sexuell sehr ..., du weißt ...Womöglich hat sein Tod gar nichts mit Leonies Entführung zu tun? Vielleicht ist er einem eifersüchtigen Ehemann in die Quere gekommen?"

Gustav erschien dieser Verdacht ziemlich absurd.

„Es geht gleich los. Ich bin im nächsten Rennen dran. Kannst ruhig ein paar Kronen auf mich setzen. Ich werd's ihnen zeigen!"

Freddy nahm seinen edlen Hengst am Zaumzeug und führte ihn zum Start. Gustav war fasziniert von der Anmut und Noblesse des jungen Tieres.

In der Freudenau waren alle Sitzplätze ausverkauft. Sogar auf der Hof-Tribüne, der Kaiserloge und den beiden Seitenlogen gab es keinen freien Platz mehr. Zu dem hoch dotierten Rennen waren auch zahlreiche Angehörige der Aristokratie erschienen.

Gustav, der sich vor einigen Jahren geschworen hatte, nie mehr zu wetten, ging zu einem der Wettschalter und setzte zwanzig Kronen von dem Honorar, das er von Margarete von Leiden erhalten hatte, auf Phantom II. Dann ging er hinüber zu der Tribüne, die für die Presse reserviert war. Als er seinen alten Kumpel Balduin von der Wiener Sonntagszeitung erblickte, winkte er heftig. Balduin winkte zurück und kurz danach hatte Gustav einen der besten Plätze auf der Tribüne ergattert.

In der Freudenau traf man Leute aus den unterschiedlichsten Gesellschaftsschichten. Neben dem Adel verkehrten hier auch Kleinbürger, Intellektuelle, Praterstrizzis, Hochstapler und andere Gauner.

„Ziemlich voll." Gustav streckte seine langen Beine aus und zündete sich genüsslich eine Zigarette an.

„Die Wiener sind halt verrückt nach dem Pferdesport. Im Wurstelprater reiten's ja sogar auf hölzernen Pferden." Der Sportreporter lachte über seinen eigenen Witz.

Sobald die Flaggen den Start des Rennens ankündigten und die Pferde losjagten, begannen die Massen auf den billigen Plätzen ihren Favoriten zuzujubeln. Der Lärm war unbeschreiblich.

Freddy Mars wirkte unkonzentriert, machte Fehler. Anfängerfehler. Er trieb seinen jungen Hengst vom Start weg zu sehr an.

„Das wird nix." Balduin schüttelte missbilligend den Kopf. „Hast hoffentlich nicht auf Sieg gesetzt, sondern nur auf Platz?"

„Ich bin ein Idiot. Hätte mir eigentlich denken können, dass er heute nicht in der richtigen Verfassung ist."

Gustav konzentrierte sich auf die Pferde, die Flanke an Flanke angesprengt kamen. Gereckte Hälse, lange sehnige Muskeln unter glänzenden Fellen ..., fast konnte er ihren lauten Atem hören. Sie holten die Luft tief aus ihren großen Lungen.

Die Jockeys forcierten das Tempo. Gestreckter Galopp, fast geschlossen schossen die Pferde an den Tribünen vorbei. Ein Gescheckter war eine Kopflänge vor den anderen. Knapp dahinter ein schöner Rotfuchs. Die beiden lösten sich von dem in vollem Galopp dahinjagenden Feld.

Plötzlich holte Phantom II. auf, schoss an dem an dritter Stelle liegenden Pferd vorbei und war nun Kopf an Kopf mit dem Rotfuchs „Sunshine", der an zweiter Stelle lag.

Das Publikum begann laut zu brüllen, feuerte Freddy und seinen schwarzen Hengst an. Freddy Mars schien nach wie vor der Liebling der Wiener zu sein.

Auf den letzten hundert Metern beschleunigte Phantom II. noch einmal, machte Zentimeter um Zentimeter an Boden gut. Wie ein Verrückter spornte Freddy sein Pferd an und holte tatsächlich die wenigen Zentimeter zum führenden „Deus ex machina" mit dem jungen italienischen Jockey Alberto Giocelli auf.

Die Leute tobten. Ein Kopf-an-Kopf–Rennen. Fast gleichzeitig schoben die beiden Pferde ihre Nüstern über die Ziellinie.

Gustav bedeckte seine Augen mit den Händen. Er sah wie ein Adler, für ihn war es eindeutig, dass „Deus ex machina“ die Nase beziehungsweise seine Nüstern vorneweg gehabt hatte.

Die Jockeys richteten sich wieder auf. Die Pferde liefen aus und fielen am Ende der Rennbahn in Schritt.

„Verdammter Mist“, fluchte Gustav.

Balduin umarmte ihn vor lauter Freude, denn er hatte auf den neuen Superstar „Deus ex machina“ gesetzt.

Zwanzig Kronen in den Wind geschossen. Gustav war stinksauer auf sich selbst.

Als er den geschlagenen Freddy in den Stallungen besuchte, machte er ihm keine Vorwürfe.

Der Stallbursche rieb gerade Phantom II. trocken. Gustav streichelte das schöne Tier, das am ganzen Leib zitterte.

Normalerweise wurde der Jockey nach einem Rennen von begeisterten Anhängern belagert, heute liefen sie alle zu dem feschen Alberto. Untreue Mischpoche, dachte Gustav.

Freddy nahm Gustavs Einladung, nach der Siegerehrung im „Walfisch“ gemeinsam einen trinken zu gehen, dankbar an.

„Du musst mich freihalten. Hab alles, was ich bei mir hatte, auf dich gesetzt.“ Ein leiser Vorwurf schwang nun doch in seiner Stimme mit.

„Tut mir leid, mein Bester. Natürlich geb ich dir einen aus, obwohl ich selber bankrott bin. Ich hätt heut unbedingt gewinnen müssen. Mir steht das Wasser bis zum Hals.“ Freddy klopfte ihm freundschaftlich auf die Schulter.

„Der Walfisch“ hatte geschlossen, da gerade der Haupteingang der neuen Grottenbahn geliefert wurde.

Fasziniert sahen Gustav, Freddy und viele andere Neugierige dabei zu, wie die Arbeiter das monströse Unterkiefer und die gewaltige Rippe eines 1895 im Beringmeer erlegten Pottwals von einem Wagen hievten. Die Pferde waren unruhig, wieherten und tänzelten herum wie die nervösen Reitpferde vorhin. Bestimmt konnten sie das Ungetüm noch riechen.

Kaum hatten sie im Gastgarten des „Englischen Reiters“ Platz genommen und zwei Bier bestellt, verdüsterte sich Freddys Miene. Das gerade verlorene Rennen schien ihm schwer im Magen zu liegen.

„Die Siegesprämie wäre meine Rettung gewesen“, murmelte er. „Eigentlich dürft ich gar nicht hier mit dir sitzen. Ich sollt mich lieber verstecken. Glaub nicht, dass mir die Geldeintreiber noch eine Gnadenfrist gewähren werden. In letzter Zeit hab ich nur Pech gehabt. Pech im Spiel, Pech bei den Rennen und Pech in der Liebe. Ich liebe Margarete, und ich weiß, dass sie mich auch liebt. Aber dieses Arschloch von Vater ist ihr eben wichtiger als ich. Der Alte hat ihr jeden Kontakt mit mir verboten. Wir haben uns ein paar Mal heimlich gesehen. Diese Treffen waren eine einzige Katastrophe. Sie war hysterisch und voller Angst. Ach Gustav, diese Frau ist mein Verhängnis. Und jetzt ist sie auch noch Schuld daran, dass ich kein Rennen mehr gewinne ...“

Gustav missfielen die intimen Bekenntnisse des Jockeys, doch er unterbrach ihn nicht.

Freddy stürzte sein zweites Krügerl in drei Zügen hinunter.

„Ich will keine andere. Ich wünsch mir nichts mehr als mit meiner Frau und meinem Kind endlich zusammen sein zu können, so wie eine ganz normale Familie halt. Meine kleine Leonie wünscht sich das ebenfalls.

Aber wie soll ich die beiden ohne Marie erhalten, geschweige denn, ihnen den Lebensstil bieten, den sie gewöhnt sind?“

Und genau deshalb bist du der Mordverdächtige Nummer eins, dachte Gustav.

„Wir werden deine Tochter finden. Aber du musst mir helfen. Ich möcht mit ein paar Leuten im Wurstelprater reden. Vielleicht verraten sie dir eher was als mir.“

„Ja klar, machen wir.“

Freddy bestellte ein drittes Bier und fuhr fort zu lamentieren.

„Als Margarete von mir schwanger wurde, hat man mich zum Militär eingezogen.“

„Bei welcher Kompanie warst du?“

„Beim Dragonerregiment Kaiser Ferdinand Nr. 4, stationiert in Enns.“

„Hast du eine Masen gehabt!“

„Wieso? Das war kein Honiglecken. Drei Jahre hab ich bei der Kavallerie verschissen, dabei hab ich’s gerade mal zum Leutnant gebracht. In der Zeit hätt ich ein halbes Dutzend Rennen gewinnen und genügend Marie verdienen können, um Margarete zu heiraten.“

„Ich bin acht Jahre in den trostlosesten Nestern an der Grenze zum russischen Reich herumgesessen. Die einzige Abwechslung boten die provinziellen Kaffeehäuser, in denen die Damen der dortigen besseren Gesellschaft, lauter vertrocknete alte Hutblumen, nachmittags ihren Kaffee oder eine heiße Schokolade schlürften und im Sommer Unmengen von Gefrorenem vertilgten. Nicht einmal die Neue Freie Presse lag dort auf, dafür jede Menge reaktionäre und uninteressante Regionalblättchen. Ich erinnere mich mit Schaudern an die todlangweiligen Dominopartien mit meinen

Kameraden. Höchst selten fand sich einer, der halbwegs tarockieren oder Billard spielen konnte. Das nenn ich vergeudete Jahre! Kein Krieg weit und breit, Tag und Nacht exerzieren und all diese langwierigen, komplizierten Manöver. Besonders im Winter hab ich gedacht, ich werd wahnsinnig. Kälte, Dreck und Dunkelheit, Monat für Monat!"

„Glaubst, in Enns war's besser? Nebel, nichts als Nebel im Herbst, und im Winter war's dort auch saukalt. Der kleine Kanonenofen in meiner Bude spuckte mehr Rauch als Wärme aus. Und diese Scheiß-Signalhörner und das Hufgetrappel hab ich bis heute in den Ohren."

„Kein Wunder als Jockey", murmelte Gustav.

Freddy schien seinen Einwurf nicht gehört zu haben. „Außerdem war ich der einzige Normalsterbliche. Hatte lauter dekadente Kameraden. Hauptsache, sie sahen auf den Rössern gut aus, reiten konnte keiner von diesen vertrottelten Adeligen. – Pardon, du bist ja auch einer ..., ich mein von Adel, oder?"

„Lass es gut sein, Feddy, trinken wir auf die vertrottelten Adeligen, auf die Décadence und die glorreiche österreichisch-ungarische Armee!"

Nach dem dritten Bier rafften sie sich endlich dazu auf, gemeinsam einige Budenbesitzer und kleinere Gauner zu befragen, die tatsächlich viel auskunftsfreudiger waren als an dem Tag, als Gustav sie allein auszufragen versucht hatte.

Sie redeten alle wie aufgezogen, plapperten aber nur so dahin. Keiner hatte interessante Informationen für sie.

Während sie durch den Vergnügungspark spazierten, hatte Gustav wieder das Gefühl, verfolgt zu werden. Er drehte sich mehrmals um, entdeckte aber kein verdächtiges Subjekt unter den Menschenmassen, die sich durch den Wurstelprater schoben. Er scheute sich, Freddy von seinem Verdacht zu erzählen, dass der Schwabenau ihn verfolgen ließ, da er befürchtete, der Jockey würde ihn dann erst recht für einen verrückten Adeligen halten.

Als das riesige Zirkuszelt vor ihnen auftauchte, deutete Freddy auf die Artisten, die rauchend und schwatzend hinter dem Zelt standen. Gaukler, Akrobaten, Clowns, Gewichtheber, Schlangenmenschen.

„Lass uns mal mit denen reden. Die nächste Vorstellung beginnt erst in einer halben Stunde. Wenn ich noch mal auf die Welt komm, geh ich zum Zirkus.“ Mit verträumtem Blick beobachtete Freddy die Purzelbäume schlagenden Liliputaner.

Gustav teilte diese Sehnsucht nach der großen bunten Welt des Zirkus’ nicht, obwohl er auch schöne Erinnerungen daran hatte. Als kleiner Junge hatte er mit seiner Tante oft den Circus Renz in der Donaustadt besucht und sich prächtig über die Clowns, die dauernd Ohrfeigen kassiert hatten, amüsiert. Den legendären „Circus Gymnasticus“ im Prater hatte er nicht mehr gekannt, er war vor seiner Geburt demoliert worden, aber seine Mutter hatte ihm oft davon vorgeschwärmt.

Freddy kannte einige der Zirkusleute. Sie rauchten mit den spanischen Jongleuren eine Zigarette und unterhielten sich mit den Ringern. Einer dieser kräftigen Männer erzählte ihnen, dass Max Polanski in den vergangenen Nächten öfters hier gewesen wäre, auch spät nachts. Normalerweise würde er sich abends kaum mehr blicken lassen, meinte er, sondern säße in seinen Lokalen herum und ließe sich volllaufen.

Freddy fragte ihn, ob er in den letzten Tagen Leonie gesehen hätte. Der große, kräftige Kerl senkte den Blick und schüttelte den Kopf.

Er lügt, dachte Gustav, traute sich aber nicht, es laut zu sagen.

Als die kleine, sehr drahtig wirkende Kunstreiterin Angelina auf die Männerrunde zukam, hatte es der Ringer sehr eilig, ins Zelt zu kommen.

Angelina begrüßte Freddy mit einem bezaubernden Lächeln. Die Blicke, die sie ihm zuwarf, sagten alles. Gustav war überzeugt, dass die hübsche Kunstreiterin in den Jockey verliebt war. Sie war nicht sein Typ, war ihm zu wenig weiblich. Kein Busen, kein Hintern, von hinten sah sie aus wie ein Kind. Leider schien Freddy Mars einen ähnlichen Geschmack bei Frauen zu haben wie er. Es war offensichtlich, dass er Angelinas Gefühle nicht erwiderte.

Gustav überlegte trotzdem, ob er Freddy mit ihr allein lassen sollte, doch der Jockey stellte ihm die junge Frau vor.

„Mein Freund und ich sind völlig verzweifelt. Es gibt keine Spur von Leonie. Keiner hat irgendetwas gehört oder gesehen. Ich begreife das nicht. Habe die ganze Geschichte anfangs nicht ernst genommen, hab gedacht, meine Kleine wäre einfach wieder mal abgehauen. Mittlerweile befürcht auch ich, dass ihr etwas zugestoßen sein könnte." Seine Augen wurden feucht. Er schien sich für seine Tränen zu genieren, wandte rasch sein Gesicht ab.

Zärtlich ergriff Angelina seinen Arm.

„Freddy, ich muss dir was gestehen." Sie warf Gustav einen ängstlichen Blick zu.

Gustav bemühte sich, nicht auf das große Muttermal auf ihrer rechten Wange zu starren.

„Ich bin sofort weg."

„Du bleibst!", protestierte Freddy energisch. „Er ist mein Freund, er hilft mir, Leonie zu finden."

Angelina schien nach wie vor nicht erfreut über Gustavs Anwesenheit zu sein, zögernd sagte sie: „Du musst mir vorher schwören, dass du mir nicht böse bist, mir verzeihen wirst."

„Ich schwör dir alles, wenn du mir sagst, wo Leonie ist." Freddy klang leicht betrunken, fand Gustav, der genauso viele Bier intus hatte wie der Jockey.

„Leonie ist am Samstag vor einer Woche zu mir gekommen. Sie ist vom Lusthaus bis hierher zu Fuß gegangen, mitten in der Nacht. Kannst du dir das vorstellen?"

„Dies...er Raben...braten."

„Sie hat mich angefleht, ein paar Tage bei mir bleiben zu dürfen, weil sie mit ihrem Großvater einen schlimmen Streit gehabt hatte. Der Alte hatte ihr verboten, weiterhin Reitstunden zu nehmen, und wollte sie zu Hause einsperren. Du weißt, wie verrückt sie nach Pferden ist. Das hat sie von dir."

Freddy grinste blöde.

„Da sie nicht Jockey werden kann, möchte sie in meine Fußstapfen treten, also Kunstreiterin werden, hat sie gesagt. Und sie ist talentiert. Ich habe ihr einige Tricks und Kunststücken gezeigt. Sie hat sich recht geschickt angestellt."

„Ich weiß. Das Reiten hab ich ihr beigebracht, da hat sie kaum gehen können."

Gustav fand es an der Zeit, sich einzumischen.

„Und wo ist sie jetzt?"

„Das weiß ich leider nicht, das ist ja mein Problem. Sie war, wie gesagt, ein paar Tage bei mir, hat in meinem Wagen gewohnt. Wir haben nur früh morgens, bei Sonnenaufgang, wenn alle noch geschlafen haben, trainiert. Trotzdem haben einige Kollegen mitbekommen, dass ich Besuch hatte. Ich habe ihnen vorgeschwindelt, dass Leonie meine Nichte aus Polen sei und nicht Deutsch könne. Napoleon hat uns täglich spät abends besucht. Meistens hat er uns was Gutes zum Essen gebracht, manchmal ist er bis Mitternacht geblieben. Die beiden haben stundenlang miteinander getuschelt, während ich längst im Bett gelegen bin. Nachdem der Arme umgebracht worden war, ist Leonie plötzlich verschwunden. Als ich mittags vom Training zurückgekommen bin, war mein Wagen leer."

„An welchem Tag war das? Am Freitag, als das Riesenrad eröffnet wurde?" Gustav bemühte sich, seine Aufregung zu verbergen. Endlich war er bei diesem komplizierten Fall einen Schritt weitergekommen.

Freddy, der ihr bisher schweigend zugehört hatte, fand seine Sprache wieder: „Sag schon, wann war das?"

Angelina dachte kurz nach.

„Ja, letzten Freitag. Es war so ungewöhnlich ruhig bei uns hier. Alles rannte zum Riesenrad."

Gustav war sich nicht sicher, ob sie ihnen nicht doch eine Lügengeschichte aufgetischt hatte. Die Kunstreiterin hatte ihnen kein einziges Mal in die Augen gesehen, während sie gesprochen hatte. Außerdem war sie immer wieder heftig errötet.

Er stellte ihr noch mehr Fragen über Leonie. Sie beteuerte, ihnen alles gesagt zu haben, was sie wusste. Verärgert ließ er Angelina und Freddy allein. Vielleicht würde sie Freddy mehr erzählen, wenn sie allein mit ihm war. Oder die gemeinsame Sorge um Leonie wird die beiden einander näher bringen, dachte er, nicht ohne Hintergedanken.

„Du muss...t schon gehen?" Freddy wirkte enttäuscht.

„Ja, wir sehen uns ..."

Gustav eilte zur nächsten Tramwayhaltestelle und stellte sich in der langen Schlange beim Schalter an. Die paar Heller in seinem Hosensack würden gerade für eine Fahrkarte reichen.

Die Pferdetramway war überfüllt. Schweißgeruch und der Gestank von billigem Parfüm beleidigten seine Nase. Er drängte sich durch die Massen hinaus auf die Plattform.

Beim Burgtor stieg er aus und ging geradewegs nach Hause, da er hoffte, dass sich Rudi inzwischen gemeldet hatte. Seit dem Tag, an dem Napoleon ermordet worden war, hatte er seinen Freund nicht mehr gesehen. Er musste dringend mit ihm reden. Wenn nur die Hälfte von dem, was Angelina ihnen erzählt hatte, der Wahrheit entsprach, dann steckten Napoleon und Leonie unter einer Decke und hatten die Entführung vorgetäuscht. Aber warum war Leonie nach Napoleons Tod nicht wieder aufgetaucht?"

15

Vera schrieb, als Gustav am frühen Abend heimkam und in ihr Zimmer schaute.

„Hat sich Rudi gerührt?"

„Nein." Sie tippte weiter.

Gustav hatte das Gefühl zu stören. Obwohl es ihm auf der Zunge lag, seiner Tante von seinem Durchbruch im Fall Leonie von Leiden zu erzählen, beherrschte er sich und ließ sie in Ruhe. Vielleicht würde sich später am Abend eine Gelegenheit ergeben, mit ihr über die neuen Entwicklungen zu reden.

Er hatte keine Lust, sich weiter allein mit diesem Fall zu beschäftigen. Auch Sherlock Holmes hatte seinen Freund Dr. Watson gebraucht, um seine komplizierten Gedankengänge zu ordnen und zu seinen brillanten Schlussfolgerungen gelangen zu können.

Enttäuscht, dass Rudi noch immer nichts von sich hören hatte lassen, fragte er sich, was er mit dem angebrochenen Abend anfangen sollte. Gelangweilt musterte er alte Zeitungen aus. Gustav hatte die Angewohnheit, Zeitungsartikel, die ihm interessant erschienen, aufzuheben, in der Hoffnung, sie irgendwann einmal zu lesen. Sein Blick blieb an einem Beitrag von Karl Kraus im Illustrierten Wiener Extrablatt vom Jänner dieses Jahres hängen. Das Café Griensteidl war damals geschlossen worden. Gustav amüsierte sich über die spitzen Bemerkungen des scharfen Kritikers: „Das Café Größenwahn hat seine Tore geschlossen ..., die Kaffeehausdekadenzmoderne hat keine Heimat mehr ...“ Gustav schätzte Karl Kraus über alles und teilte seine Meinung über den ehemaligen Literaten- und Politikertreff beim Michaelertor, Ecke Kohlmarkt.

Als er bei den aktuellen Tageszeitungen angelangt war, las er nur mehr den Programmteil. Er hatte beschlossen, heute noch auszugehen. Nach diesem aufregenden Tag war ihm danach, sich berieseln zu lassen. In den Musiktheatern fanden die letzten Vorstellungen vor der Sommerpause statt. Im Theater an der Wien spielten sie den „Zigeunerbaron“ von Johann Strauss Sohn. Im k.k. Hof-Operntheater am Ring stand „Lohengrin“ von Richard Wagner auf dem Programm. Die Entscheidung fiel ihm nicht schwer. Da seine Mutter Operettensängerin gewesen war und zu Hause stundenlang ihre Partien einstudiert hatte, kannte er zumindest alle Strauss-Operetten in- und auswendig. Außerdem fühlte er sich momentan selbst ein bisschen wie der Sohn des Gralshüters Parzival, der auf einem Schwan der Herzogin Elsa von Brabant als Helfer und Beschützer gesandt wurde – seine Angebetete war halt keine Herzogin, sondern nur eine Baronin.

Die meisten Wiener besuchten die Oper nicht der Musik wegen, sondern um gesehen zu werden. Doch Gustav liebte die Oper. Während seiner Gymnasialzeit hatte er sich mindestens dreimal wöchentlich Aufführungen angesehen. Nicht einmal seine Tante hatte von dieser Passion gewusst. Wahrscheinlich hätte sie kein Verständnis dafür gehabt. Ihr waren die meisten Opern zu üppig, zu theatralisch und melodramatisch, sie bevorzugte Kammermusik und schwärmte von Gustav Mahler.

Gustav fand sogar das neue Gebäude am Ring, das von vielen abfällig als „versunkene Kiste“ bezeichnet wurde, wenn nicht schön, so doch imposant. Diese bösartige Kritik der Wiener hatte einen der Architekten des neuen Opernhauses, Eduard van der Nüll, in den Selbstmord getrieben. Sein Freund und Kompagnon Sicard von Sicardsburg war zehn Wochen danach einem Herzinfarkt erlegen. Beide Architekten hatten die Fertigstellung ihres Bauwerks nicht mehr erlebt. Dabei waren sie unschuldig an der Versenkung des grandiosen Neorenaissancegebäudes gewesen. Die Ringstraße vor der Oper war von irgendwelchen anderen Idioten nach Baubeginn um einen Meter angehoben worden.

Gustav bat Josefa, seinen alten Frack aufzubügeln, obwohl er vorhatte, mit Stehparterre vorlieb zu nehmen. Irgendwie musste er die zwanzig Kronen, die er heute so leichtfertig verloren hatte, ja wieder hereinkriegen. Er nahm zehn Kronen aus der Haushaltskasse und ging zu Fuß zur Oper.

Die Stehplätze in der Wiener Oper kosteten zwei Kronen. Sie befanden sich genau unterhalb der kaiserlichen Loge, die im Dunkeln lag und offensichtlich leer bleiben würde.

Das Stehparterre wurde durch eine Bronzestange in zwei Hälften geteilt. Die eine Seite war für Zivilisten, die andere für Militärpersonen reserviert. Hier blieben die Männer unter sich. Den Damen war stundenlanges Stehen nicht zuzumuten.

Gustav musterte die komischen Zeitgenossen, die sich in den nächsten Stunden mit ihm die paar Quadratmeter teilen würden. Seine empfindliche Nase nahm unangenehme Körpergerüche wahr. Am liebsten hätte er sich unter seine ehemaligen Kameraden auf der anderen Seite gemischt. Drüben war eindeutig mehr Platz.

Als die Musiker im Orchestergraben ihre Instrumente zu stimmen begannen, warf er einen Blick hinauf auf die billigeren Ränge. Zwischen all den Köpfen, die über den Balustraden der Balkone hingen, glaubte er ein bekanntes Gesicht auszumachen.

Die Lichter erloschen, der Vorhang hob sich und enthüllte die Aura des heiligen Grals.

Leise hohe Streicherklänge, die bald anschwollen und wieder in sphärischem Pianissimo verschwanden. Das Vorspiel gefiel ihm nicht schlecht. Tante Vera hätte schon den Beginn dieser Wagner-Oper als zu schwülstig und bombastisch kritisiert, dachte er.

Als im ersten Aufzug Heinrich der Vogler
„Ob Ost, ob West, das gelte allen gleich.

Was deutsches Land ist, stelle Kampfesscharen.
Dann schmäht wohl niemand mehr das deutsche Reich.“

schmetterte, und heftiger Zwischenapplaus erklang, sah Gustav sich gereizt um.

Bildete er sich nur ein, dass einige seiner früheren Kameraden äußerst zufrieden dreinschauten? Trotz der beinahe narkotischen Wirkung, die Wagners Musik auf ihn ausübte, hätte er das Opernhaus am liebsten gleich wieder verlassen. Doch wenn ihn seine Augen vorhin nicht betrogen hatten, saß seine ehemalige Geliebte Theresa oben im letzten Rang.

Als der wunderbare Tenor Alberto Krause, der die Partie des Lohengrin sang, mit seiner Arie begann, entschied er, wenigstens bis zur Pause zu bleiben.

„Nie sollst du mich befragen,
noch Wissens Sorge tragen,
woher ich kam der Fahrt,
noch wie mein Nam’ und Art“

war kaum verklungen, als seine Gedanken zu Theresa abschweiften.

Sie war Varietétänzerin mit einer Vorliebe für das dramatische Fach. Leider hatte sie es, trotz ihres hübschen Gfrießels und ihrer strammen Beinchen, nie bis auf die Bühne der Oper geschafft. Sie sah goldig aus, war aber leider ein bisschen beschränkt. Ihr ständiges Geplapper war ihm bereits bei ihrem zweiten Rendezvous dermaßen auf die Nerven gegangen, dass er die Affäre kurze Zeit später beendet hatte, obwohl sie im Bett eine kleine Teufelin war.

In der Pause machte er sich sofort auf die Suche nach ihr. Als er sie vor dem Rauchersalon entdeckte, stürzte er zu ihr, ergriff ihre zarte Hand und küsste sie auf die Wange.

Sie tat verschnupft.

Er lud sie auf ein Gläschen Champagner ein und entschuldigte sich wortreich für seinen damaligen abrupten Abgang. Nachdem er ihr einige sehr schmeichelhafte Komplimente über ihr jugendliches Aussehen gemacht und ihr tief ausgeschnittenes karmesinrotes Kleid gebührlich bewundert hatte, bereitete es ihm keine große Mühe, sie zu überreden, das bittere Ende der Oper nicht mehr abzuwarten.

„Oder willst du unbedingt miterleben, wie dieser Held einfach verschwindet und Ortrud und Elsa sterben lässt? Ich finde diese Geschichte ist viel zu traurig für dein sonniges Gemüt."

Sie fuhren mit der ersten elektrischen Tramway hinaus nach Dornbach zu einem Heurigen, bei dem sie schon einmal gemeinsam ein paar schöne Stunden verbracht hatten.

Die neue Tramway fuhr vorbei an den großen Fabriken in Hernals. Monströse Schornsteine ragten in den dunklen Himmel. Der Lärm und die Geruchsbelästigung in dieser Vorstadt waren enorm. Als die Schwabenau-Werke in Sicht kamen, begann Gustav die Knie seiner hübschen Begleiterin zu streicheln. Der Waggon war fast leer. Nur ein Greis mit einem Sack voller Erdäpfel saß ein paar Sitzreihen vor ihnen. Er schien zu schlafen.

Die süße Theresa plapperte ununterbrochen, erzählte ihm von ihren letzten Engagements, von ihren drei Geschwistern und von einem flotten Hütchen, das sie im Warenhaus Gerngross gesehen hatte.

Gustav verstand den kleinen Wink und nahm sich vor, ihr dieses kecke Hütchen demnächst zu kaufen.

Theresa kam vom Hundertsten ins Tausendste. Er schaltete ab, hörte ihr nicht mehr zu, bemühte sich um einen despektierlichen Gesichtsausdruck, während er überlegte, wo sie es draußen in Dornbach möglichst ungestört miteinander treiben könnten.

Der Heurige lag an einem kleinen, mit Akazien bepflanzten Platzl. Tische und Stühle vor der Tür waren verwaist. Auch drinnen war nicht mehr viel los. Ein Akkordeonspieler unterhielt die letzten Gäste mit weinseligen Wienerliedern. Das trübe gelbliche Licht einer Gaslampe schmeichelte den müden Gesichtern der Leute.

Nachdem sie zusammen einen halben Liter Weißen getrunken und sich ihre Knie und Hände unterm Tisch mehrmals berührt hatten, unternahmen sie einen kleinen Spaziergang in den Weingärten.

Der Mond schien helle, die Sterne funkelten, die Luft war mild und voll süßlicher Düfte. Theresa machte nicht viele Umstände. Ein paar zärtliche Handgriffe und schon war sie willig. Sie vergnügten sich unter den Rebstöcken. Theresa hüpfte quirlig auf seinem Schoß auf und ab und quetschte mit ihrer Linken ein bisschen seine Eier. Nach fünf Minuten war alles vorbei.

Kurz vor Mitternacht brachte Gustav sie in einem Fiaker heim in die öde vierstöckige Zinskaserne in Ottakring, nahe der Gürtelstraße, wo sie nach wie vor in einer Zimmer-Kabinett-Wohnung mit ihren Eltern und ihren jüngeren Geschwistern wohnte.

In melancholischer Stimmung ließ er sich nach Hause fahren. Er hatte gehofft, Theresa könnte ihm helfen, Margarete zu vergessen. Nach dem kurzen Vergnügen mit der süßen Tänzerin begehrte er Margarete nur noch mehr. Während Theresa rittlings auf ihm gesessen war und vor Lust gequietscht hatte, waren

Margaretes schöne ebenmäßige Züge vor seinen Augen aufgetaucht. Die Gedanken an sie ließen ihn nicht los.

Seine Tante war noch wach. Als er auf die Hofstallungen zuging, sah er das Licht der Gaslampe mit dem hellgelben Zylinder in ihrem Fenster. Es war das einzig beleuchtete Fenster in dem ganzen Areal. Er wunderte sich, dass sie nach wie vor keine Brille brauchte.

Gustav ging schnurstracks in ihr Zimmer und erzählte ihr, dass Freddy Mars wegen Mordverdachts verhaftet worden, mittlerweile aber wieder auf freiem Fuß war. Und er berichtete ihr, was die Kunstreiterin ihm und dem Jockey anvertraut hatte.

„Ich bin mir ziemlich sicher, dass Leonie und Napoleon diese Entführung gemeinsam inszeniert haben. Nur, wo ist die Kleine jetzt? Diese Angelina ist sicher auch kein Unschuldslamm, aber so ein schlimmes Verbrechen trau ich ihr eigentlich nicht zu. Steht auf Entführung und Erpressung nicht die Todesstrafe? Ich glaube, dass Max Polanski hinter allem steckt. Habe aber keinerlei Beweise. Es gibt keine handfesten Indizien, die gegen ihn sprechen. Es ist nur ein Verdacht. Deswegen muss ich unbedingt mit Rudi reden. Ich verstehe nicht, warum er sich noch nicht gemeldet hat."

„Wenn dieser Verbrecher die Kleine entführt hat, dann ist sie verloren."

Gustav war dieser Gedanke ebenfalls schon gekommen.

„Wo könnte er das Mädchen bloß versteckt haben?"

„Überall."

Er sah seine Tante überrascht an. So negativ kannte er sie nicht. Normalerweise war sie immer um Lösungen bemüht. Diese resignative Haltung passte überhaupt nicht zu ihr.

„Eine Hellseherin hat merkwürdige Andeutungen gemacht, hat gesagt, dass die Kleine in einem Tunnel, einem Eisenbahntunnel, versteckt gehalten würde. Verdammt noch mal, in Wien gibt es keinen Eisenbahntunnel. Der Entführer wird sie doch nicht mit der Semmeringbahn weggebracht haben."

„Was hat sie sonst noch gesehen?"

„Nichts von Bedeutung. Sie hat etwas von einem verhängnisvollen Brief gefaselt. Ich habe nicht richtig zugehört. Du weißt, ich glaube nicht an diesen Hokuspokus!"

„Mein Gott, Gustav, sei nicht so überheblich. Warum bist du nicht weiter in sie gedrungen? Vielleicht weiß sie ja tatsächlich etwas?"

Widerwillig sah er ein, dass seine Tante Recht hatte. Diese Erkenntnis verbesserte seine Laune keineswegs. Hatte sich Sherlock Holmes jemals solch einen stümperhaften Fehler erlaubt? War der gute Dr. Watson auch nur ein einziges Mal schlauer gewesen als sein genialer Freund?

Kaum hatte sich Gustav zurückgezogen, malte er sich das morgige Treffen mit der schönen Sylvia aus. Der Gedanke an sie erregte ihn mehr, als ihm lieb war. Sein Schäferstündchen mit Theresa hatte ihn auf den Geschmack gebracht. Er überlegte sogar, auf ein Bier in eine der Spelunken am Spittelberg zu gehen. Doch bevor er es mit einer schmutzigen Dirne trieb, machte er es sich lieber selbst.

Er entledigte sich seiner Kleider, legte sich aber nicht hin, sondern setzte sich, nur mit seinem dunkelroten Morgenrock bekleidet, in den bequemen Ledersessel vor dem schweren Schreibtisch seines

Großvaters. Neben dem Schreibtisch stand ein Servierwagen mit Messingrollen, der Gustav als Bar diente. Er genehmigte sich einen kleinen Whisky, machte sich ein paar Notizen über die bisherigen Ereignisse, schrieb einige Namen auf ein Blatt Papier und dahinter meist Fragezeichen, strich den einen oder anderen Namen wieder durch und geriet ins Grübeln.

Dieser Fall überforderte ihn eindeutig. Eine Entführung und ein Mord innerhalb von ein paar Tagen – er sollte die Aufklärung wirklich besser seinem Freund Rudi überlassen. Während er sich weiter den Kopf zerbrach, schaute er beim offenen Fenster hinaus. Die Gaslaternen waren von den Laternanzündern um Mitternacht ausgelöscht worden. Er starrte in die Finsternis. Plötzlich erschien Sylvias Gesicht vor seinen Augen. Nach einer Weile verschwamm es, machte Margaretes lieblichem Antlitz Platz, bis sich schließlich beide zu einem Bild vereinten.

Er nickte am Schreibtisch ein, hatte in den letzten Nächten eindeutig zu wenig Schlaf bekommen. Das Pendel der Uhr schlug dreimal, als er endlich zu Bett ging.

16

Als jemand in aller Herrgottsfrüh heftig an die Wohnungstür klopfte, eilten Gustav und seine Tante im Schlafgewand in den Vorraum.

Vera öffnete.

„Rudi, was willst du denn um diese nachtschlafende Zeit?“, fragte sie entsetzt und hielt mit einer Hand den Kragen ihres Morgenmantels zu.

„Gustav abholen“, sagte er verlegen. Sein Blick wanderte von ihrem langen Haar, das ihr fast bis zur Taille reichte, zu ihren Brüsten, die sich deutlich unter dem dünnen seidenen Morgenrock abmalten.

„Kommen Sie herein“, wechselte sie rasch zum Sie. Seit Rudi lange Hosen trug, war sie mit ihm strikt per Sie. „Josefa macht Ihnen einen Kaffee. Ich zieh mir rasch etwas über.“

Gustav zog sich ebenfalls an, bevor er seinem Freund in der Küche Gesellschaft leistete.

„Du bist mir ein schöner Freund! Letzten Freitag hast du versprochen, mit mir auf ein Bier zu gehen und dann hast dich tagelang nicht gerührt.“

„Hab keine Zeit gehabt.“

„Wenigstens eine Nachricht hättest mir schicken können.“

„Bei uns ist der Teufel los. Wir haben Freddy verhaftet, ihn aber wieder freilassen müssen. Er hat ein hieb- und stichfestes Alibi für die Tatzeit. Inzwischen haben wir eine neue Leiche. Eine junge Frau wurde von der Leichenfischerin in Albern aus der Donau geborgen. Sieht auf den ersten Blick wie Selbstmord aus. Es könnte sich um das Mädchen handeln, das du suchst."

Gustav starrte seinen Freund mit offenem Mund an.

„Woher weißt du, dass ich jemanden suche?"

„Hältst du mich für einen kompletten Idioten? Seit Tagen rennst du im Prater herum und quetschst irgendwelche Leute aus. Hast du im Ernst geglaubt, dass ich nichts davon erfahren würde? Warum hast du mir nicht erzählt, dass Leonie von Leiden entführt worden ist? Wenn sie tot ist, dann möchte ich nicht in deiner Haut stecken."

„Nein, nicht die Kleine!" Vera, die gerade aus ihrem Zimmer kam, hatte die letzten Sätze gehört.

„Bitte regen Sie sich nicht auf, gnädige Frau. Wir wissen ja nicht mit Bestimmtheit, dass es sich bei der Wasserleiche um Leonie von Leiden handelt." Rudi lächelte sie bewundernd an.

Sie hatte ihr neues grünes Kleid angezogen und ihre Haare wie üblich straff zurückgekämmt und zu einem Knoten hochgesteckt, der von einem Netz zusammengehalten wurde.

„Ist sie ertrunken?"

„Möglicherweise. Das Mädel ist, wie gesagt, bei Sonnenaufgang in Albern angeschwemmt worden. Die alte Spinnerin, die immer die Leichen aus der Donau fischt und auf dem Friedhof dort begräbt, hat den Wirten vom Gasthaus ‚Zum Friedhof der Namenlosen' zu uns geschickt. Mein Kollege Josef hatte Nachtdienst. Er sagte, der Wirt hätte behauptet, dass es sich bei der Leiche um eine sehr junge Frau handeln würde. Mehr weiß ich noch nicht."

Gustav war vor Entsetzen sprachlos. Er wagte es nicht, sich vorzustellen, wie er Margarete den Tod ihrer

Tochter beibringen sollte. Rasch trank er seinen Kaffee aus und trieb Rudi zur Eile an.

Rudi küsste Vera zum Abschied die Hand.

Normalerweise hätte sich Gustav über die Galanterie seines Freundes lustig gemacht. Womöglich hielt Rudi seine Tante tatsächlich für attraktiv? Heute fand er diesen Gedanken überhaupt nicht witzig.

Sie nahmen auf Staatskosten eine Droschke zum Friedhof der Namenlosen. Gustav fragte nichts, sagte nichts. Als das Schweigen unangenehm zu werden drohte, fragte Rudi: „Hast von der schönen Margarete wieder mal was gehört?"

Gustav war sich zum ersten Mal in seinem Leben nicht sicher, ob er mit seinem besten Freund offen reden sollte. So weit war es also schon gekommen. Und wer war Schuld? Eine Frau natürlich! Er beschloss, Rudi nicht anzulügen, aber ihm nur die halbe Wahrheit zu erzählen.

„Wir haben uns zufällig bei einem Konzert im Musikverein getroffen. Ich fürchte, mich hat es dieses Mal ziemlich erwischt. Sie hat so was Anrührendes, fast Unschuldiges an sich ... Jedenfalls erweckt sie bei mir Beschützerinstinkte."

„Der schöne Gustav ein Beschützer der Frauen? Was für eine tolle neue Rolle. Die Damen müssen sich doch normalerweise vor dir, dem großen Verführer, in Acht nehmen."

Dankbar ging Gustav auf die Blödelei ein, da sie ihn davor bewahrte, seinem Freund von dem Erpresserbrief und seiner Entlassung als Detektiv erzählen zu müssen.

„Die Leichenfischerin ist komplett verrückt, sie gehört eigentlich in die Anstalt am Steinhof. Aber wenigstens war sie so schlau, den Wirten zu verständigen.

Na ja, und jetzt müssen wir halt schauen, ob sich dieses Fräulein tatsächlich selber umgebracht hat oder ob nicht jemand anderer mit Hand angelegt hat. Der Wirt hat etwas von einer Wunde am Kopf gestammelt. Es steht übrigens nicht fest, dass es sich um Leonie von Leiden handelt. Das wollt ich nur mal klarstellen."

„Die meisten Lebensmüden springen von der Kronprinz-Rudolf-Brücke", warf Gustav ein.

„Kein Wunder."

„Sei nicht so zynisch." Gustav musste sich aber ein Grinsen verkneifen.

„Natürlich könnte sie sich die Kopfverletzung beim Sturz über das Brückengeländer an einem der fünf Eisenpfeiler zugezogen haben. Bei diesen aufgeblähten Wasserleichen kann man ja nicht so rasch erkennen, woher ihre Verletzungen stammen."

„Die Frage ist, ob sie Wasser in der Lunge hat."

„Der Polizeiarzt sollte längst dort sein. Entweder war der Aufprall an einem der Pfeiler sofort tödlich, was relativ unwahrscheinlich ist, oder sie ist erschlagen und danach ins Wasser geworfen worden."

„Ich halte Leonie von Leiden nach allem, was mir ihre Mutter und vor allem ihr Vater über sie erzählt haben, für keine Selbstmordkandidatin."

„Wie alt war die Kleine? Fünfzehn? Das ist ein gefährliches Alter. Vielleicht hat sie sich aus Liebeskummer ertränkt."

Gustav begann sich über die gefühllosen Äußerungen seines Freundes zu ärgern.

„Ich muss mir die alte Leichenfischerin vorknöpfen. Sie hat zwar einen Hirnschaden, aber viel Erfahrung mit Wasserleichen", beendete Rudi dieses unerquickliche Gespräch.

Als sie bei der Wirtschaft an der Donau ankamen, hatten sich bereits jede Menge Schaulustige am Ufer versammelt. Gustav wunderte sich, woher die vielen Leute an diesem frühen Morgen kamen. Es war eine sehr einsame Gegend.

Der k.k. Polizei-Oberkommissär verschaffte sich energisch Platz und ging schnurstracks zu dem Netz, in dem die Tote lag.

Gustav heftete sich an seine Fersen.

Leere Augenhöhlen in einem bleichen Gesicht starrten ihn vorwurfsvoll an. Ein graugrüner Teint, die Wangen angeknabbert von gierigen Raubfischen, blasse angenagte Lippen, das nasse lange Haar mit Algen geschmückt ... Die Gesichtszüge der Frau waren kaum zu erkennen.

Gustav registrierte, dass die junge Frau klein und zart war. Zum Glück hatte er nichts im Magen. Er spuckte nur gelb-bräunlichen Schleim.

„Deine erste Wasserleiche?“, fragte Rudi mitfühlend.

Gustav würgte es erneut. Die Übelkeit brachte ihn aus der Fassung.

Rudi drehte den Kopf der Toten zur Seite, teilte das nasse Haar und tastete ihren Hinterkopf ab.

„Ertrunken ist das Fräulein höchstwahrscheinlich nicht. Ich vermute, sie hat einen tödlichen Schlag auf den Hinterkopf abbekommen. Wo bleibt dieser Doktor Mayringer“, herrschte er seine Leute an. „Habt ihr Trottel ihn nicht verständigt?“

„Ich hab sofort den Kerner losgeschickt.“ Der junge Horvath wagte es, seinem wütenden Vorgesetzten in die Augen zu sehen.

„Und warum ist der Mayringer noch nicht da?“

Horvath zuckte mit den Achseln.

„Wieso hat man sie in die Donau geworfen, wenn sie erschlagen worden ist. Das ergibt keinen Sinn?" Gustav sprach mit sich selbst.

„Das musst du den Mörder fragen. Vielleicht hat er gehofft, dass die Leiche erst in Pressburg angeschwemmt werden würde?"

„Dem Herrgott sei Dank", stöhnte Gustav. Er hatte es gewagt, einen zweiten Blick auf die aufgedunsene Leiche zu werfen, und das große dunkle Muttermal auf der rechten Wange der Frau entdeckt, das vorher unter ihrem Haar und den Algen versteckt gewesen war.

„Das ist nicht Leonie von Leiden!"

„Bist du sicher?"

Gustav nickte aufgeregt.

„Aber ich fürchte, ich weiß, wer sie ist. Die junge Frau heißt Angelina und ist Kunstreiterin bei dem Zirkus, der gerade im Wurstelprater gastiert."

„Woher kennst du die schon wieder?"

„Das erzähl ich dir später. Müssen wir noch länger hier herumstehen?"

Obwohl Gustav der Tod der hübschen Angelina auch nahe ging, war er sehr erleichtert, dass es sich bei der Leiche nicht um Leonie handelte. Er wollte jetzt nichts wie weg. Außerdem befürchtete er, dass sein Freund stinksauer auf ihn sein würde, wenn er ihm erzählte, was die arme Kunstreiterin ihm und Freddy gestern anvertraut hatte.

Zum Glück war Rudi ganz wild darauf, mit der Leichenfischerin zu reden.

Sie fanden die Alte im Schankraum vom Wirtshaus „Zum Friedhof der Namenlosen". Sie sprach mit ihrem Bier, als sich die beiden Freunde an ihren Tisch setzten.

„Erzähl uns, was heute Morgen passiert ist. Wann hast du die Leich entdeckt?“, fragte Rudi sie.

„Bei Sonnenaufgang. Vorher war es ja zu finster, um irgendwas zu sehen.“ Die zahnlose alte Frau blickte Rudi misstrauisch an.

„Die Donau war gerade aufgewacht. Die Wellen sind langsam ans Ufer ’plätschert. Weiter draußen hab ich was Dunkles im grauen Wasser gesehen. Gleich nach dem gefährlichen Strudel, dort, wo das Wasser flacher wird, tauchen s’ immer auf. Ich hab mein Boot genommen und bin rausgerudert ...“

„Hat ihr Rücken wirklich rausgeschaut?“

„Na, ihr Jacken.“

„Wenn sich eine Wasserleiche längere Zeit in den Fluten befindet, wird sie durch die Verwesungsgase im Bauch wie ein Ballon nach oben gehoben. Arme und Beine folgen dem Gesetz der Schwerkraft und nur der Rücken ragt aus dem Wasser“, erklärte Rudi seinem Freund. „Treibt der Leichnam unten, ist die Wahrscheinlichkeit groß, das jemand anderer Hand angelegt hat und das Gas dadurch entwichen ist.“

„Mein Boot ist fast umgekippt, wie ich mich zu ihr runtergebeugt hab. Aber ich hab sie am Kragen erwischt. So wie ich noch alle erwischt hab.“

„Und die Leich ist genauso dahergeschwommen wie die anderen, die du bisher aus dem Fluss gezogen hast?“

„Ja mei, wie soll sie denn sonst daherkommen sein?“

„Ich meine, ob sie der Strudel an die Oberfläche gebracht hat?“

„Na, das Donauweibchen.“

Rudi sah seinen Freund an und tippte sich mit dem Zeigefinger auf die Stirn.

„Welches Donauweibchen?“

„Blöde Frage."

Gustav fand ihr zahnloses Grinsen furchterregend.

„Einsam sind s' gestorben, einsam wollen s' begraben werden", murmelte die Alte.

Gustav fragte, was sie damit sagen wolle.

„Lass es gut sein." Rudi erhob sich.

Gustav folgte seinem Freund hinaus in den schattigen Gastgarten. Sie bestellten jeder ein Seidl und ein kleines Gulasch.

Es war extrem schwül. Rudi zog seine Jacke aus. Unter seinen Achseln zeichneten sich große dunkle Schweißflecken auf seinem weißen Hemd ab.

Mächtige Gewitterwolken stiegen über dem Leopoldsberg auf.

„Da ist was im Anzug." Gustav, der keinen Schirm mitgenommen hatte, blickte besorgt auf das grandiose Wolkenspiel.

Der Polizei-Oberkommissär schien sich momentan weniger Gedanken über das Wetter zu machen.

„Diese ganze Geschichte stinkt zum Himmel. Weißt, was ich glaub?"

„Kann ich Gedanken lesen?" Gustav prostete seinem Freund mit seinem Seidl zu.

„Ich glaub, dass der Napoleon die Leonie von Leiden entführt hat. Napoleon war Max Polanski treu ergeben, was bedeuten könnte, dass der Pole hinter dieser Entführung steckt. Aber wer hat Napoleon ermordet? Für mich kommt nur Freddy Mars in Frage. Er gilt als sehr jähzornig. Bestimmt ist er durchgedreht, als er von der Entführung seiner Tochter erfahren hat. Allerdings hat er ein Alibi für die Nacht, in der Napoleon dran glauben hat müssen. Er war Ehrengast bei einer Sitzung des Jockeyclubs und hat bis vier Uhr früh dort mit der Hocharistokratie gesoffen. Das können zumindest drei

Grafen und zwei Erzherzöge bezeugen. Danach sind sie alle in ein Bordell und in der Früh ins Kaiserbründl in der Weihburggasse, um sich in der Sauna von ihren Sünden zu reinigen. Dafür gibt es hochherrschaftliche Zeugen. Wir können ihm nicht an!“

„Vielleicht ist alles nicht so einfach, sondern ganz anders.“

„Du bist mir echt eine große Hilfe.“ Rudi stürzte sich auf das Gulasch, das der Wirt gerade serviert hatte, und malträtierte die Fleischbrocken mit seinem Messer, als wären sie an der ganzen Misere Schuld. Gustav rührte sein Gulasch kaum an.

„Und wenn die beiden Morde gar nichts miteinander zu tun haben? Oder wenn in Wien irgendein Spinner herumrennt, der was gegen die Artisten im Prater hat?“, fragte Rudi mit vollem Mund.

Gustav war bewusst, dass dies seine letzte Chance war. Spätestens jetzt hätte er seinem Freund erzählen müssen, was die Kunstreiterin Angelina Freddy und ihm gestanden hatte. Doch es ritt ihn der Teufel. Er hielt den Mund. Nach dem Essen verabschiedete er sich rasch von Rudi, der am Tatort verweilen wollte, bis der Polizeiarzt endlich erschien, und ließ sich von einem Zweispänner der Polizei nach Hause bringen.

Während der langen Fahrt plagte ihn permanent das schlechte Gewissen. Er nahm sich fest vor, Rudi bei ihrer nächsten Begegnung den Fall Schwabenau von Anfang bis Ende wahrheitsgetreu und bis ins letzte Detail zu schildern. Nach Rudis Worten war auch in ihm der Verdacht aufgekeimt, dass Freddy mit Angelina gemeinsame Sache gemacht haben könnte. Freddy brauchte dringend Geld, das hatte nicht nur Max Polanski behauptet, sondern der Jockey nach dem verlorenen

Rennen selbst zugegeben. Die Geldverleiher waren ihm auf den Fersen. Hatte Freddy nicht nur seine eigene Tochter, sondern auch Napoleon und Angelina benützt, um an das Geld des alten Schwabenau zu kommen? Wenn dies der Fall war, musste er sich um Leonies Wohlbefinden keine weiteren Sorgen machen, denn seiner Tochter würde Freddy sicher nichts zuleide tun.

„Endstation“, sagte der Mann auf dem Kutschbock plötzlich.

Gedankenverloren zückte Gustav seine Brieftasche.

Die empörte Miene des jungen Beamten ließ ihn davon Abstand nehmen, ihm ein großzügiges Trinkgeld zu geben.

Seine Tante war nicht zu Hause, als er heimkam. Er erinnerte sich, dass sie Dienstag ihren Bridgenachmittag im Salon ihrer reichen Freundin Franziska Epstein hatte, und war froh, heute nicht mit ihr reden zu müssen. Er brauchte dringend Ruhe. Als er Hermann in der Küche erblickte, war er zwar überrascht, denn um diese Zeit pflegte der gewissenhafte Amtsdiener normalerweise die Akten im Ministerium abzustauben, aber sein Interesse für Hermanns Angelegenheiten hielt sich schwer in Grenzen.

Er zog sich ohne Abendessen sofort in sein Zimmer zurück und setzte sich ans Klavier. Die Noten von Schuberts Klaviersonate in a-Moll, D 537 lagen aufgeschlagen am Notenständer. Tante Vera schien in seiner Abwesenheit gespielt zu haben. Sie spielte hervorragend Klavier, hätte als Pianistin Karriere machen können, wenn in den Orchestern Frauen erlaubt gewesen wären. Die neumodischen Damenkapellen kamen für sie nicht in Frage. Sie liebte schwierige Kompositionen.

Schubert war eindeutig zu schwierig für Gustav, obwohl man diesem viel zu jung verstorbenen Genie nachsagte, dass seine lyrische Musik von einer gewissen Leichtigkeit wäre. Weit gefehlt, dachte Gustav.

Er spielte miserabel. Seine Mutter hatte ihn ab seinem siebten Lebensjahr gezwungen, Klavierstunden zu nehmen. Er hatte seinen Klavierlehrer, mit dem sie ständig getändelt hatte, aus tiefster Seele gehasst und es vielleicht deshalb nie zu wahrer Meisterschaft gebracht. Seine Tante behauptete, dass er sehr musikalisch wäre, das absolute Gehör hätte.

Er klimperte eine Weile herum, improvisierte wild drauflos und landete zuletzt wieder bei Schuberts Klaviersonate in a-Moll. Franz Schubert war für ihn das größte Genie, da konnte Tante Vera noch so sehr von Gustav Mahler schwärmen, dessen zweite Symphonie auch er sehr schätzte.

Er hörte seine Tante heimkommen. Sie klopfte jedoch nicht an seine Tür. Sicher freute sie sich, dass er endlich wieder einmal Klavier spielte, und wollte ihn nicht stören. Unzufrieden mit seinem dilettantischen Vortrag, ließ er die letzten Töne nicht ausklingen, sondern knallte den Klavierdeckel lautstark zu.

17

Als Rudi Kasper eine Stunde später seinen Freund abholte, unterbrach Vera ihre Arbeit und kam aus ihrem Zimmer, um ihn zu begrüßen.

„Ganz ein seltener Gast." Sie reichte ihm mit einem verschmitzten Lächeln die Hand.

Rudi errötete und drückte verschämt seine Lippen auf ihren Handrücken.

„Verzeihen Sie, dass ich Sie schon wieder belästige."

„Haben Sie den Mörder endlich gefasst?"

„Wir haben einen Verdächtigen festgenommen. Bin mir nicht sicher, ob er es getan hat. Wir müssen erst die Ergebnisse der Gerichtsmedizin abwarten. Bei Wasserleichen ist es nicht so einfach, die genaue Todeszeit zu bestimmen. Aber genau darum geht es. Der Verdächtige hat womöglich ein perfektes Alibi ..."

„Freddy Mars?", unterbrach ihn Gustav.

Rudi nickte.

„Er scheint euer einziger Verdächtiger zu sein. Gehen wir auf ein Bier?"

„Der Herr Oberkommissär ist heute sicher nicht zum Essen gekommen." Vera begann völlig grundlos zu lachen.

Gustav hätte sich am liebsten die Ohren zugehalten. Seine Tante lachte manchmal fürchterlich laut und schrill.

„Wie wär's mit gefüllten Paprika?"

„Nein danke, Gnädigste. Ich komme gerade vom Wirtshaus meines Vaters. Hab dort eine gebackene Leber gegessen, die mir schwer im Magen liegt."

„Wie geht es Ihrem Herrn Papa? Läuft das Geschäft besser, seit er sein Lokal in Gasthaus ‚Zum schwarzen Elephanten' umbenannt hat?"

„Es ist eher die neue Kegelbahn, die ihm mehr Gäste bringt."

„Einen Kaffee wird der Herr Oberkommissär wohl nicht verschmähen?"

„Wenn es keine Umstände macht, gerne." Rudi verbeugte sich galant.

„Josefa, wir möchten Kaffee. Nimm echte Bohnen."

Josefa beäugte den späten Gast misstrauisch.

Während sie Kaffee tranken, erzählte Rudi von der erneuten Festnahme des Jockeys.

„Wir haben ihn beim Training erwischt. Oder besser gesagt, als sein Pferd, in warme Decken gehüllt, über die Wiese geführt wurde. Er hat den Pferdeburschen begleitet und auf Phantom II. eingeredet. Dieser junge Hengst ist ein Wahnsinnspferd, noch ein bisschen nervös, aber das wird sich legen. Der Züchter hat sich selbst übertroffen. Freddy Mars wird mit ihm in der kommenden Saison jedes Rennen gewinnen, falls er nicht demnächst durch Tod am Strang enden wird."

„Ist Phantom II. der Sohn von Phantom dem Ersten?", fragte Gustav interessiert. Rudis letzten Satz hatte er geflissentlich überhört.

„Ja. Und seine Mutter war die großartige Stute Königin der Nacht ..."

„Hat sich Freddy Mars gegen seine Festnahme gewehrt?" Veras Interesse für Rennpferde hielt sich in Grenzen.

„Nicht wirklich. Er hat zwar behauptet, dass wir einen Riesenfehler machen würden, ist aber freiwillig mitgegangen."

„Ich hoffe, dass Sie keinen Unschuldigen festgenommen haben, Herr Polizei-Oberkommissär." Sie drohte ihm schelmisch mit dem Zeigefinger.

„Das hoffe ich auch, gnädige Frau." Rudi schaute ihr tief in die Augen.

„Trink deinen Kaffee aus und lass uns endlich gehen." Gustav war dieses seltsame Geplänkel zwischen seiner Tante und seinem besten Freund nicht geheuer.

„Ich wünsche euch einen schönen Abend, meine Herrn."

Hätte sie geahnt, was Rudi und Gustav vorhatten, hätte sie bestimmt nicht gelächelt. Gustav wunderte sich über ihren koketten Augenaufschlag, als sie Rudi zum Abschied wieder ihre Hand zum Kuss hinstreckte. Flirtete sie etwa gar mit seinem Freund?

„Deine Tante ist eine tolle Frau“, sagte Rudi zu Gustav, als sie die schmale Treppe im Stiegenhaus hinuntergingen.

„Viel zu alt für dich.“

Die beiden Freunde sahen sich an und brachen in schallendes Gelächter aus. Dann machten sie sich zu Fuß auf den Weg zum Spittelberg.

Das Prostituiertenviertel begann gleich hinter den Reitstallungen. In den schmalen dunklen Straßen tummelten sich seltsame Gestalten. Die meisten Häuser waren ziemlich heruntergekommen. Der Anstrich war verblasst, rosa und helles Blau schimmerten durch den abbröckelnden Verputz und ließen den früheren Charme dieser Vorstadt erahnen.

Sie gingen durch eine düstere Gasse. Nach einer engen Kurve kamen sie zu einer Gastwirtschaft in einem niedrigen hübschen Barockhäuschen. Die Pferdetränke auf dem kleinen Platz davor schien ausgetrocknet zu sein. Die Blätter der großen Kastanienbäume rauschten im Abendwind. In ihrer Studentenzeit hatten Rudi und Gustav im Gasthaus „Zum sechsbeinigen Löwen“ so manchen Bierkrug geleert. Sie hatten diese Schenke zu ihrem Lieblingslokal erkoren, da angeblich Kaiser Josef II., der Sohn Maria Theresias, aus diesem Lokal mit einem Fußtritt hinausbefördert worden war, als er sich inkognito unters Volk gemischt hatte. Er hatte sich als gemeiner Bürger verkleidet und keck verhalten. Jedermann wusste, dass er nur wegen der Hübschlerinnen, die in den Fenstern der Häuser ihre sichtbaren Vorzüge zur Schau gestellt und auf Kundschaft gewartet hatten, dieses berüchtigte Viertel aufgesucht hatte. Seine gestrenge erzkatholische Mutter, Kaiserin Maria Theresia, hatte durch die Installation einer Keuschheitskommission die Prostitution zu unterbinden versucht. Aber ihr Söhnchen hatte eben auch gewisse Bedürfnisse gehabt. War vielleicht nach seinem Vater, dem lebenslustigen, dem weiblichen Geschlecht nicht abgeneigten Kaiser Franz I. geraten?

„Alles geht vor die Hunde." Rudi wirkte niedergeschlagen, als sie die im Dunkeln liegende Gaststätte links liegen ließen und eine andere üble Spelunke betraten.

Kaum hatten sie zwei Krügerl bestellt, scharrten sich die Bierhäuselmenscher um sie und verlangten, auf ein Glas eingeladen zu werden. Rudi schien in Spendierlaune zu sein und bestellte eine Runde für die leichten Mädchen.

„Lass uns erst einmal reden. Die Dirnen können warten, oder?" Gustavs Interesse an billigem, willigen Fleisch hielt sich in Grenzen.

„Diese Spittelbergnymphen sind nicht die schlechtesten." Grinsend griff Rudi in das ausladende Dekolletee einer älteren Nutte, die sich an ihn geschmiegt hatte, holte eine ihrer Brüste heraus und hielt sie Gustav unter die Nase.

„Lass mich in Frieden!" Gustav nahm einen großen Schluck von seinem lauwarmen Bier.

„Du willst also heut noch unbedingt über die Ermordung von dieser Kunstreiterin mit mir reden?"

„Du hast es erraten."

Rudi stieß die alte Nutte, die sich bereits an seinem Hosentürl zu schaffen machte, weg und knöpfte seinen Schlitz wieder zu.

„Vielleicht solltest du mir zuerst erzählen, was du bisher über die Familie Schwabenau herausgefunden hast."

Die Alte ließ nicht von Rudi ab, versuchte erneut, seine Hose zu öffnen. Währenddessen machte sich eine andere Nymphe an Gustav ran, schlang ihre Arme von hinten um seinen Hals und küsste seinen Nacken.

Gustav schüttelte sich vor Ekel.

„Haut ab", fauchte Rudi die beiden Dirnen an. „Erzähl rasch, was du auf dem Herzen hast, und dann nichts wie rein ins Vergnügen!", sagte er zu seinem Freund.

Gustav begann von Margarete und ihrer widerspenstigen Tochter zu erzählen.

Rudi unterbrach ihn bald: „Ich denke, du solltest diesen Fall besser aufgeben. Mord ist nicht dein Geschäft. Außerdem sieht es ganz so aus, als sei die Kleine von Leiden tatsächlich entführt worden. Und hinter so einem Kapitalverbrechen steckt sicher Max Polanski. Im Prater passiert jedenfalls nichts ohne Polanskis Wissen. Dieser Mann ist extrem gefährlich. Ein intelligenter Verbrecher ist der gefährlichste Verbrecher überhaupt. Und deine Margarete von Leiden ist auch nicht ganz astrein. Ich habe inzwischen Nachforschungen über sie angestellt. Sie hatte ein Verhältnis mit Freddy Mars, lässt sich wahrscheinlich bis heut von ihm pudern."

Gustav missbilligte die Ausdrucksweise seines Freundes.

„Ja, gell, da schaust blöd aus der Wäsch'! Deine Schöne ist kein Unschuldslamm."

„Ich weiß, es gibt Gerüchte, dass sie auch mit dem Max Polanski mehrmals zusammen gesehen worden ist. Obwohl, ich glaub nicht alles, was man sich im Wurstelprater erzählt."

„Ich auch nicht."

„Kannst du dir vorstellen, dass sie was mit dem Polanski gehabt hat oder nicht?"

„Was weiß ich? Da musst du sie schon selber fragen."

„Und wer hat deiner Meinung nach Napoleon und diese arme Kunstreiterin auf dem Gewissen?"

„Es könnten Auftragsmorde gewesen sein."

„Da magst du Recht haben. Der alte Schwabenau ist ja bekannt dafür, dass er nicht eigenhändig mordet, sondern lieber morden lässt. Das hast du letztens selbst gesagt."

„Und wie will der Herr Privatdetektiv ihm das nachweisen? Überlass diesen Fall uns, das habe ich dir gerade zu erklären versucht."

Der spöttische Ton seines Freundes ärgerte Gustav.

Nach dem dritten Bier bemühte sich Rudi, seinen Freund zu überreden, mit ihm doch noch ein paar Weiber zu vögeln. Zu Rudis Überraschung musste er Gustav nicht lange gut zureden. Normalerweise machte sich Gustav nichts aus Prostituierten. Er war ein großer Charmeur, hatte nie Probleme gehabt, sich ein nettes Mädel anzulachen, und die verheirateten Damen der sogenannten guten Gesellschaft rannten ihm sowieso die Türen ein. Aber der Gedanke, dass Margarete von Leiden es womöglich nicht nur mit Freddy Mars, sondern auch mit dem gemeingefährlichen Polanski trieb, hatte ihn dermaßen wütend gemacht, dass er am liebsten alle Huren am Spittelberg auf einmal gebumst hätte.

„Dass du in deiner Position keine Angst hast, dass dich mal eine verpfeift?", fragte er dennoch.

„Hier bin ich ein gefürchteter Mann. Ich müsste nicht einmal bezahlen, geb aber den Mädeln immer ein anständiges Trinkgeld, weil sie mir leidtun."

„Und du hast dir nie was geholt?"

Rudi schüttelte den Kopf.

„Ehrlich?"

„Nein. Ich pass schon auf, such mir die Sauberen aus. Ich hab einen guten Blick dafür, brauchst dich nicht zu fürchten, Gustl!"

Rudi war der einzige Mensch, der Gustl zu Gustav sagen durfte. Dennoch hörte Gustav von Karoly diese Verniedlichung seines Namens nicht gern.

„Die meisten dieser Biermenscher sind ziemlich schiach und unsauber."

„Die Menscher, die ich mit aufs Zimmer nehm, gehen alle brav zweimal in der Woche zur Gesundheitskontrolle. Ich lass mir immer ihre Gesundheitsbücher zeigen. Es geht eben nichts über Kontrolle!"

Gustav war keineswegs beruhigt. Am liebsten hätte er seinen Freund allein mit all diesen Huren gelassen und wäre nach Hause gegangen. Der Schnaps schmeckte scheußlich und die Mädchen, die halbnackt in der dunklen, rauchgeschwängerten Gaststube herumtanzten, sahen alles andere als gesund aus.

Rudi verschwand kurz nach draußen.

„Muss mein Bier loswerden, bevor wir's angehen."

Kaum hatte sich Gustav an die Theke gelehnt, zwickte ihn eine große Dicke keck in die Wange. Ihr rot verschmierter Mund sah aus wie der Mund eines Clowns. Gustav ekelte sich vor allem vor ihren Lippen, die gerade von einem anderen Mann abgelutscht worden waren. Er spendierte ihr ein Bier und bat sie höflich, ihn in Ruhe zu lassen.

„Nicht so schüchtern, Herr Major. Gib mir wenigstens ein Bussi.“ Als sich ihre gespitzten Lippen seinem Mund näherten, stieß er sie unsanft von sich.

„Schwule Sau“, schimpfte sie und wollte sich gerade auf ihn stürzen, als zum Glück Rudi wieder aufkreuzte.

Er verjagte die aufdringliche Dirne, bestellte noch einen Schnaps und trank ihn ex.

„So, und jetzt such ich uns was Ordentliches zum Pudern.“

Gustav bezweifelte, dass Rudi in diesem schmuddeligen Etablissement fündig werden würde, und sagte das auch laut.

„Wie du meinst, dann gehen wir halt woandershin. Ich hab kürzlich von einem Peitscherlbuam, den ich verhaftet hab, einen Geheimtipp bekommen.“

Nicht zum ersten Mal kam Gustav der Gedanke, dass seine Mutter ja ebenfalls eine Art Hure gewesen war. In höheren Kreisen bezeichnete man solche Frauen halt als Mätressen. Vielleicht macht es mir deswegen keinen Spaß mit Prostituierten, fragte er sich, als sie die Schenke verließen.

Blitze erleuchteten ein kleines, halb verfallenes Biedermeierhäuschen in einer stockfinsteren Gasse. Lautes Donnergrollen verfolgte sie bis zum Eingang des Bordells.

Die alte Puffmutter erkannte den Polizei-Oberkommissär und zerfloss förmlich vor Freundlichkeit.

„Eine Flasche Schampus für die beiden Herrn!“, befahl sie einem leicht bekleideten blutjungen Mädchen.

Am liebsten hätte Gustav auf der Stelle kehrtgemacht. Ein halbes Dutzend Kerzen beleuchtete die triste Umgebung. Nicht mehr ganz so unschuldige Kinderaugen starrten die beiden Männer traurig an.

„Hübsche junge Mädchen, die meisten sind Jungfrauen. Bedienen Sie sich, meine Herrn", pries die Alte ihre Ware an.

„Frischfleisch aus Galizien", grölte ein fetter betrunkener Mann um die sechzig.

„Ich mache es nicht mit Kindern", sagte Gustav leise zu Rudi.

„Glaubst, ich steh auf diese Krispindel? Keine Angst, ich besorg uns etwas Anständiges. Wart hier auf mich. Bin gleich zurück."

Gustav schob die vor Zigarren- und Zigarettenstummel überquellenden Aschenbecher auf der Theke beiseite und nahm einen Schluck aus der Flasche. Die Gläser, die ihm die Kleine hingestellt hatte, waren total verschmiert. Der Champagner schmeckte wie Katzenpisse.

Als Rudi mit zwei ganz passabel aussehenden Frauen, einer drallen Blonden und einer schlanken Schwarzhaarigen, am Arm zurückkam, überließ er Gustav die Wahl.

Die Blonde sah verdammt jung aus, war bestimmt keine zwanzig und hatte ein derbes rundes Gesicht. Die andere war attraktiver, aber über dreißig.

Kichernd schmiegten sich beide Frauen an Gustav. Er entschied sich für die Blonde, die weniger aufdringlich nach Veilchen roch als ihre Kollegin. Das Veilchenparfüm hatte ihn sofort wieder an Margarete von Leiden erinnert. An ihr hatte es allerdings lieblich und verlockend gerochen, während die Schwarzhaarige einen penetranten Geruch, eine Mischung aus Veilchen, Schweiß und anderen Körpersäften, verströmte.

„Eine ausgezeichnete Wahl, meine Herrn!" Die Puffmutter versuchte sich bei Rudi einzuschmeicheln, bot ihm sogar auf Kosten des Hauses etwas zu trinken an. „Darf ich den gnädigen Herrn vorher noch etwas gegen den ausgetrockneten Gaumen kredenzen?"

„Bring uns ein Flascherl Schnaps, dieses pickerte Zeug kann man ja nicht saufen.“ Rudi schnappte sich dennoch die Schampusflasche.

Die Alte ließ es sich nicht nehmen, sie persönlich in den ersten Stock hinaufzuführen, ging mit einem dreiarmigen Kandelaber voran und leuchtete die steile Stiege aus. Die morschen Dielenbretter knarrten bei jedem ihrer schweren Schritte. Im Stiegenhaus stank es nach Erbrochenem und Urin. Gustav spürte, wie sich sein Magen zusammenzog.

„Wir teilen uns das Zimmer und die Weiber.“ Rudi drückte der Alten ein paar Münzen in die Hand, als sie die Türen von zwei einander gegenüberliegenden Räumen öffnete.

Das Zimmer, für das Rudi sich entschied, war sehr schlicht möbliert. Ein Bett, eine Kommode, ein Stuhl, ein Tisch, auf dem eine Petroleumlampe mit einem Zylinder aus rotem Glas stand. An den Wänden vergilbte, blumige Tapeten.

Gustavs Blick fiel sofort auf das zerwühlte schmutzige Laken. Er beschloss, das Bett zu meiden. Leise fragte er seinen Freund noch einmal: „Bist du dir sicher, dass wir uns bei den beiden nichts holen?“

Rudi lachte nur schelmisch und drängte seine Nutte Richtung Bett.

Während Gustav sich mit Schnaps betäubte, bevor er den recht ansehnlichen Busen seiner Holden abzuschmusen begann, penetrierte Rudi bereits den Mund der Schwarzhaarigen. Er saß auf dem Bett, hatte den Kopf in den Nacken gelegt und schaute verklärt in den Spiegel, der über dem Kopfende des Bettes hing.

Gustav versuchte, es ihm gleichzutun. Setzte sich auf den Stuhl und ließ die Blonde vor sich niederknien. Seine Erektion schwand mehr und mehr dahin.

Er hatte keinen Spaß an dieser mechanischen Blaserei. Selbst der Gedanke an Margarete und die schöne Sylvia brachte ihn nicht auf Touren. Plötzlich musste er an die schrecklichen Folgen der Syphilis denken, über die er in der „Psychopathia Sexualis" gelesen hatte.

Obwohl seine Tante oft gegen die Prüderie der katholisch-konservativen Gesellschaft wetterte, hatte sie dieses Machwerk von Krafft-Ebing, das allen jungen Leuten fürchterliche Angst einjagte, gekauft und ihm, als er zum ersten Mal auf Urlaub vom Militär heimgekommen war, aufs Nachtkästchen gelegt. Er hatte die 238 Krankengeschichten aufmerksam gelesen und die anschauliche Beschreibung der verschiedensten sexuellen Perversionen, die dieser Arzt als Degenerationen erklärt hatte, nie wieder aus dem Gedächtnis gekriegt. Während seiner gesamten Zeit bei der Armee hatte er kein einziges Bordell besucht, sondern lieber verheiratete Damen in den diversen Garnisonsstädten beglückt.

Als Gustav kurz davor stand, sich zu blamieren, stieß Rudi einen lauten Schrei aus.

Erschrocken blickte Gustav in den Spiegel. Der verzückte Ausdruck auf Rudis Gesicht verursachte ihm körperliches Unbehagen. Er schob das Mädchen, das sich mit fast mechanischen Bewegungen um ihn bemühte, von sich.

„Jetzt gibt's erst mal was zu trinken." Vergnügt reichte Rudi seiner Nutte die Schampusflasche und setzte selbst die Schnapsflasche an den Mund. „Ich glaub, dir würde eine kleine Stärkung auch nicht schaden", sagte er nach einem Blick auf Gustavs schwindende Manneskraft.

Erleichtert griff Gustav nach der Flasche und nahm einen kräftigen Schluck.

„Mir reicht's, ich muss ins Bett."

Trotz Rudis heftigem Protest zog Gustav seine Hose hoch und verließ überstürzt das schmuddelige Etablissement. Er hatte keine Zweifel, dass sein Freund mit den beiden Huren allein zurecht kommen würde.

Wien ist eine von Sex besessene Stadt, dachte er, als er nach Hause torkelte. Nicht nur die vielen süßen Mädels aus dem Volke trieben es mit den jungen Männern aus gutem Haus, auch die alten Ehemänner leisteten sich so manches Gspusi mit einer hübschen jungen Mamsell. In den Chambres séparées der Restaurants wimmelte es nur so von älteren Herren und jungen Mädeln zweifelhafter Herkunft. Die hochwohlgeborenen Ehefrauen vergnügten sich inzwischen mit armen Hauslehrern, feschen Kavallerieoffizieren oder strammen Reitburschen. Und im Prater und auf den Trottoirs der Innenstadt kämpften die Prostituierten um die besten Plätze. In den Vorstädten war fast jede Frau, die sich nachts auf der Straße befand, zu haben. Nicht nur moderne Schriftsteller, wie dieser Arzt Arthur Schnitzler, beschrieben die amourösen Abenteuer der feinen Gesellschaft und einfachen Leute, auch so mancher Kolumnist einer renommierten Zeitung ließ sich über die sexuellen Umtriebe der Wiener und Wienerinnen aus. Die Residenzstadt war auf dem besten Wege, sich in ein riesiges Bordell zu verwandeln. Gleichzeitig stieg die Zahl der Selbstmörder rapide an. Die Kaiserstadt versinkt in Melancholie, hatte letztens eine Zeitung getitelt.

Zu Hause angekommen, warf sich Gustav angezogen auf sein Bett und schlief sofort ein.

18

Gustav von Karoly erwachte kurz nach elf Uhr. Josefa hatte den Küchentisch bereits fürs Mittagessen gedeckt, bot aber an, ihm Kaffee und eine Eierspeis zu machen.

Er lehnte unwirsch ab. Als er Josefas traurigen Blick bemerkte, tat es ihm sofort leid, die gute alte Haut angefahren zu haben.

„Hab schlecht geschlafen." Er hoffte, sie würde sein Gemurmel als Entschuldigung akzeptieren.

Gustav gab dem billigen Fusel von gestern Nacht die Schuld an seinen Kopfschmerzen und seiner üblen Laune. Um einen klaren Kopf zu kriegen, machte er sich zu Fuß auf den Weg ins Café Schwarzenberg. Bald bereute er diese Idee. Schweißperlen liefen über sein Gesicht. Er nahm seinen Zylinder ab. Nun brannte die Sonne erbarmungslos auf sein Haupt und er musste sich alle paar Minuten den Schweiß von der Stirn wischen.

Kein angenehmes Lüfterl, kein Wölkchen am Himmel. Die heißen Sommer in Wien hatte er immer gehasst. Auch in den Garnisonen Galiziens waren die Temperaturen im Sommer über dreißig Grad gestiegen. Dort war er meist in seiner Stube auf seinem Feldbett gelegen und hatte gelesen, oder er war in einem schattigen Gastgarten gesessen und hatte sich mit seinen Freunden die Zeit beim Kartenspiel vertrieben. Seine Zimmer in den diversen Kasernen hatten alle gleich ausgesehen. Sie waren höchst spärlich möbliert gewesen: ein Bett aus Eisen, ein Tisch, zwei Stühle, ein Spind. Die kahlen Wände hatte er mit zwei Drucken behübscht. Eine Ansicht von der neuen Wiener Oper und ein Porträt von der jungen Kaiserin Sisi. Seinen Säbel hing er immer übers Bett.

Gustav betrat das Café Schwarzenberg und überflog im Stehen die Überschriften der Tageszeitungen am Zeitungsständer. „PRATERMÖRDER schlägt wieder zu" titelte eine neue Boulevardzeitung.

Der Oberkellner hatte zwei Nachrichten für ihn und servierte ihm unaufgefordert einen kleinen Mocca, als er an seinem Tisch Platz nahm.

Als Erstes riss er das edle graumelierte Kuvert auf. Das Siegel, mit dem es verschlossen war, kam ihm bekannt vor. Mit einer Mischung aus Freude und Entsetzen betrachtete er die Einladung zu einer Soiree beim Grafen von Batheny.

Seine Hände zitterten, als er die Einladung zurück ins Kuvert steckte. Er stürzte den Kaffee in einem Zug hinunter und bestellte einen Grand Marnier.

Warum lud ihn sein Vater zu einer Abendgesellschaft in seinem Privatsalon ein? Was wollte der Herr Graf von ihm?

„Gute Nachrichten?", fragte der neugierige Ober, als er ihm den Cognac servierte.

„Ja, danke, Herr Wilhelm", antwortete Gustav zerstreut und öffnete das zweite Kuvert.

Die Nachricht war kurz. „Komm um 13 Uhr in den ‚Silbernen Kegel'. Rudi"

Gustav trank auch den Grand Marnier ex und zahlte.

Auf der gegenüberliegenden Straßenseite schien ein Fiaker nur auf ihn gewartet zu haben.

„Ins Gasthaus ‚Zum silbernen Kegel' in Margareten."

„Sie meinen die Wirtschaft ‚Zum schwarzen Elephanten'?"

„Genau!"

Rudi stand mit seinem Vater an der Theke, als Gustav in das Lokal kam. Sie unterhielten sich mit einem Hanseltipper. Die völlig zerlumpte Gestalt mit dem zerschlissenen Rock und der alten Hose, die voller Weinflecken und Flecken noch ungustiöserer Natur war, stank wie die Pest.

Gustav bemühte sich, die aufkommende Übelkeit zu ignorieren, und begrüßte Kasper Vater und Sohn, hielt sich aber von dem Hanseltipper, der mit einer Schnur ein Reindl um den Leib gebunden hatte, fern. Die Fasseltipper, wie diese Säufer auch genannt wurden, zogen von einem Wirtshaus zum anderen und gossen sich aus leeren Bierfässern, stehen gelassenen Gläsern und Krügen den bitteren Rest in ihre Reindl und soffen dieses Zeug dann auch.

Als ihn Vater Kasper auf ein Wiener Schnitzel einlud, war Gustav nahe daran abzulehnen. Nach einem Blick auf das traurige Gesicht des alten Säufers setzte er sich doch mit Rudi an den Stammtisch.

Das Schnitzel schmeckte wie immer. Die Panier war goldbraun und knusprig, wie es sich gehörte, und der Erdäpfelsalat war sowieso der beste in ganz Wien.

Während des Essens hatten die beiden Freunde kaum ein Wort miteinander gesprochen. Vater Kasper, der um diese frühe Stunde bereits kräftig dem Rebensaft zusprach, den er in seinem eigenen Weingarten anbaute, redete dafür umso mehr.

„Der Rudi mag den neuen Namen für meine Wirtschaft nicht. Er will, dass ich mein Gasthaus ‚Silberwirt' nenne."

Gustav wusste nicht, was er sagen sollte, kaute demonstrativ lange an seinem letzten Bissen und starrte auf die mit Orden behängte Brust des Kaisers auf dem Bild, das hinter der Theke hing.

„Die Leut sind heutzutage ganz narrisch nach Exotischem. Deshalb hab ich mir gedacht, dass Elephanten gut ankommen täten. Glaubst nicht auch?“

Gustav blieb, nachdem er den letzten Bissen hinuntergeschluckt hatte, nichts anderes übrig, als zu antworten.

„‚Silberwirt‘ klingt halt vornehmer“, sagte er diplomatisch.

„Bei mir verkehren ja keine feinen Leut, außer meinem Herrn Sohn und dir.“

Ein Blick auf Rudis Gesicht, das sich vor Zorn gerötet hatte, genügte Gustav. Er bemühte sich, einen Streit zwischen Vater und Sohn zu verhindern. Das Verhältnis zwischen den beiden ist mindestens so schwierig wie das zwischen Kaiser Franz Joseph und seinem Sohn Rudolf gewesen war, dachte Gustav und bestellte rasch ein Achterl Rot.

„Das ist aber ein ungarischer. Ich hab keinen österreichischen Roten. Bei uns trinkt man an Weißen. Und man mischt den Wein mit Wasser oder trinkt das Wasser mit dem Wein“, belehrte ihn der alte Mann.

„Ungarischer ist mir auch recht.“

Er mochte Rudis Vater, obwohl er ein Querulant war und es jeden, der ihn näher kannte, wunderte, dass er es schaffte, seine Gäste bei der Stange zu halten, denn er legte sich zu gern mit ihnen an.

Auf den lieblichen Erhebungen in Margareten wuchsen und gediehen zwar die weißen Trauben prächtig, aber der Weißwein im „Silbernen Kegel“ schmeckte trotzdem scheußlich. Dennoch hatte der alte Kasper es geschafft, sich hier als Weinbauer und Wirt zu behaupten, obwohl es in der Umgebung noch viele andere Weinschenken gab. Zur Beliebtheit seiner

Gastwirtschaft trug vor allem die Kegelbahn, die er vor kurzem im Hof hinter seinem Haus errichtet hatte, bei. Gustav hatte von seinem Platz aus einen recht guten Blick auf die Bahn, auf der selbst jetzt um die Mittagszeit viel Betrieb war.

„Geht auf Kosten des Hauses", sagte der alte Kasper, als Gustav bezahlen wollte. „Und jetzt tut ihr zwei Buben mir einen Gefallen. Zeigt's diesen Anscheibern, wie man richtig kegelt. Die wandeln doch bei jeder Sau!" Er deutete auf die jungen Stutzer, die auf seiner Kegelbahn eine Sau nach der anderen schoben, aber fast immer irregulär. Die Kugeln streiften vorher öfters die Seitenwände.

„Gustav und ich haben Berufliches miteinander zu besprechen. Würdest du uns bitte allein lassen, Vater?"

„Verzeihen Sie die Störung, Herr Sohn." Beleidigt verließ der rotwangige Wirt ihren Tisch.

Gustav tat der Alte leid.

„Musst du so garstig zu deinem Vater sein? Er meint es nicht böse."

„Sei froh, dass du keinen Vater hast."

Gustav wollte protestieren.

„Hör mir jetzt zu!", schnitt ihm sein Freund das Wort ab. „Freddy Mars hat für den Abend, an dem die Kunstreiterin ermordet worden ist, falls der Doktor Mayringer Recht hat, ein perfektes Alibi: Er ist im Häfen gesessen! Aber der Doktor ist ein alter Bsuff, ich glaub nicht, dass man seinen Aussagen trauen kann. Wer weiß, wie lange die Kleine im Wasser gelegen ist? Vielleicht ist sie ja zu einem früheren Zeitpunkt ermordet worden, als Freddy noch auf freiem Fuß war? Außerdem hätte der Freddy auch einen der Praterstrizzi dafür bezahlt haben können, Napoleon und die Zirkusartistin umzubringen."

„Aber geh, doch nicht der Freddy!"

„Ich bin mir ziemlich sicher, dass der Jockey den Zwerg und diese Kunstreiterin auf dem Gewissen hat. Kann ihm die beiden Morde nur nicht eindeutig nachweisen. Wir werden jetzt noch einen zweiten Gerichtsmediziner hinzuziehen."

„Du irrst dich, mein Bester. Ich habe in den letzten Tagen öfters mit Freddy gesprochen, und ich weiß, dass Leonie von Leiden nicht entführt worden, sondern von zu Hause abgehauen ist. Sie hat sich ein paar Tage bei der inzwischen ermordeten Zirkusreiterin versteckt. Allerdings war sie nach Napoleons Tod dann tatsächlich wie vom Erdboden verschluckt", gestand Gustav seinem Freund endlich, was ihm seit Tagen bekannt war.

Rudi sah ihn lange an, bevor er wieder den Mund aufmachte.

„Hab ich dir nicht gesagt, du sollst dich da raushalten? Es geht um Mord, lieber Gustav, und nicht um irgendwelche Spompanadeln einer verwöhnten höheren Tochter. Anscheinend hast du das noch nicht begriffen."

„Freddy ist nicht der Mörder."

„Warum bist du dir dessen so sicher?"

Gustav hatte das ungute Gefühl, dass Rudi auf seine Bekanntschaft mit dem berühmten Jockey eifersüchtig war.

„Ich hab gehört, dass er bei jeder Kleinigkeit gleich ausrastet und ein gefährlicher Raufbold sein soll. Er und der Polanski sollen sich vor einiger Zeit mal in die Haare gekriegt und einander halb tot geprügelt haben. Angeblich hat Freddy angefangen, hat einen Tobsuchtsanfall bekommen und ist auf Max losgegangen, als er erfahren hat, dass sich deine schöne Margarete von Leiden auch mit dem Polanski getroffen hat ..."

Gustav war kreidebleich geworden.

„Also ist an diesem Gerücht was dran?"

„Ja", sagte Rudi mit unüberhörbarer Genugtuung in der Stimme.

Gustav konnte es nicht fassen, dass die feinsinnige, übersensible Margarete von Leiden mit diesem grobschlächtigen Kerl ein Techtelmechtel gehabt haben sollte.

„Freddys Alibis scheinen zwar wasserdicht. Aber er könnte, wie gesagt, jemanden beauftragt haben. Es gibt genügend Kriminelle im Prater. Für zweihundert Kronen kannst du dir in unserer Stadt jederzeit einen Mörder dingen."

„Ich glaub's trotzdem nicht. Er würde doch nicht das Leben seiner Tochter riskieren."

„Ist dir nie der Gedanke gekommen, dass Freddy seine Tochter längst befreit haben könnte und nun die Entführer beseitigt, um das Lösegeld selbst zu kassieren? Die Gläubiger rennen ihm die Bude ein. Wenn er nicht bald wenigstens einen Teil seiner Schulden zahlt, kommt er als nächste Wasserleich in der Donau dahergeschwommen."

„Freddy ist ein gradliniger Kerl. Er wäre vielleicht imstande, jemanden im Affekt zu erschlagen, aber dann würde er dazu stehen."

„Deine Naivität in Ehren!" Rudi blickte seinen Freund scharf an.

„Danke, mir reicht's! Lass deinen Grant an jemand anderem aus. Zuerst kränkst du deinen alten Vater und jetzt gehst auf mich los. Wir haben dir beide nichts getan. Meld dich wieder, wenn du bessere Laune hast."

Gustav stand auf und verließ die Wirtschaft, ohne sich von Rudi und dem alten Kasper zu verabschieden.

Es goss in Strömen, als er auf die Schlossgasse hinaustrat und an den Hausmauern entlanglief.

„Zum Riesenrad“, sagte er zu dem Kutscher, der am Margaretenplatz auf Fahrgäste zu warten schien. Die Kutsche war offensichtlich gerade erst eingetroffen, denn die Pferde schnaubten heftig und dampften aus den Nüstern.

„Haben Sie mich bestellt?“

Gustav würdigte ihn keiner Antwort, sondern stieg ein.

Erst nach einer Weile fiel ihm auf, dass der Innenraum der Kutsche sehr luxuriös ausgestattet war: ein dicker Teppich, geschliffene Spiegel, Vorhänge mit Borten und seidener Spitze an den Fenstern, mit rotem Samt tapezierte Wände ...

Amüsiert lehnte er sich auf der bequemen Sitzbank zurück und stellte sich vor, welchem hochwohlgeborenen Herrn, der sich in Margareten inkognito herumtrieb, er diese schöne Kutsche vor der Nase weggeschnappt hatte.

Er wollte sich unbedingt noch einmal Max Polanski vorknöpfen. Dieses Mal würde er sich nicht mit einem affektierten Grinsen abspeisen lassen, sondern notfalls die Wahrheit aus ihm herausprügeln.

Das gleichmäßige Traben der Rösser hatte schließlich eine beruhigende Wirkung auf ihn. Als sie am Palais Schwabenau vorbeifuhren, hatte er nicht einmal einen Blick für das protzige Gebäude übrig. Er schloss die Augen. Die Einladung seines Vaters ging ihm nicht aus dem Kopf. War dies der wichtige Brief, von dem die Zigeunerin gesprochen hatte? Der Brief, der sein ganzes Leben verändern würde?

Erst als Gustav vor dem Gastgarten des „Eisvogel“, neben dem gesperrten Riesenrad, die Kutsche verließ, zwang er sich dazu, wieder an seinen Fall zu denken.

Der Wirt kam aus dem Lokal geeilt.

„Sind Euer Gnaden der Herr von Karoly?“

Gustav nickte.

„Freddy Mars lässt Ihnen ausrichten, dass sie ihn im Landl besuchen müssen, wenn Sie ihn sprechen möchten. Die Polizei hat ihn gestern verhaftet, als er gerade ...“

„Danke, ich weiß. Ich suche Max Polanski“, unterbrach ihn Gustav.

Der Wirt sah ihn verdattert an. Drehte sich um und ging wortlos zurück in sein Gasthaus.

Als Gustav die paar Meter zum „Walfisch“ hinüberlief, wurde er klatschnass und versank bei jedem Schritt mit seinen leichten eleganten Schuhen im Gatsch. Er musste höllisch aufpassen, nicht auszurutschen. Die riesige Baustelle, auf der die neue Grottenbahn errichtet wurde, hatte sich in einen glitschigen Morast verwandelt.

„Habt ihr Max Polanski gesehen?“, fragte er den Mann hinter der Theke. Das Lokal war leer.

Der Kellner starrte ihn an, als wäre er ein Gespenst.

„Sind S... Sie von der Ge...heimpolizei?“, fragte er stammelnd.

„Nein. Ich bin Privatdetektiv.“

„Verarschen Sie jemand anders“, murmelte der Mann und kehrte ihm den Rücken zu.

Gustav hatte keine Lust, bei diesem scheußlichen Wetter weiter nach Max Polanski zu suchen. Als er beim Riesenrad einen Fiaker erblickte, stapfte er rasch auf ihn zu und stieg ein.

„Ins Landl!“

„Wie bitte?“

„In die Josefstadt, Landesgerichtsstraße. Zur Justizanstalt“, sagte Gustav gereizt.

Er zog seine nasse Jacke aus, schlüpfte aus den aufgeweichten Schuhen und zündete sich eine Zigarette an. Nach ein paar Zügen beschloss er, vorher noch einmal mit Rudi zu reden. Womöglich würde er keine Besuchsgenehmigung erhalten, wenn er einfach so in das Gefangenenhaus hineinplatzte.

„Zuerst aufs Polizeikommissariat am Schottenring“, sagte er zum Kutscher.

Rudi Kasper war nicht in seinem Büro. Gustav vermutete, dass er im „Silbernen Kegel“ hocken geblieben war. Rudis Assistent machte sich allerdings sofort erbötig, dem Freund seines Vorgesetzten behilflich zu sein. Während sich Gustav in Rudis ungemütlichem Büro mit einem Kaffee aufwärmte, drei Zigaretten rauchte und in den Aktenbergen auf dem Schreibtisch herumstöberte, beschaffte ihm der junge tüchtige Horvath eine Besuchergenehmigung.

Das „Graue Haus“ war eigentlich nicht grau, sondern weiß gestrichen und erinnerte Gustav an die schönen Renaissancepaläste in Florenz. In Wien baut man sogar den Verbrechern Paläste, dachte er grimmig.

Der Innenhof war in drei Trakte unterteilt. Im Galgenhof wurden die Hinrichtungen durchgeführt, die Delinquenten erhängt. Mit Schaudern malte er sich den Tod des berühmten Jockeys aus.

Das Wachpersonal behandelte ihn mit Respekt. Der gute Horvath hatte anscheinend die Besuchergenehmigung von einem hohen Tier erwirkt.

Freddy Mars wartete bereits an einem Tisch in einem sterilen, grau gestrichenen Raum auf ihn.

Gustav setzte sich auf den Stuhl ihm gegenüber. Sie gaben sich nicht die Hand, nickten sich nur zu.

Ein Wärter stand neben der Tür. Gustav war bewusst, dass er jedes ihrer Worte hören würde.

„Max Polanski ist tot", sagte Freddy statt einer Begrüßung.

„Waaas?"

„Erschossen."

„Woher weißt du das?"

„Das pfeifen die Spatzen von den Dächern."

„Freddy!"

„Der hat's mir gerade gesteckt." Er deutete auf den Wärter. „Ein Liebespärchen hat ihn in der Hirschau gefunden. Lag angeblich hinter einem Himbeerstrauch. Seine Quadratlatschen ragten heraus. Die zwei sind sozusagen darübergestolpert."

„Ich pack's nicht! Der dritte Mord innerhalb einer Woche."

Freddy starrte auf den Tisch.

„Vielleicht hat's ja irgendein Wahnsinniger auf die Praterleut abg'sehen."

„Das glaubst wohl selber nicht."

„Na, ich bin ja nicht teppert. Drei Kugeln hat der Mörder gebraucht, um das Schwein ins Jenseits zu befördern."

„Ein Hirschauer Stückl?" Hatte Rudi Recht gehabt? Hatten sich die beiden Rivalen Max und Freddy doch in der Hirschau duelliert?, fragte sich Gustav.

„Und die Polizei verdächtigt dich?"

„Fragst mich das im Ernst?"

„Max Polanski hatte viele Feinde. Auch du hast ihn gehasst."

„Das kannst laut sagen! Dieses Mal hab ich leider kein Alibi. Aber warum sollte ich ihn umgebracht haben? Was denkst du? Sei ehrlich."

„Na schließlich wurde deine Tochter entführt ..."

„Geh, du kennst meine Leonie nicht. Dieser kleine Wildfang lässt sich nicht so einfach entführen. Das war eine abgekartete Geschichte. Du hast ja gehört, was Angelina erzählt hat."

„Hat sie dir, nachdem ich weg war, noch was gesagt?"

Freddy schaute zu Boden.

„Sei ehrlich, Freddy, ich muss es wissen, nur dann kann ich dir helfen."

Es dauerte ein paar Minuten, bis Freddy antwortete: „Angelina hat Max Polanski verdächtigt, Leonie aus ihrem Wagen geholt zu haben, während sie beim Training war. Die Arme hat mir helfen wollen, ihn zu überwachen. Wir haben gedacht, dass wir vielleicht Leonie finden würden, wenn wir ihn Tag und Nacht nicht aus den Augen lassen. Wir haben ihn abwechselnd verfolgen wollen. Sie hat die erste Beschattung übernommen ..."

„Ihr seid verrückt. Du siehst ja, was dabei herausgekommen ist."

„Ich bin Schuld an Angelinas Tod, ich weiß. Hätt mich niemals auf diesen verrückten Plan einlassen sollen. Aber es war wirklich ihre Idee. Keiner wird mir glauben. Im Gegenteil, sie wollen mir den Mord an Angelina unbedingt anhängen. Warten nur noch auf den Bericht eines zweiten Gerichtsmediziners. Wenn sie ein paar Stunden früher, als sie jetzt annehmen, erschlagen und in die Donau geworfen worden ist, hab ich auch für diesen Mord kein Alibi."

Seine Jammerei und sein Selbstmitleid gingen Gustav auf die Nerven. Er hatte Freddy bisher für einen richtigen Kerl gehalten. Verlegen wandte er sich ab, als sich der Jockey mit der Hand die Tränen von den Wangen wischte.

„Ich werde noch einmal mit dieser Hellseherin reden."

„Glaubst du leicht an diesen Quatsch?"

„Nein! Aber diese Frau scheint etwas zu wissen."

„Über meine kleine Leonie?"

„Ja, könnt sein. Vor ein paar Tagen hat sie mich mit einem Briefchen zu sich in ihr Zelt gelockt. Zwar hat sie mir nur irgendeinen Blödsinn über Eisenbahntunnels erzählt, dennoch habe ich den Eindruck gehabt, dass sie mir etwas ganz Bestimmtes mitteilen wollte, sich aber nicht getraut hat ..."

„Nichts wie hin zu ihr. Quetsch sie aus. Alles ist besser, als tatenlos herumzusitzen und auf meine Hinrichtung zu warten."

19

Gustav erblickte Sylvia schon von der Weite. Die schöne Zigeunerin stand vor ihrem Planwagen und rauchte eine Zigarette mit Spitz. Ihr enges orangefarbenes Kleid, das ihre tolle Figur prächtig zur Geltung brachte, leuchtete golden in der Mittagssonne. Gustav registrierte, dass sie auch zu diesem eleganten Kleid keine Schuhe trug.

„Ich bin nach wie vor auf der Suche nach Leonie von Leiden und brauche deine Hilfe." Er bemühte sich um einen forschen Ton.

„Tut mir leid. Ich habe keine Zeit, ich muss gleich arbeiten gehen."

„Freddy Mars sitzt im Landl, wird des Mordes an der Kunstreiterin Angelina verdächtigt. Ihm droht der Tod durch den Strang, wenn wir die Kleine nicht finden."

Sie schaute ihn lange an.

„Ich glaube, dass Leonie von Leiden irgendwo hier auf diesem riesigen Gelände ist."

Gustav zückte sein Portemonnaie und gab ihr zwei Kronen.

Sie schenkte ihm einen seltsamen Blick.

„Du willst mich schon wieder kaufen, Herr Graf?"

Überrascht, dass sie ihn zurückduzte, stammelte er: „N... nein. Ich möchte Sie ... dich ... könntest du mir nicht wenigstens irgendeinen Hinweis geben, wo ich nach ihr suchen soll."

„Ich hab ein finsteres Loch, eine Art Tunnel und Schienen gesehen ..."

„Im Prater gibt es keinen Eisenbahntunnel."

„Das Versteck liegt sicher unter der Erde."

„Hier gibt es Dutzende Baugruben. Wenn ich die alle absuche, dauert das eine kleine Ewigkeit. Und dann kann es schon zu spät sein. Der Mörder hat ein drittes Mal zugeschlagen, wie du sicher weißt."

„Lassen Sie mich nachdenken." Sylvia schloss die Augen.

Gustav zündete sich eine Zigarette an, blies hastig den Rauch in die Luft.

„Es geht zum Beispiel das Gerücht um, dass auf der Baustelle der Grottenbahn Gespenster hausen. Die Arbeiter, vor allem die aus dem Südosten der Monarchie, weigern sich seit ein paar Tagen, das Gelände zu betreten. Sie haben laute plumpsende Geräusche vernommen und behaupten, abends unheimliche Gestalten auf der Baustelle herumschleichen gesehen zu haben. Ich nehme an, Sie glauben genauso wenig an Geister wie ich.“

„Natürlich nicht. Lass uns also mit der Grottenbahn anfangen. Du kommst doch mit, oder?“, fragte Gustav aufgeregt und ergriff ihren Arm.

„Warte, ich denke, wir sollten Kerzen mitnehmen.“ Sie ging in ihr Zelt.

„Es ist doch helllichter Tag“, murmelte er.

Sylvia drückte ihm eine große Kerze in die Hand und ging voraus zur Baugrube der neuen Grottenbahn. Gustav kam sich mit der weißen Kerze vor wie bei seiner Erstkommunion.

Die Baustelle war abgesperrt. Sylvia forderte ihn auf, über die Absperrung zu klettern. Galant half er ihr zuerst über den Bretterzaun.

Außer Erde und Bauschutt, halbfertigen Gerüsten und monströsen Bergen aus Gips gab es nicht viel zu sehen. Sie wollten schon kehrtmachen, als Gustav eine Grube entdeckte.

„Dort unten scheint etwas zu sein.“ Er legte einen eleganten Sprung über die Holzlatten hin, die das Loch in der Erde umgaben.

Sylvia schlüpfte unten den Latten durch und ließ sich von ihm hinunterhelfen.

Heftig rüttelten sie an den Gitterstäben, die den Eingang versperrten. Es schien ihr nichts auszumachen, dass ihr Gesicht voller Staub und ihr schönes Kleid völlig verdreckt waren. Mit gemeinsamen Kräften schafften sie es, das Gitter aus seiner Verankerung im Boden zu reißen.

Gustav wollte Sylvia den Vortritt lassen, als ein leises Wimmern ertönte.

„Da ist jemand. Vorsicht. Lass mich vorangehen." Er riss ein Streichholz an und hielt es an den Docht seiner Kerze.

„Soll mir recht sein. Dann falle ich wenigstens auf dich, wenn ich stolpern sollte."

Mit zitternden Knien stieg er die wackelige Leiter hinab. Zum Glück war es eine kurze Leiter mit nicht mehr als fünf Sprossen. Sylvia ließ sich von ihm helfen, obwohl er davon überzeugt war, dass sie die paar Sprossen spielend ohne seine Hilfe bewältigt hätte.

Im flackernden Schein seiner Kerze erblickten sie eine kleine Gestalt, die zusammengekrümmt auf dem Boden hockte.

Dass Leonie von Leiden am Leben war, stand außer Zweifel. Sie schluchzte leise.

Gustav nahm Sylvias Kerze, zündete sie mit einem Streichholz an und leuchtete mit beiden Flammen den engen, schmalen Raum aus.

Zitternde Fratzen und furchterregende Ungetüme erschienen in dem phosphoreszierenden Licht. Die unterirdische Grotte wurde von höllischen Gestalten aus Pappmaschee, Zähne bleckenden Krokodilen, feuerspeienden Drachen aus Gummi und Teufel mit roten Zungen und großen Schwänzen bevölkert.

„Das Lager für die Figuren der Schreckensgrotte. Hab ich es mir doch gedacht", flüsterte Sylvia.

„Wie bist du bloß darauf gekommen? Nur wegen der Gerüchte?" Gustav flüsterte ebenfalls, obwohl es keinen Grund gab, leise zu sein.

Sylvia antwortete nicht, nahm das weinende Mädchen in die Arme und redete beruhigend auf sie ein.

Die beiden boten einen rührenden Anblick. Gustav kam sich deplatziert vor.

Sylvia sah ihn belustigt an.

„Ich hab nicht nur dich in den letzten Tagen im Auge behalten, sondern auch Max Polanski. Habe ihm, vor allem abends, manchmal nachspioniert. Er hat sich öfters hier herumgetrieben. Das kam mir merkwürdig vor. Was hatte er auf der Baustelle zu suchen?"

„Du warst das! Ich hab mir also nicht alles nur eingebildet. Weißt du, dass ich fast froh bin? Ich hatte Angst, dass ich unter Verfolgungswahn leide und demnächst auch diesen Seelenarzt Doktor Freud aufsuchen müsste. Warum hast du mich verfolgt?"

„Weil ich dir helfen wollte. Du hast so verzweifelt gewirkt, als du mich zum ersten Mal besucht hast."

Leonie, die von Sylvia inzwischen von Knebel und Fesseln befreit worden war, meldete sich nun lautstark zu Wort: „Was redet ihr da? Wollt ihr noch länger hier bleiben? Lasst uns endlich verschwinden."

Gustav schleppte sie die Leiter hoch.

Sobald sie wieder über der Erde waren, sah sich Gustav die klein gewachsene Leonie genauer an. Sie ähnelte tatsächlich ihrem Vater, war trotz ihrer fünfzehn Jahre ziemlich klein. Von hinten sah sie aus wie eine Zwölfjährige. Und sie hatte seine hellen wasserblauen Augen, seine schmale lange Nase und seine schmalen Lippen geerbt. Von ihrer Mutter hatte sie nur ihre üppige Haarpracht.

Das Mädchen wirkte erschöpft, war bleich im Gesicht und konnte sich kaum bewegen, dennoch plapperte sie ununterbrochen.

Gustavs schwarzer Anzug war voller Staub und Spinnweben. Verärgert klopfte er seine Kleider ab. Dann holte er ein Glas Wasser vom Eisvogel und reichte es dem Mädchen.

„Du musst jetzt viel trinken."

Sie schlug ihm den Becher fast aus der Hand.

„Ich muss an die Arbeit", sagte Sylvia.

Gustav wollte sie nicht gehen lassen, es fiel ihm jedoch auf die Schnelle kein Grund ein, sie länger aufzuhalten. Überschwänglich bedankte er sich für ihre Hilfe und küsste ihr zum Abschied die Hand, so als wäre sie eine Dame der Gesellschaft.

Er sah ihr lange nach. Erst als sie in den Menschenmassen, die vor der neuen Rutschbahn Schlange standen, untertauchte, kümmerte er sich wieder um Leonie.

„Ich bring dich nach Hause", sagte er und nahm ihren Arm.

„Neiin!", kreischte sie und schlug um sich.

Er hatte alle Mühe, sie zu bändigen.

Während er sich, die Kleine hinter sich her zerrend, auf die Suche nach einer freien Kutsche machte, versuchte er, die Gedanken an die verführerische Sylvia zu verbannen, und überlegte, ob es wirklich schlau war, Leonie sofort zu ihrer Mutter und ihrem Großvater zurückzubringen.

Als er endlich eine Droschke aufgetrieben hatte, war er wild entschlossen, diesen Fall heute aufzuklären, und zwar mit Hilfe der Kleinen. Seine Sympathie für sie hielt sich in Grenzen.

„Ich schlage vor, wir benachrichtigen zuerst einmal deine Mutter. Sie hat sich große Sorgen um dich gemacht."

Er hob das Mädchen in die Droschke. Sie schlug ihm ins Gesicht und kreischte: „Neiin!"

Gustav kam sich beinahe selbst wie ein Entführer vor.

„Wie du meinst, dann muss ich dich leider zur Polizei bringen."

„Ich will nicht zur Polizei.“ Leonie fing zu heulen an. „Wer sind Sie überhaupt?“

„Ich bin Privatdetektiv und möchte meine Lizenz nicht verlieren. Wenn du einverstanden bist, werden wir zuerst zu meiner Tante fahren. Dort bist du in Sicherheit. Trotzdem muss ich deine Angehörigen verständigen.“

„Ich gehe nicht zurück zu Großpapa!“ Leonie schaute Gustav trotzig an.

„Keine Angst. Meine Tante ist eine sehr nette Dame und wird sich um dich kümmern, bis deine Mutter kommt.“

„Ich mag auch nicht zu meiner Mama.“

Gustav war nahe daran, die Nerven zu verlieren.

„Zu den Hofstallungen“, befahl er dem Kutscher.

Während der Fahrt redete Leonie wie aufgezogen, redete von Pferden, von Luzifer und von Gespenstern ...

Sie ist nicht ganz normal, dachte Gustav.

„Ich weiß, dass du dich ein paar Tage bei Angelina versteckt hast“, unterbrach er ihr sinnloses Geplapper.

Sie sah ihn mit ihren großen Augen unschuldig an.

„Bitte erzähl mir der Reihe nach, was passiert ist.“

„Sie werden mir nicht glauben.“

„Ich glaube dir, würde die Geschichte nur gern von Anfang an hören. Wer hat dich entführt?“

Sie verfiel in beunruhigendes Schweigen.

„Napoleon“, sagte sie nach einer Weile zögernd. „Er hat mich zu den Zirkusleuten gebracht. Sie haben mich in Angelinas Wagen festgehalten. Als Napoleon mich eines Tages nicht mehr besucht hat ..., ich meine, mir nichts mehr zu essen gebracht hat, habe ich versucht davonzulaufen.“

Sie lügt, dachte Gustav.

„Leider bin ich Max Polanski in die Hände gefallen. Und dieser Verbrecher hat mich in ein feuchtes Rattenloch verschleppt. Ich bin dort fast gestorben vor Angst. Irgendwann hat er mich weggebracht und in dem Gewölbe unter der Grottenbahn eingesperrt."

Gustav fragte sich, was an dieser Geschichte wahr und was reine Phantasie war. Er hoffte auf die Hilfe seiner Tante. Bestimmt konnte sie mit dieser Halbwüchsigen besser umgehen als er.

20

Kaum waren sie in den Reitstallungen angelangt, kritzelte er im flackernden Licht einer Gaslaterne ein paar Worte auf seinen Notizblock, reichte dem Kutscher den Zettel, gab ihm eine ordentliche Maut und sagte: „Fahren Sie zum Palais Schwabenau und fragen Sie nach Margarete von Leiden. Geben Sie ihr diese Nachricht höchstpersönlich und ja keinem anderen."

Als er mit Leonie seine Wohnung betrat, blieb er vor Schreck in der Tür stehen. Seine Tante hatte Besuch. Männerbesuch! Die sonore Stimme kam ihm bekannt vor.

„Papa!", schrie Leonie und stürmte an Gustav vorbei.

Freddy und seine Tochter standen eng umschlungen vor dem Herd, herzten sich innig und konnten sich kaum voneinander lösen, als Gustav die Küche betrat.

„Wie kommst du hierher?"

Freddy grinste verschmitzt.

„Ich wollte mir dir reden. Sie haben mich freilassen müssen, nachdem der gerichtsmedizinische Befund eingetroffen war. Angelina ist ermordet worden, während ich das erste Mal im Knast gesessen bin. Mein Alibi ist also hieb- und stichfest. Aber garantiert werden sie jetzt versuchen, mir den Mord an Max anzuhängen. Bestimmt glauben sie, dass ich ihn erschossen habe. Dabei hab ich nicht einmal mehr meine Armeepistole."

„Max ist erschossen worden?" Leonie schaute ihren Vater mit weit aufgerissenen Augen an.

Freddy hatte keine Zeit für Erklärungen, denn Gustav sagte nun: „Ich habe gerade den Kutscher zum Palais Schwabenau geschickt. Ich trau ihm nicht über den Weg. Willst nicht du Margarete die gute Nachricht überbringen?"

Es war offensichtlich, dass Freddy keine Lust hatte, seine wiedergefundene Tochter so rasch wieder zu verlassen.

Leonie klammerte sich an ihn.

„Bleib bei mir Papa. Ich will nicht mit diesem fremden Mann allein bleiben." Sie schaute Gustav giftig an.

„Ich bin ja auch noch da", warf Vera ein.

Gustav musste all seine Überredungskunst aufbieten, um Freddy klarzumachen, dass nur er Margarete holen könne.

„Der Diener der Schwabenaus wird den Kutscher sicher am Tor abweisen. Margarete wird die Nachricht von der Rettung ihrer Tochter bestimmt nicht bekommen. Leider kann ich nicht selber hinfahren. Der alte Schwabenau hat mir Hausverbot erteilt."

„Das habe ich schon seit fünfzehn Jahren."

„Aber du kennst die Dienerschaft, nehme ich an. Du könntest ihr also wenigstens eine Nachricht zukommen lassen, während man mir sicher das Haustor vor der Nase zuschlagen würde."

Dieses Argument überzeugte Freddy schließlich.

Leonie hatte bei dem Wort „Hausverbot“ sofort zu jammern aufgehört und musterte Gustav nun mit fast bewundernden Blicken.

Kaum hatte Freddy die Wohnung verlassen, wollte Gustav seiner Tante von der Einladung seines Vaters erzählen. Doch der Zeitpunkt war äußerst ungünstig. Alles drehte sich um das arme Entführungsopfer.

Josefa gab Leonie heiße Milch zu trinken und schmierte ein paar Butterbrote für sie.

Auch seine Tante bemühte sich, die Kleine bei Laune zu halten, bot ihr ein heißes Bad in ihrer gusseisernen Wanne an. Leonie stank fürchterlich, lehnte es aber ab zu baden, ging sich kurz im Ankleidezimmer seiner Tante waschen und tauschte ihr völlig verdrecktes Kleid gegen eines von Giselas luftigen Sommer-Nachthemden, das ihr Josefa brachte.

Vera wunderte sich, dass Freddy und Margarete von Leiden noch nicht zurück waren. Bis zum Parkring brauchte man sicher nicht länger als zwanzig Minuten. Seit Freddys Abgang war mittlerweile mehr als eine Stunde vergangen.

„Möchtest du schlafen gehen? Du kannst gern bei uns über Nacht bleiben. Ich werde mit deiner Mutter reden, falls sie heute noch kommt. Josefa wird dir die Chaiselongue in meinem Ankleidezimmer herrichten“, sagte Vera, als sich das Mädchen wieder zu ihnen setzte.

Gustav fragte sich, ob seine Tante nicht doch heiraten und Kinder hätte kriegen sollen. Sie schien durchaus mütterliche Qualitäten zu besitzen.

Leonie schien all die Fürsorge sehr zu genießen. Sie schmiegte ihr Köpfchen an die Schulter seiner Tante und legte den Arm um ihre Taille.

„Wenn ich darf, möchte ich noch ein bisschen aufbleiben. Ich habe da unten in der finsteren Grotte mehr als genug geschlafen." Sie wirkte plötzlich sehr kindlich.

Nervös ging Gustav in der Küche auf und ab und rauchte eine Zigarette nach der anderen.

„Wo bleiben die beiden bloß?", murmelte er.

„Vielleicht hat Freddy sie nicht zu Hause angetroffen?", warf Vera ein.

Oder sie feiern womöglich gar den glücklichen Ausgang der Entführung ihrer gemeinsamen Tochter, dachte Gustav. Er versuchte, den Gedanken an Margarete in heißer Umarmung mit dem Jockey zu verdrängen, und fragte Leonie, ob sie ihm nicht endlich die Wahrheit über diese ganze Entführungsgeschichte erzählen wollte.

„Ich verspreche dir, dass dir nichts passieren wird. Keiner wird dich bestrafen. Wir werden es niemandem weitersagen", log er.

Die Kleine schaute seine Tante unsicher an.

„Du musst ihm nichts erzählen. Aber es wird dich erleichtern, wenn du mit uns über alles redest."

„Und ihr schwört, dass ihr keinem sagen werdet, was ich euch verrate? Auch nicht meiner Mama?"

Gustav hob Mittel- und Zeigefinger der rechten Hand: „Ich schwöre!"

„Es war alles meine Idee. Napoleon wollte mir zuerst nicht einmal helfen. Hielt es für eine Schnapsidee. Ich habe ihm gedroht, von zu Hause wegzulaufen, irgendwohin, wo auch er mich nicht finden würde. Daraufhin hat er nachgegeben und alles für mich organisiert. Er hat mich bei Angelina versteckt und mich täglich dort besucht. Sie hat nicht gewusst, was wir vorhatten. Wahrscheinlich hat sie es aber geahnt."

„Warum bist du von zu Hause fortgelaufen?“, fragte Vera.

„Weil mir mein Großpapa verboten hat, meinen Papa wiederzusehen. Außerdem hat er mich nicht mehr reiten gehen lassen. Ich habe nicht einmal mehr in den Prater dürfen. Alle unsere Dienstboten haben wie die Haftlmacher auf mich aufgepasst. Ich bin mir vorgekommen wie in einem Gefängnis.“

„Und wieso hast du nicht mit deiner Mama darüber gesprochen?“ Gustav sah sogleich ein, dass seine Frage idiotisch war.

Leonie schnaubte verächtlich.

„Die hätte mir nicht geholfen, sie hätte sich niemals getraut, dem Großpapa zu widersprechen.“

„Wie hast du dir das vorgestellt? Wolltest du bei den Zirkusleuten bleiben?“ Vera musterte das Mädchen interessiert.

„Ich will Kunstreiterin werden und in den großen Varietés auftreten. Ich bin eine sehr gute Reiterin. In der Schule halte ich es nicht mehr aus. Meine Mitschülerinnen sind lauter blöde Gänse. Sie reden dauernd übers Heiraten. Ich werde sicher nie heiraten. Ich bin ganz anders als meine Mama. Ich mag keine Männer, ich mag nur Pferde. Seit ich klein war, wünsche ich mir ein eigenes Pferd. Mama und Großpapa haben mir diesen Wunsch nie erfüllt. Aber um mir endlich selbst ein Pferd kaufen zu können, brauche ich Geld. Viel Geld.“

„Und deshalb bist du auf die Idee gekommen, eine Entführung vorzutäuschen und deinen Großvater zu erpressen?“, fragte Gustav entsetzt.

„Sie brauchte eben Startkapital.“ Vera zwinkerte ihrem Neffen belustigt zu.

„Genau", sagte Leonie ernsthaft. „Allein hätte ich es nicht geschafft. Deshalb habe ich meinen Freund Napoleon überredet, bei dieser Erpressung mitzumachen. Ich habe ihm dreißig Prozent der Summe versprochen ..."

In diesem Moment klopfte jemand an die Wohnungstür.

Gustav sprang auf.

„Da sind sie endlich!"

„Kein Wort zu meiner Mama", rief Leonie ihm nach. „Sie haben es versprochen!"

Margarete von Leiden betrat an Freddys Arm die Wohnung. Sie beachtete Gustav nicht, sondern eilte durch die offen stehende Tür, als sie ihre Tochter am Küchentisch erblickte.

Als sie Leonie zu umarmen versuchte, schüttelte die Kleine ihre Arme ab und sagte artig, aber mit zynischem Unterton: „Guten Abend, Mama, schön, dass du auch schon da bist."

„Sie war nicht zu Hause. Ihre Kammerzofe wollte mir zuerst nicht verraten, wo ich sie finden könnte ... Sie war bei einer Soiree im Palais Pálffy", sagte Freddy leise zu Gustav und ging ebenfalls in die Küche.

Vera von Karoly hatte sich mittlerweile mit Margarete von Leiden bekannt gemacht und ihr einen Kaffee und einen Marillenschnaps angeboten.

„Josefa, mach bitte Kaffee und gib uns Gläser."

„Nein, nicht die, ich meinte die böhmischen Kristallgläser", sagte sie, als Josefa die billigen Gläser für den Alltag aus der Kredenz nahm. „Und bring dann bitte die Wäsche außer Haus."

Gustav hielt es für unnötig, die alte Haushälterin wegzuschicken. Josefa genoss sein vollstes Vertrauen.

Im Gegensatz zu vielen anderen Dienstboten klatschte sie nie über ihre Herrschaft.

Margarete fühlte sich sichtlich unwohl. Sie hatte auf der Bank Platz genommen. Freddy setzte sich zu ihr. Gegenüber saßen Vera und Leonie. Gustav hatte sich einen Stuhl geholt und den Vorsitz übernommen.

Er bemühte sich, Margaretes Blicke auf sich zu lenken, doch sie schaute die ganze Zeit ihre Tochter an, die in Giselas rosa Spitzennachthemd sehr lieb und unschuldig aussah.

Plötzlich fing Margarete von Leiden zu weinen an.

Tränen der Erleichterung, dachte er und überließ es Freddy, seine Geliebte zu beruhigen.

Es kam kein vernünftiges Gespräch zustande.

Gustav war bewusst, dass Leonie höchstwahrscheinlich keine Ahnung hatte, dass sowohl ihr Freund Napoleon als auch Angelina ermordet worden waren. Er hatte vorgehabt, ihr diese schreckliche Nachricht möglichst schonend beizubringen. Bei all dem Durcheinander hatte er keine Gelegenheit dazu gefunden.

Obwohl er Angst vor ihrer Reaktion hatte, fasste er vor allem für Margarete und Leonie zusammen, was in der Zwischenzeit passiert war.

„Nachdem das kleine Fräulein verschwunden war, sind drei Menschen im Prater ermordet worden. Weder die Polizei noch ich glauben, dass dies ein Zufall ist."

„Wieso drei?", unterbrach ihn Leonie.

„Napoleon, Angelina und Max Polanski sind in den letzten Tagen umgebracht worden."

Leonie schaute ihn mit ihren großen Augen entsetzt an und begann zu weinen.

„Sei still", fuhr Freddy, nach einem Blick auf seine heulende Tochter, Gustav an.

„Sie muss die Wahrheit erfahren. Vielleicht kann sie uns helfen, diese Morde aufzuklären."

Margarete beugte sich über den Tisch und versuchte erneut, ihre Tochter in die Arme zu nehmen. Die Kleine entzog sich ihr.

Gustav konfrontierte sie nun mit seinem Verdacht, dass der Freiherr von Schwabenau diese drei Morde in Auftrag gegeben haben könnte.

Margarete reagierte mit einem heftigen Schluchzen.

In Gustavs Ohren klang ihr Schluchzen eine Spur zu theatralisch. Es erinnerte ihn an die häufigen bühnenreifen Ausbrüche seiner verstorbenen Mutter.

„Lass sie in Ruhe, sie hat genug durchgemacht!", sagte Freddy.

„Bitte gehen Sie. Solange Sie hier sind, werden wir nie die Wahrheit erfahren", mischte sich Vera ein.

Freddy ignorierte ihre Aufforderung und tätschelte Margaretes Hand.

„Sie machen alles nur schlimmer."

„Ich sage kein Wort mehr. Bitte lassen Sie mich hierbleiben."

„Kein Wort!", wiederholte Vera streng.

Freddy hielt tatsächlich den Mund.

Gustav betonte noch einmal, dass er den Verdacht habe, dass der alte Freiherr von Schwabenau hinter den Morden stecken könnte.

„Ich weiß, dass er es nicht getan hat", flüsterte Margarete.

Die Wangen der Kleinen hatten sich gerötet und ihre hellen Augen funkelten boshaft.

„Großpapa hat meine einzigen Freunde umbringen lassen!", schrie sie. „Du bist immer auf seiner Seite gewesen. Hast mir nie geholfen!", brüllte sie ihre Mutter an. „Und du bist auch nicht besser“, wandte sie sich im selben vorwurfsvollen Ton an ihren Vater. „Als ich dir vor zwei Jahren gesagt habe, dass ich diesen Tyrannen nicht mehr länger ertrage, hast du mich zwar getröstet und versprochen, mir zu helfen, aber dann hast du Mama verraten, dass ich mich bei den Zigeunern versteckt habe, und tatenlos zugesehen, wie sie mich wieder in mein Gefängnis zurückgebracht haben.“

Freddy verbarg sein Gesicht in den Händen.

„Ich glaube, du fürchtest dich genauso sehr vor ihm wie Mama. Deshalb hab ich dir auch nicht mehr vertrauen können. Napoleon und Angelina waren die einzigen Menschen ..., und jetzt habe ich niemanden mehr ...“

Margarete strich ihr sanft über die Wangen. Leonie stieß ihre Hand weg.

„Du bist an allem Schuld!“

Prompt fing Margarete wieder zu weinen an.

Gustav fühlte sich völlig hilflos, angesichts all dieser weiblichen Tränenströme.

„Ich hätte dir geholfen, glaub mir, mein Liebling.“ Freddy klang nicht sehr überzeugend.

„Nein! Du hättest wieder Mama Bescheid gesagt.“

„Und was für eine Rolle spielte Max Polanski bei dieser Erpressungsgeschichte? Hat er dich nun entführt oder nicht?“, unterbrach Gustav den Schlagabtausch zwischen Eltern und Tochter und bedachte Leonie mit einem strengen Blick.

„Ja, das habe ich Ihnen doch erzählt ...“

„Aber Max ist tot. Ermordet.“

„Von meinem Großvater!“

„Nein, das stimmt nicht ..., so war es nicht“, stammelte Margarete.

„Warum schützt du ihn?“, fragte Leonie.

„Er war es nicht“, beteuerte Margarete erneut.

„Wer war es dann?“, fragte Gustav mit zärtlicher Stimme.

Margarete antwortete nicht.

„Haben Sie die Entführer Ihrer Tochter umgebracht?“ Gustav hob ihr Kinn mit seiner Hand an und sah ihr in die Augen.

Sie nickte mit Tränen überströmtem Gesicht.

„Nein!“, schrie Freddy. „Du sagst kein Wort mehr, Margarete. Merkst du nicht, was er vorhat?“

Gustav ließ sich nicht beirren.

„Wie haben Sie es gemacht?“

Alle starrten Margarete von Leiden an. Selbst Leonie war die Sprache weggeblieben.

„Ich weiß nicht mehr, was in mir vorging, ich erinnere mich nur an die entsetzliche Wut ...“ Margaretes Stimme erstarb.

Gustav ignorierte ihren flehenden Blick. Sein erotisches Interesse an ihr war in den letzten Minuten merklich geschwunden. Mit gemeinen Mörderinnen wollte er nichts zu tun haben.

„Ich kann nicht mehr. Sehen Sie nicht, dass ich völlig am Ende bin.“ Sie griff nach Gustavs Hand.

Er entzog sie ihr.

„Reden Sie weiter.“

„Ich dachte nur an dich, mein Engel.“ Nach diesen Worten brach Margarete zusammen und ließ ihren Kopf auf den Tisch sinken. Ihre hochgesteckte Haarpracht hatte sich aufgelöst und ihre langen Locken ergossen sich über die Tischplatte.

Freddy beugte sich über sie, strich ihr übers Haar.

„Hör auf, sie zu quälen!“, fauchte er Gustav an.

„Herr Mars, ich glaube, es wäre angebracht, dass Sie jetzt unser Haus verlassen. Sie können gern unten im

Hof warten. Wir werden Ihnen Bescheid geben, was bei diesem Gespräch herausgekommen ist. Momentan stören Sie.“ Vera erhob sich und versuchte den widerspenstigen Freddy hinauszukomplimentieren.

Er weigerte sich standhaft. Gustav musste eingreifen, packte ihn an den Schultern und zerrte ihn in den Vorraum. Plötzlich sprang Leonie auf, klammerte sich wie ein Äffchen an Gustavs Rücken, um ihn davon abzuhalten, ihren Vater hinauszuwerfen. Gustav schüttelte sie einfach ab, beförderte Freddy zur Tür hinaus und schloss ab. Als er, gefolgt von Leonie, die fluchte wie ein Droschkenkutscher, an den Küchentisch zurückkehrte, fragte er Margarete in fast beiläufigem Ton: „Sie haben Napoleon mit dem Halstuch erdrosselt, das Sie Freddy geschenkt hatten? Stimmt's?“

„Neiiin!“, schrie Leonie. „Das Tuch hat mir gehört und nicht meiner Mama. Ich habe es Papa geschenkt, als ich klein war, und es hat ihm Glück gebracht, er hat seither fast jedes Rennen damit gewonnen!“

Gustav und seine Tante sahen sich fragend an. Sie wussten beide nicht mehr, was sie von Margaretes Geständnis halten sollten.

„Schau, ob Freddy unten wartet, und hol ihn wieder rauf. Wir müssen ihn fragen, von wem er das Tuch hatte und wem er es gegeben hat.“

„Nein, den Rest erledigen wir besser ohne ihn. – Obwohl ich Ihnen kein Wort mehr glaube, würde ich doch gern erfahren, wie Sie Max Polanski umgebracht haben?“, wandte sich Gustav an Margarete.

„Max war ein gemeiner Verbrecher ...“

„Mit dem Sie eine Affäre hatten, soviel ich gehört habe.“

Seine Tante sah ihn böse an. Sein gehässiger Ton missfiel ihr.

Margarete bemühte sich, die Contenance zu bewahren.

„Ein einziges Mal habe ich mich ihm hingegeben und das habe ich schwer bereut! Auch damals war Erpressung mit im Spiel. Als er vor zwei Jahren angeklagt worden war, den widerständigen Polier meines Vaters beim Bau des Campanile von ‚Venedig in Wien' eingemauert zu haben, hatte er gedroht, vor Gericht auszusagen, dass er im Auftrag meines Vaters gehandelt hätte. Als ich nach dem Prozess mit ihm Schluss machte, drohte er, meine Tochter zu verführen. Ich bemühte mich, sie vor ihm zu beschützen. Weihte sogar Freddy ein. Wir achteten beide darauf, dass sich Max und Leonie so selten wie möglich begegneten. Aber Leonie entwischte uns öfters. Ich fürchte, er hat es doch geschafft, sie zu entehren."

„Wovon sprichst du, Mama? Max war viel zu alt für mich! Außerdem fand ich ihn hässlich! Ich hätte mich niemals mit ihm eingelassen. Ich mag überhaupt keine Männer. Sie sind alle gleich. Dumm und arrogant und tyrannisch!" Bei diesen Worten warf sie Gustav einen bösen Blick zu.

Vera versuchte, sich ein Lachen zu verkneifen, doch ihre Schultern bebten verdächtig.

„Ich hoffe, dass dieses Schwein jetzt in der Hölle schmort", sagte die Kleine.

„Ich gestehe, dass ich auch diese Zirkus…, ich meine, diese Kunstreiterin umgebracht habe", wisperte Margarete.

„Interessant", sagte Vera. „Erzählen Sie uns, wie Sie das bewerkstelligt haben?"

„Ich habe sie von der Kronprinz-Rudolf-Brücke in die Donau gestürzt."

„Wie schwer sind Sie? Sie wiegen höchstens sechzig Kilo, oder? Angelina war zwar kleiner als Sie, aber eine durchtrainierte Artistin. Wie haben Sie es geschafft, sie über das Brückengeländer zu befördern? Hat sie sich nicht gewehrt?“, fragte Gustav.

Margarete war ein paar Sekunden lang sprachlos.

„Sie haben es nicht getan.“ Vera lächelte die Baronin freundlich an.

„Ich habe all diese Lügen gründlich satt.“ Gustav wirkte erschöpft. „Sie versuchen, Freddy zu decken, glauben, dass er Angelina umgebracht hat, weil sie an Leonies Entführung beteiligt war. Habe ich Recht?“

„Warum lässt du nicht deinen Freund, den Polizei-Oberkommissär Rudi Kasper benachrichtigen? Er wird hocherfreut sein, wenn du ihm diese beiden verdächtigen Damen auslieferst. Im Gefängnis werden sie genügend Zeit haben, darüber nachzudenken, ob es nicht klüger wäre, die Wahrheit zu sagen“, schlug seine Tante vor.

„Nein, ich bitte Sie, Gustav, keine Polizei! Ich sage die Wahrheit.“ Margarete sah ihn so hilflos und gleichzeitig voller Vertrauen an, dass er geneigt war, ihren Worten diesmal Glauben zu schenken. Außerdem befürchtete er, dass sie tatsächlich einem Nervenzusammenbruch nahe war. Rote Flecken machten sich auf ihrem Gesicht breit. Ihre Augen waren verschwollen von den vielen Tränen und ihre zierliche Stupsnase glühte wie Feuer.

„Wenn du den Polizei-Oberkommissär nicht verständigst, mache ich es.“ Vera schien die Geduld zu verlassen.

„Bleiben Sie bitte sitzen, ich erzähle Ihnen, was wirklich passiert ist.“ Die kleine Baronesse klang plötzlich sehr erwachsen.

„Sei still! Du sagst kein Wort, Leonie! Großpapa wird alles wieder in Ordnung bringen."

„Die Entführung war, wie gesagt, allein meine Idee. Napoleon hat mir nur geholfen. Wir hatten beide damit gerechnet, dass mein Großvater rasch zahlen würde. Doch Napoleon hat keine Gelegenheit mehr gehabt, den Brief an meinen Opa abzuschicken. Max war dahintergekommen, was wir vorhatten. Eines Morgens, als Angelina beim Training war, hat er mich besucht und mir gesagt, dass Napoleon bei einem Unfall ums Leben gekommen sei, und er nun mit mir diese Erpressungsgeschichte durchziehen würde. Ich habe furchtbar geweint, hab nicht mehr klar denken können. Max hat mich überredet, mit ihm zu kommen. Zu diesem Zeitpunkt hab ich noch nicht geahnt, dass er Napoleon umgebracht hatte. Obwohl ich es schon hätte wissen müssen. Denn als ich Max gefragt habe, wie Napoleon ums Leben gekommen sei, sagte er, dass mein Freund mit dem Halstuch meines Vaters erdrosselt worden wäre. Und er hat es so ausgedrückt, dass ich glauben hab müssen, mein Papa hätte Napoleon ermordet. Max hat mich dann in seinem Zweispänner in ein Haus in der Praterstraße gebracht."

„Am helllichten Tage?", unterbrach Gustav sie ungläubig. „Und keiner will euch gesehen haben? Keiner will etwas bemerkt haben? Diese Pratergauner halten wirklich alle zusammen!"

„Es war kein Mensch unterwegs. Alle sind bei der Eröffnung des Riesenrades gewesen."

„Und er hat dich einfach in seiner Wohnung versteckt? Ziemlich riskant." Gustav glaubte ihr kein Wort.

„So lassen Sie mich ausreden. Das war nicht seine Wohnung. Er hat in diesem Kellerloch eine Art Lager gehabt. Es war vollgeräumt mit Kisten und Schachteln. Ich hab nicht sehen können, was da drinnen war, nehme an, lauter Diebsgut. Jedenfalls habe ich dort nicht bleiben wollen, es hat in dem Keller vor Ratten gewimmelt. Max hat behauptet, es wäre nur bis abends, dann würde er mich an einen sicheren Ort bringen. Ich hab trotzdem zu schreien begonnen. Daraufhin ist er sehr böse geworden und hat mich gefesselt und zuletzt sogar geknebelt, bevor er mich in diesem Drecksnest mit all den hungrigen Ratten allein gelassen hat."

„Nein", stöhnte Margarete, „mein armes Kind!"

„Ehrlich gesagt war ich erleichtert, als er abends zurückgekommen ist. Allerdings hatte ich inzwischen nachgedacht und mir war etwas Wichtiges eingefallen. Ich blöde Gans hab Max dann, als er mir den Knebel abgenommen hat, auf den Kopf zu gesagt, dass ich glaube, dass er Schuld an Napoleons Tod sei."

„Wieso hast du ihn auf einmal verdächtigt?", unterbrach Gustav sie misstrauisch.

„Wegen des Halstuchs. Ich hatte es Papa weggenommen, weil ich böse auf ihn gewesen war, und es Napoleon geschenkt. Da ich mir sicher war, dass mein Vater nicht der Mörder sein konnte, ist nur Max in Frage gekommen. Das ist doch logisch, oder?"

„Völlig logisch." Vera entkam ein kleines Grinsen.

Gustav blieb angesichts all dieser weiblichen Logik nichts anderes übrig, als zu nicken.

„Max ist furchtbar wütend geworden, hat gedroht, auch mich auf der Stelle zu erwürgen, wenn ich nicht sofort meinen Mund halten würde. Im Prinzip war das ein Geständnis, oder? Dann hat er mir ein Tuch um die Augen gebunden und mich in einer Kutsche weggebracht. Was danach passiert ist, weiß ich nicht mehr so genau, denn irgendwann bin ich ohnmächtig geworden. Bis Sie und Sylvia mich gefunden haben, hab ich nicht gewusst, dass ich in der Grottenbahn eingesperrt war.“

„Ist es nicht völlig gleichgültig, wer Max beseitigt hat?“ Margarete lächelte Gustav und seine Tante flehend an. „Dieser Mensch war ein übler Verbrecher, der meine Tochter tagelang gequält hat. Denken Sie nicht, dass er den Tod verdient hat?“ Sie stand auf, ging zu Leonie und drückte sie fest an ihre Brust.

Gustav konnte den Anblick der beiden nicht länger ertragen und forderte seine Tante auf, Edi zu wecken und ihn zur Polizei zu schicken.

Doch sie schien nicht mehr im Traum daran zu denken, die beiden Frauen den Gesetzeshütern auszuliefern.

„Nehmen Sie sich ein Beispiel an Ihrer Tochter und erzählen Sie uns, was Sie über die anderen beiden Morde wissen.“ Sie reichte Margarete noch ein Gläschen Marillenschnaps.

„Reden Sie endlich! Es ist Ihre letzte Chance“, sagte auch Gustav nachdrücklich.

Margarete von Leiden griff nach dem Schnapsglas. In diesem Moment hämmerte jemand mit der Faust an die Wohnungstür. Das Glas fiel ihr aus der Hand, zerschellte auf dem Boden.

„Freddy! Das darf doch nicht wahr sein.“ Wütend stürzte Gustav zur Tür und riss sie auf.

21

Verblüfft starrte er in das grimmige Gesicht seines besten Freundes. Knapp hinter ihm stand Kriminalassistent Horvath.

„Wo ist er?“, fauchte der Polizei-Oberkommissär Gustav an. „Wenn du nicht wegen Behinderung der Polizeiarbeit verhaftet werden willst, übergibst du mir jetzt sofort Freddy Mars und seine Toch…“ Seine Stimme erstarb, als er Vera und die Damen von Leiden am Küchentisch erblickte.

„Guten Abend“, besann er sich rasch seiner guten Manieren und verbeugte sich vor Vera und Margarete. „Ich wusste nicht, dass … Entschuldigen Sie bitte mein Eindringen. Wir wurden darüber informiert, dass sich Freddy Mars hier versteckt hält.“

In dieser Stadt leben lauter Spitzel und Denunzianten, dachte Gustav verdrossen.

„Wir haben ihn vor einer Viertelstunde weggeschickt. Aber Sie können gern die Wohnung durchsuchen, falls Sie einen Durchsuchungsbefehl dabeihaben, Herr Polizei-Oberkommissär“, sagte Vera spitz.

„Das wird nicht nötig sein. Ihr Wort genügt mir vollkommen, gnädige Frau“, beteuerte Rudi errötend. Dann wandte er sich in ebenfalls gemäßigtem Ton an seinen Freund: „Einige Leute im Prater haben dich gesehen, wie du gemeinsam mit einem Mädchen in eine Kutsche gestiegen bist. Ich habe gleich kombiniert, dass du die Kleine nicht aufs Kommissariat bringen wirst und auch nicht nach Hause zu ihrem Großvater …“

„Leonie von Leiden stand unter Schock. Ich hab sie zuerst einmal in Sicherheit bringen wollen. Ich hätte Edi später zu dir geschickt.“

„Du hattest also die Absicht, mich zu informieren?“

„Selbstverständlich …“

„Irgendwann, ja … Aber lassen wir das. Hast du eine Ahnung, wo Freddy hin ist?“

„Wir haben gedacht, er würde unten auf Frau von Leiden und ihre Tochter warten", antwortete Vera anstatt ihres Neffen.

Leonie, die, genauso wie ihre Mutter, seit dem Erscheinen der Polizeibeamten geschwiegen hatte, sagte leise: „Er wartet sicher auf uns!"

Rudi schaute die Kleine forschend an.

„Gut. Wir werden uns in den Hofstallungen umsehen." Er gab seinem Assistenten einen Wink.

Der junge Horvath schien froh, der gereizten Gesellschaft den Rücken kehren zu können. Er war fast bei der Tür draußen, als Margarete rief: „Halt! Bleiben Sie. Freddy ist unschuldig. Er hat mit den Morden nichts zu tun. Ich habe Max Polanski umgebracht."

Nicht nur Rudi starrte sie überrascht an.

„Such ihn trotzdem. Ich werde mir allein anhören, was die gnädige Frau zu sagen hat", befahl er dem Kriminalassistenten und nahm Platz.

Margarete zögerte, schien wieder einem Heulkrampf nahe. Gustav bemerkte, wie sie Rudi mit feuchten Augen musterte. Tränen bewirken bei meinem Freund nichts anderes als Abscheu, hätte er diesem berechnenden Frauenzimmer am liebsten an den Kopf geworfen. Sie schien zum selben Schluss gekommen zu sein, denn sie begann in ganz ruhigem und vernünftigem Ton zu sprechen: „Vor einigen Tagen bekam ich einen Erpresserbrief, in dem ich aufgefordert wurde, fünfzigtausend Kronen zu bezahlen, wenn ich meine Tochter lebend wiedersehen wollte. Der Erpresser schrieb auch, dass ich, wenn ich meinen Vater oder die Polizei informieren würde, Leonie aus der Donau fischen könnte. Ich überlegte lange, ob ich meinen Vater einweihen sollte. Dass ich keine Fünfzigtausend auftreiben konnte, erleichterte mir die Entscheidung. Ich zeigte Papa den Brief und fragte ihn, was wir tun sollten."

Gustav wollte gerade einwenden, dass sie an jenem Abend, als sie sich im Stadtpark trafen, behauptet hatte, ihr Vater hätte einen Erpresserbrief erhalten, doch er ließ es bleiben. Sollte Rudi schauen, wie er mit dieser notorischen Lügnerin zurechtkam. Er hatte die Nase voll von den Leidens und Schwabenaus.

Seine Tante reichte Margarete ein neues Glas und schenkte ihr nach.

„Trinken Sie noch ein Schnäpschen, ist gut fürs Gemüt." Rudi bekam ebenfalls eine „Marille" kredenzt.

„Der Erpresser hatte für die Geldübergabe ein verschwiegenes Plätzchen in der Hirschau vorgeschlagen, im hintersten Teil des Praters, dort, wo in den grauen Morgenstunden die verbotenen Duelle stattfinden."

Und sich Liebespaare zu einem heimlichen Stelldichein treffen, dachte Gustav.

„Mein Herr Papa plante alles, ohne mich in sein Vorhaben näher einzuweihen. Er verkleidete sich als Kutscher und brachte mich spät abends zu dem vorgeschlagenen Treffpunkt. Die fünfzigtausend Kronen trug ich in einem kleinen Koffer bei mir. Zu meiner eigenen Sicherheit hatte mir mein Papa eine seiner Duellpistolen mitgegeben und mir eingeschärft, sofort zu schießen, wenn mir dieser Verbrecher zu nahe kommen oder mich bedrohen sollte. Er fuhr weiter, ließ mich allein in dem finsteren Wald zurück. Ich fürchtete mich zu Tode. Der Mond hatte sich hinter den Wolken versteckt. Ein stürmischer Wind kam auf. Heulen und Ächzen erklang aus allen Himmelsrichtungen. Und auf einmal stand Max vor mir. Er sagte kein Wort, schaute mich nur mordlustig an. Ich hatte Angst, zitterte am ganzen Körper. Es war grauenhaft. Als er meinen Koffer, in dem sich das Geld befand, an sich riss, schrie ich um Hilfe. Er beschimpfte mich und schlug mir ins Gesicht. Ich flehte ihn an, mir Leonie zurückzugeben. Ihre Leiche kannst du gerne haben', hat er höhnisch lachend gesagt. Obwohl ich ihn hasste, seit er mich gezwungen hatte, mit ihm das Bett zu teilen, wollte ich nicht schießen, glauben Sie mir! Ich habe noch nie in meinem Leben eine Pistole abgefeuert ..."

Es schien, als würde sie nur mit Vera reden und die anderen am Tisch gar nicht wahrnehmen.

„Das glaube ich Ihnen. So eine Duellpistole ist ein teuflisches Ding", beteuerte Gustavs Tante.

„Mein Vater hatte mir zu Hause kurz gezeigt, wo ich notfalls abdrücken müsste. Ich habe mit zittrigen Fingern den Abzug umklammert, als Max noch einen Schritt auf mich zu machte. Es blitzte und donnerte ..., und dann hat er sich plötzlich auf mich gestürzt. Meine Pistole ging von selbst los. Mich hat es zurückgerissen, ich stolperte, fiel beinahe hin. Die Kugel hatte seinen linken Arm gestreift. Ein Donnerschlag schluckte seine Schreie. Er schlang seinen rechten Arm um meinen Hals, versuchte, mich zu erwürgen. In diesem Moment löste sich ein zweiter Schuss. Max fiel auf mich, begrub mich unter seinem Körper. Ich hatte seine Brust getroffen. Er stöhnte furchterregend und sein Blut tropfte auf mein Gesicht." Margarete schauderte und hielt sich die Hände vor die Augen. „Ich geriet in Panik, drückte ein drittes Mal ab. Dieses Mal mit Absicht. Ich wollte nur, dass endlich alles vorbei wäre."

„Das ist Ihnen mit diesem dritten Schuss, einem perfekten Kopfschuss genau zwischen die Augen, auch gelungen", sagte Rudi zynisch.

Margarete starrte ihn entsetzt an. Plötzlich veränderte sich ihr Blick. Reiner Hass, nichts als Hass sprach aus ihren Augen.

„Ihr seid alle gleich“, schrie sie wie ein ordinäres Marktweib. „Ihr wollt uns nur ins Bett kriegen! Keine Emotionen, keine Liebe, kein Verständnis. Schweine seid ihr, meine Tochter hat Recht! Mein Vater ist der einzige Mann, auf den wenigstens Verlass ist.“

„Und Ihr Herr Papa hat Sie auch dieses Mal nicht im Stich gelassen?“, fragte Vera ironisch.

Margarete schaute sie böse an.

„Selbstverständlich nicht. Er hat nur die Kutsche außer Sichtweite gebracht und ist zu Fuß zurückgekommen.“

Angespanntes Schweigen.

Als sie fortfuhr, klang sie resigniert: „Ich musste ihm helfen, Max’ Leichnam hinter einem Busch zu verstecken.“

„Na großartig“, murmelte Gustav voller Abscheu.

Leonie beugte sich über den Tisch und traktierte seine Brust mit ihren kleinen Fäusten.

„Lassen Sie meine Mama in Ruhe!“

Gustav versuchte, sich die Kleine vom Leib zu halten. Sie benahm sich wie eine Furie, spuckte ihn an, fuhr ihm mit den Fingern ins Gesicht, kratzte ihn an der Wange.

„Jetzt ist Schluss!“ Vera schnappte die Baronesse um die Taille und zerrte sie von Gustav weg.

Leonie hörte nicht auf zu kreischen.

„Am besten, du nimmst die beiden Damen gleich mit“, sagte Gustav zu Rudi. Seine Gefühle für Margarete waren nicht nur erkaltet, sondern ins Gegenteil umgeschlagen. Er hasste diese berechnende Frau beinahe. All ihre Lügen, ihre Koketterie und ihre schlechte Schauspielerei erinnerten ihn an seine Mutter.

„Geht der Mord an der Kunstreiterin auch auf Ihr Konto? Steckte Angelina mit Max Polanski unter einer Decke?“, fragte Rudi.

Margarete von Leiden, die dem Tobsuchtsanfall ihrer Tochter resigniert zuschaute, reagierte nicht.

„Ich glaube, das solltest du lieber Freddy Mars fragen. Er kannte die hübsche Angelina näher“, sagte Gustav laut und deutlich. Gleichzeitig ärgerte er sich über seine boshafte Bemerkung. Kleinkarierte Rache war an sich nicht sein Stil.

Leonie hörte zu kreischen auf. Betretenes Schweigen. Keiner konnte dem anderen mehr in die Augen sehen.

Gustav hatte das ungute Gefühl, dass seine Tante dieses aus den Fugen geratene Verhör zu genießen schien. Ihre graugrünen Augen funkelten erregt. Sie wollte gerade das Wort ergreifen, als es klopfte.

Erleichtert über die Unterbrechung erhob sich Gustav, um zu öffnen.

Kriminalassistent Horvath stand mit Freddy, dem er Handschellen angelegt hatte, vor der Tür. Rudi, der seinem Freund in den Vorraum gefolgt war, schloss rasch die Küchentür.

„Er hat sich hinten beim Oktogon Ihrer Majestät der Kaiserin herumgetrieben. Als er mich gesehen hat, ist er davongerannt. Aber ich hab ihn erwischt“, sagte Kriminalassistent Horvath stolz.

Aus der Küche drang Leonies Stimme: „Papa!“, schrie sie verzweifelt.

„Was habt ihr mit ihr gemacht?“, fragte Freddy besorgt.

„Nichts. Deiner Tochter wird nichts passieren. – Lass uns in dein Zimmer gehen, Gustav“, schlug Rudi vor.

Er schnappte sich den bequemen Ledersessel. Gustav ließ sich in den Ohrensessel fallen. Freddy und Horvath blieben stehen.

„Was wissen Sie über den Mord an der Kunstreiterin?“, fragte Rudi ohne Umschweife, und ohne Freddy über Margaretes Geständnis zu informieren.

Freddy schaute Gustav und den Polizei-Oberkommissär abwechselnd an.

„Spuck's aus, Freddy, dann haben wir es hinter uns.“ Gustav wollte das unangenehme Gespräch möglichst rasch hinter sich bringen.

„Ich bin mir ziemlich sicher, dass Max Polanski sie umgebracht hat. Angelina hat Max öfters bei den Zirkuswägen herumschleichen gesehen. Da sie große Angst vor ihm gehabt hat, wollte sie Gustav und mir das zuerst nicht sagen.“

Der Polizei-Oberkommissär blickte seinen Freund irritiert an. Gustav sah verschämt zu Boden.

„Wir werden dem nachgehen. Es müssten ihn ja auch andere Leute gesehen haben. Beim Zirkus geht's ja immer zu wie in einem Taubenschlag.“ Rudi erhob sich.

„Ich glaube, Freddy hat Recht, Max Polanski hatte als Einziger ein Motiv, Angelina umzubringen. Sie hat geahnt oder sogar gewusst, dass er Leonie aus ihrem Wohnwagen entführt hat. Außerdem hat Freddy mir letztens, als ich ihn im Häfen besucht hab, erzählt, dass er und Angelina Max Polanski abwechselnd beschattet haben“, gestand Gustav kleinlaut seinem Freund.

„Es reicht! Sie und Ihre beiden Frauen kommen jetzt mit aufs Kommissariat“, sagte Rudi zu Freddy.

„Nehmt mich ruhig mit. Im Prater kann ich mich eh nicht mehr blicken lassen. Dort drehen mir die Leut, denen ich was schuldig bin, gleich den Hals um."

„Du bleibst hier!", fauchte der Polizei-Oberkommissär seinen Freund an, der ebenfalls aufgestanden war. „Mit dir rechne ich später ab." Er zwirbelte seinen dünnen, blonden Schnurrbart und blickte Gustav finster an.

Damit tust du mir einen großen Gefallen, dachte Gustav, der heilfroh war, diesen Fall endgültig los zu sein. Er wusste, dass ihm Rudi nicht lange böse sein würde, dass er ihm das Treffen mit Angelina und das Gespräch mit Freddy verschwiegen hatte.

Es blieb ihm nur mehr, zu hoffen, dass das schwache Herz des Herrn von Schwabenau den Skandal nicht überleben würde. Dieser skrupellose Widerling war nicht einmal davor zurückgeschreckt, seine eigene Tochter die Drecksarbeit für ihn erledigen zu lassen ...

Kaum hatten die Polizeibeamten mit Freddy und den Damen in ihrer Begleitung die Wohnung verlassen, begann Gustav Pläne für den kommenden Tag zu schmieden.

Morgen Früh würde er sich von Edi in den Prater kutschieren lassen, geradewegs auf die Vermählungswiese, und die schöne Hellseherin Sylvia als Dank für ihre tatkräftige Hilfe bei der Aufklärung seines dritten Falls zu einem Abendessen im Ersten Kaffeehaus auf der Hauptallee einladen ...

Edith Kneifl
Zwischen zwei Nächten
Kriminalroman
152 Seiten, € 9.95/sFr 14.90
HAYMON taschenbuch 88
ISBN 978-3-85218-888-1

Der Tod von Anna, ihrer besten Freundin, führt Ann-Marie aus den USA in ihre Heimatstadt Wien zurück. Im Untersuchungsbericht heißt es: „Fremdverschulden ausgeschlossen". Aber kann es wirklich Selbstmord gewesen sein? Ann-Marie kann an diese These beim besten Willen nicht glauben. Immerhin hatte Anna geplant, Mann und Leben in Wien hinter sich zu lassen und mit ihr gemeinsam in New York ein neues Leben zu beginnen.
Einfühlsam und mit präziser Feder erzählt Edith Kneifl einen Kriminalroman, der an Spannung und subtiler Erotik nichts zu wünschen übrig lässt. In bester Thriller-Manier treibt sie die Handlung allein über die eindringlichen Dialoge voran und erzeugt bis zur letzten Seite Gänsehaut.

„... ein modern erzählter Kriminalroman, der sowohl mit seinem thematischen Anspruch wie auch seiner ästhetischen Organisation einen bemerkenswerten Beitrag zur weltweiten Debatte um die Entwicklung dieses Genres liefert."
GLAUSER-Preis-Jury, Reinhard Hillich